KB012163

구울이 세계를 구했다는 것을 나만이 알고 있다
THE HERO OF CANNIBALISM
01. 동족포식의 용사
Only I know the Ghoul saved the world

"사흘 밤낮을 지새운 내게
무슨 용건이냐?
이 썩어빠진 시체(구울)야."
에밀리아
레온에게 장비를 제공하는 최고의 대장장이. 레온의 비밀을 아는 몇 안 되는 존재.
"나는 용사 따위가 아냐.
괴물을 먹는, 괴물이다."
레온 크로스하트
3대 《구세》의 용사. 구울의 몸을 가졌으면서도 인간의 마음을 품고 있다. 통칭 『괴물 먹는 레온』.

"스……스, 스승니임…….
음냐음냐."
SLEEPING GIRL
소녀의 휴식

구울이 세계를 구했다는 것을 나만이 알고 있다

Only I know the Ghoul saved the world

THE HERO OF CANNIBALISM

01. 동족포식의 용사

카토 묘진 지음
코메시로 카스 일러스트
박춘상 옮김

구울이 세계를 구했다는 것을 나만이 알고 있다

Only I know the Ghoul saved the world

THE HERO OF CANNIBALISM

01. 동족포식의 용사

CONTENTS

[PROLOGUE] 안개의 미궁과 헤매는 시체 — 011

[EPISODE Ⅰ] 고독한 망자와 의지할 데 없는 소녀 — 029

[EPISODE Ⅱ] 이별을 바라는 망자와 집착하는 소녀 — 083

[EPISODE Ⅲ] 평온해진 시체, 웃는 소녀, 그리고…… 강림하는 천사 — 159

[추억 Ⅰ] 반짝이는 진실과 종말의 시작 — 215

[EPISODE Ⅳ] 그리고 시체는 끝내기로 결심했다 — 233

[추억 Ⅱ] 시체의 죄와 꿈의 끝 — 255

[EPISODE Ⅴ] 반짝이는 기적과 비애가 끝나는 곳 — 277

[EPILOGUE OR PROLOGUE] 되찾은 인연과 새로운 이야기 — 347

후기 — 354

PROLOGUE

안개의 미궁과 헤매는 시체

Only I know the Ghoul saved the world

—공포에 몸이 벌벌 떨린다.

—불안감에 이가 맞부딪친다.

—그 마음에 깃든 용기의 등불은 약하디 약해서.

—그러나, 그럼에도 불면 날아가버릴 것만 같은 가냘픈 몸을 버둥거리며 앞으로 나아간다.

—설령 그 모습이 얼마나 처참할지라도.

—나는 이제, 그럴 수밖에 없었다.

구름 한 점 없는 맑은 하늘이 왠지 잿빛으로 보였다.

세상은 그야말로 암흑의 시대였다. 기나긴 종교전쟁이 끝나고 찾아온 황금기는 고작 백 년 만에 종언을 맞이했다. 현재는 순백의 어둠이 지상 세계를 지배했다.

《혼돈의 안개》. 신성력(新星曆) 100년에 갑자기 발생한 그것을, 평범한 자는 증오하고 성스러운 자는 한탄하며 현명한 자는 두려워하지만…… 어리석은 자는 흐려진 눈으로 계속 바라보기만 할 뿐이었다.

지금, 평야를 나아가는 마차의 승객들은 모험가라는 이름의 어리석은 자들이었다.

“우왓, 진짜?”

“여간내기가 아닌 줄 알았지만, 설마 수학원[아카데미](修學院) 졸업생이었을 줄이야."

라스칼은 곤두선 갈색머리가 특징인 소년이다. 그 옆에는 중갑으로 온몸을 뒤덮은 소년 톨킨이 앉아있다. 그들이 경외 어린 시선으로 주목하자 맞은편에 앉은 파란머리 소녀 리네아가 잘 자란 가슴을 활짝 펴고서 말했다.

"흐흥~! 우리와 한 조가 된 행운을 평생 감사히 여기도록 해!"

라스칼과 톨킨은 그녀에게 찬사를 보내면서 이완된 표정으로 창가 좌석을 봤다.

그 자리에는 백발 소녀가 홀로 앉아서…… 온몸을 부들부들 떨고 있었다.

"앨리스 님, 이제 겁먹을 필요 없어. 우리한테는 든든한 동료가 있으니까."

"그, 그그그, 그러, 네요."

앨리스가 여전히 떨고 있자 라스칼과 톨킨은 어깨를 들썩일 뿐이었다. 반면에 세실은 온화한 미소를 지으면서 그녀에게 말을 걸었다.

"겁이 많은 건 나쁜 게 아냐. 오히려 모험가한테는 중요한 재능이라고 생각해. 우리처럼 막 등록한 신참한테는 특히 말이지."

그가 상냥하게 말하자 앨리스가 고마움을 표하려는…… 그 순간.

"곧 안개 속으로 들어간다. 마스크를 끼고서 준비를 갖춰라, 애송이들."

마부의 목소리가 차량 안에 울리자마자 한가로운 잡담이 뚝 끊어졌다.

모험가들은 안개(던전) 한가운데를 탐색할 때 모두 마스크를 착용한다.

오라지 과즙에 담근 뒤에 건조한 마스크를 끼면 《혼돈의 안개》가 끼치는 모든 해악…… 특히 《마물》에 이르는 병인 《청안병(靑眼病)》을 예방해준다는 속설이 있다.

그리고 모두가 무구에 문제가 없음을 확인한 순간, 마차가 움직임을 멈췄다.

"죽지 마라, 애송이들."

마부가 마차에서 내린 모험가들에게 짧게 당부하고서 마차를 돌려 가버렸다.

남겨진 신참 모험가들은 한동안 움직이지 못했다.

이제부터 발을 내딛으려는 곳은 사지나 마찬가지였다. 그런 확신이 모두의 마음속에 두려움을 안겼다.

특히 앨리스의 마음을 좀먹는 공포는 엄청났다. 그녀는 무의식중에 기도를 올렸다.

"서, 성자 오가스 님…… 부, 부디, 저희들을 지켜주세요……."

앨리스가 미궁 입구 앞에서 겁을 잔뜩 먹었다. 동료들은 그녀의 모습을 보고 마치 자신들을 비추는 거울 같다고 여겼다. 특히 라스칼은 한순간이나마 두려움에 지배당했던 스스로가 부끄러웠던 모양이다.

"쫄면 안돼! 너한테는 동료가 있잖아!"

"음. 우린 홀로 위험한 땅에 있는 게 아냐. 믿음직스러운 동료들과 어깨를 맞대고 있어."

앨리스는 그 말에 든든함을 느끼는 한편…… 자신의 겁 많은 성격을 부끄러워했다.

언젠가 그의 옆에 서고 싶다. 그 바람을 이루려면 용기가 필요했다.
앨리스가 필사적으로 스스로를 북돋으며 말했다.
“짐은, 되지 않겠습니다……! 절대로……!”
그녀가 의기를 드러내자 모두가 따뜻하게 웃어줬다. 그리고.
“좋아. 그럼 지금부터 시작될 전설의 첫걸음을 내디뎌보자고.”
다섯 명의 소년소녀들이 지금 사지에 들어섰다.
농밀한 안개 속의 큰길을 걸었다. 주위에서 감도는 사악한 기운을 쬐어서인지 라스칼과 톨킨, 그리고 앨리스의 뺨에 차가운 땀이 맺혔다.
—바로 그때. 맞은편 모퉁이에서 느닷없이 무언가가 꾸물꾸물 기어 나왔다.
“융해인(融解人)[슬라임]인가. 첫 전투 상대로 딱이네.”
다섯 사람의 눈에 진흙 같은 빛깔을 한 고깃덩어리가 보였다.
피부와 근육을 흐물흐물하게 녹여서 묵처럼 굳힌 것 같은 모습이었다. 자벌레처럼 땅바닥을 질질 기어다니는 그 고깃덩어리의 중심부에는 남성의 머리가 달려있었다.
“지, 지지, 지각, 한다…….”
뭐라고 중얼거리면서 둔중하게 나아가고 있다.
“앨리스, 라스칼, 톨킨! 똑똑히 지켜봐요! 내 천재다운 면모를!”
리네아가 땅땅거리며 한걸음 앞으로 나서더니 오른손을 내밀었다.
“내게 바랄지어다! 그리하면 그대의 적을 뇌화로 격멸하여 안녕과 안식을 부여할지니!”
날카로운 문언(文言)을 내뱉은 순간, 펼쳐진 오른손바닥에서 보라색 전기가 뿜어져 슬라임을 직격했다.
"느, 늦었, 다."
슬라임은 숨통이 끊어진 직후에 더 흐물흐물 녹아서 액체로 변해버렸다. 그 중심에는 반짝이는 보옥이 있었다. 리네아가 잰걸음으로 다가가 그것을 주웠다.
"……평범한 느낌이네. 흔한 아저씨였던 모양이네요. 《마물》이 되기 전에는."
《생탄석(生誕石)》. 그것은 목숨을 잃고 **잠시나마 해방**된 《마물》이 그 자리에 남기는 물건.
모험가의 주요 수입원이다.
"……놀랐어. 설마 《신비(神秘)》 구사자였을 줄이야."
"우리도 《성원(聖源)》을 조작하는 법을 알고는 있지만, 《신비》는……."
《성원》. 그것은 크툴루교의 신자만이 받을 수 있는 신의 은혜다.
체내를 돌아다니는 불가사의한 힘의 흐름이다. 그 은혜는 과거 시간의 대현자 오가스가 가져다준 것이다. 이계에 기거하는 신과 교신하는 데 성공한 그는 인류역사상 최초로 이능력자가 되어 크툴루교를 일으켰다. 그 신도들 역시 이계에 기거하는 신의 가호를 받아 《성원》을 획득했다. 그들은 연마를 거듭하여 이윽고 《성원》을 조작하는 기법을 확립했고, 전력을 막대하게 키워냈다.
《신비》란 그 기술들 중에서도 위력이 각별한 것을 가리킨다. 그렇기에 구사자가 희소하지만.
"참고로 밝히지만, 나도 일단은 《신비》 구사자야. 뭐, 리네아만한 실력은 없지만."

"진짜? 《신비》 구사자가 둘이나!"

"이번 모험은 대단히 행운이군."

입구에 섰을 때 시달렸던 긴박감은 온데간데없이, 라스칼과 톨킨은 완전히 풀어졌다.

"오늘 하루 안에 얼마나 벌 수 있을까~!"

"초기 지급 무구를 단번에 상급 무구로 교체하는 것도 불가능하지만은 않을 것 같은데?"

불안감이 달아나고 낙관이 마음을 지배하려는 때였다.

"우리, 이번 보수로 방어를 더더욱 단단히—."

톨킨이 말을 이어나가던 도중이었다.

"시갸."

너무나도 갑작스러웠기에 당장에 사태를 이해한 사람이 아무도 없었다.

그러나 이윽고 서서히, 확실하게 모두의 마음이 눈앞에서 벌어진 현실을 받아들이고서 곱씹었다.

엄청난 힘으로 투척된 돌멩이가 투구를 쓴 톨킨의 머리를 박살냈음을.

"톨, 킨……?"

라스칼의 입에서 황당해하는 소리가 새어나온 직후에.

"고, 고고, 고기, 고기, 고기이이이이."

"아이, 아이아이, 아이아이이이이이."

바로 그때, 농밀한 안개 베일에 감춰져 있던 진실이 드러났다.

동서남북, 모든 곳에서 파랗게 빛나는 작은 점들이 보였다.

그 광경을 빚어낸 존재가 무수히 많은 《마물》들임을 모두가 동시에 판단했는데—.

"도망쳐어어!"

세실의 외침은 참극의 시작을 알리는 포성과도 같았다.

—용기. 그것은 인간이 가진 최대의 무기이며, 공포라는 이름의 숙적에 대항할 수 있는 최후의 비책. 모험가들은 미궁 안에서 늘 그것에 의지하려고 한다.

지식과 기술은 그다음. 이른바 마음에 종속된 도구에 불과하다. 그 우선순위를 잘못 헤아렸기에, 두 천재는 혼비백산할 수밖에 없었다.

지금 그들의 마음은 몹시도 혼란스러웠다. 《신비》를 발동할 여유도 없었다.

《성원》을 다루려면 정신 상태를 평온하게 유지할 필요가 있다. 영창은 마음을 가라앉히기 위한 기분전환의 기법 중 하나에 지나지 않는다. 마음이 어지러운 상태에서 영창은 그저 혼잣말에 불과하다.

그들을 빛나게 만들어줄 지식과 기술이라는 두 날개는 이미 제 기능을 잃었으니—.

그러므로 현재 두 사람뿐만 아니라 동료 모두가 비참한 결말을 맞이하고 있었다.

"곧 출구예요! 여러분, 힘내요!"

궁지에 몰려 그 누구보다도 공포에 지배를 받고 있을 앨리스가 나란히 달리는 동료들에게 외쳤다.

"뒤를 돌아봐서는 안 돼요! 열심히, 앞으로 달려나가는 생각만 하세요!"

반응이 없었다. 굳이 말할 필요도 없이 모두 앞만 보고 달렸다. 현실로부터 눈길을 돌리듯이.

그러나 그들의 의식이 어떻든 간에…… 살벌한 마물들이 지척까지 엄습해왔다.

"아이, 아이, 아이, 아이, 아이아이이이이이."

"고, 고기, 고기, 고기가, 가, 가끔은, 고기, 고기 먹고, 싶어어어."

견인(코볼트). 안개의 마력에 침식당한 인간이 퇴락해버린 모습.

그들이 침을 흘리며 맹렬히 달려왔다. 등 너머로 그 압박감이 느껴져서일까?

리네아가 거친 땅에 패인 구덩이에 발이 걸려서— 넘어졌다.

"꺄악?!"

그녀가 창백한 얼굴로 새된 비명을 내질렀다.

"리네아!"

"리네아 씨!"

세실과 앨리스가 외쳤다. 두 사람은 멈춰 서서 그녀를 구조할 뜻을 내비쳤으나, 한편으로.

"헉, 헉, 헉, 헉……."

라스칼은 동료를 버리고서 질주했다. 그러나, 그 결말은.

"오, 오늘, 밥, 밥은 뭐야아아아아아아?"

골목에서 뛰쳐나온 견인(코볼트)에게 잡혀 넘어져 작은 비명을 질렀다.

그것이 그의 단말마였다.

무언가를 우적우적 씹어대는 소리. 그 무시무시한 음률 속으로 고통에 겨워하는 소녀의 목소리가 녹아들었다.

"사, 살려, 살려, 줘요! 세시일!"

리네아가 공포에 질린 나머지 눈물을 글썽이며 금발 소년에게 매달리듯 손을 내밀었다.

그러나, 하지만 두 사람이 손을 맞잡는 순간은 끝내 찾아오지 않았다.

견인(코볼트) 떼가 탁류처럼 밀려들어 젊은 세 모험가들을 에워쌌다.

"이, 이것들이……!"

세실이 적을 베려고 장검을 휘둘렀으나…… 뜻을 이루지 못했다.

앨리스도 땅바닥에 넘어져 꼼짝도 하지 못했다. 그런 두 사람 앞에서 견인이 다가왔고.

"……엇."

리네아의 하복부에 딱딱한 것이 닿았다. 견인(코볼트)의 하반신이었다.

"아, 안 돼…… 안 돼애애애애애애애애애애애!"

리네아가 마구 몸부림을 쳤지만, 인간을 뛰어넘는 완력을 당해낼 수 없었다. 견인(코볼트)은 전혀 신경쓰지 않고 그녀의 몸으로 손을 뻗어서 옷을 찢어버렸다.

앨리스는 바로 옆에서 이를 악물며 자신의 무력함을 통감했다.

눈앞에 펼쳐진 절망적인 광경을 바라봤다.

앨리스를 넘어뜨렸던 견인(코볼트)도 구린내 나는 숨을 몰아쉬며 다가왔다

"오, 오오, 오오오오오오."

견인(코볼트)이 앨리스의 몸을 뒤덮고서 하반신 쪽으로 손톱을 가져갔고, 옷을 찢어버렸다.

"살려, 줘……."

머릿속으로 구원자의 모습을 그리며 간절히 빌었다. 그러나 그런 그녀를 비웃기라도 하듯.

"갖고, 싫어어어어어어어어어어어어어!"

견인이 앨리스를 범하기 직전—.

한 발의 총성이 주변에 울려 퍼졌다.

파열음과도 같은 그 소리가 이곳에 있는 모든 존재의 귓불을 때렸다.

그와 동시에 앨리스를 붙들어두고서 범하려고 했던 견인(코볼트)의 머리가 날아가 버렸다.

쓰러진 시체가 액체로 변하더니, 아래에 깔린 앨리스의 온몸을 더럽혔다.

새로운 총성이 잇달아 울렸고, 그때마다 견인(코볼트)의 머리가 사라졌다.

"저, 건……!"

검은 코트를 입은 한 남자가 하얀 안개 속을 걷고 있었다.

왼쪽 다리를 불편하게 질질 끌면서. 허리에 찬 장검과 백발이 섞인 흑발을 휘날리면서.

그는 왼손으로 총을 쥐고서 곧장 걸어왔다.

"—오너라. **동족**이여."

견인(코볼트)들이 일제히 덮쳤다. 손톱과 송곳니로 침입자의 육체를 찌르기 위해서.

그 광경을 보고도 남자는 멈추지 않았다.

총격이 끊임없이 이어졌다. 순식간에 다수의 견인(코볼트)들이 목숨을 잃었다. 그래도 《마물》은 결코 움츠러들지 않았다. 동족의 죽음에 아무 생각도 없었다.

살아남은 셋이 남자에게 쇄도하더니 손톱과 송곳니를 세워 그를 공격하려 했다.

역시나 남자는— 꼼짝도 하지 않았다.

마물들이 닥쳐오는 데도 눈썹 하나 까딱하지 않았다. 오히려 유인하듯 끌어들였다.

마물이 휘두른 손톱이 그의 가슴과 오른쪽 옆구리를 뚫었다.

깊은 치명상. 이 시점에서 죽음이 확정된 것이나 다름없었다. 그럼에도 마물들은 멈추지 않았다. 뒤늦게 마지막 마물이 달려들어 턱을 벌렸다.

"부, 부부, 부족, 해애애애애애애애애애애!"

그 날카로운 송곳니가 노리는 곳은 목. 이빨로 찢어발긴다면 결판이— 날 터였다.

그러나 치명상을 입고서 죽음을 기다리는 줄로만 알았던 남자는 평정심을 유지했다.

오른팔을 들어서 송곳니 일격을 막아냈다.

그 순간, 소리가 울리더니……견인(코볼트)의 이빨이 깨졌다.

"펼쳐라. 참수의 날개."

짧은 영창에 호응하듯 그의 오른팔에서 변화가 일어났다.

순식간에 확장되어 코트를 찢고서— 그 정체를 드러냈다.

남자의 오른팔은 강철로 되어 있었다.

칠흑 같은 강철이 일상생활을 영위하기 위한 도구에서 마물을 죽이기 위한 무기로 변모했다.

둥그스름한 손가락 끝에 날카로운 나이프처럼 갈고리 발톱이 돋아났다.

확장된 팔 전체에서 구부러진 칼날이 무수히 돌출됐다.

남자는 붉은 눈동자로 자신의 옆구리와 배를 손톱으로 찌른 마물들을 쳐다봤다.

"—흩어져라."

그러고는 강철 팔을 아무렇게나 휘둘렀다. 그 동작 하나만으로 눈앞의 모든 《마물》들이 액체로 바뀌었다. 그리고 멀겋게 빛나는 《생탄석》을 남겼다.

"마, 《마물》을, 저리도 쉽게……!"

《마물》의 육체는 인간의 완력으로는 절단할 수 없다. 설령 《성원》 조작 기술일지라도 매우 어렵다는 것을 세실은 깊이 실감하고 있다. 그러나 남자는 태연하게 《생탄석》을 주워 담기만 했다.

세실이 그 모습을 보다가 이내 두 번째로 경악했다.

"아닛?! 사, 상처가……?!"

남자의 신체를 심하게 헤집어놓은 상처들은 죽음으로 이끌기에 충분했다. 그러나 순식간에 상처가 메워지더니 아무 일도 없었다는 듯 창백한 피부가 드러났다.

"……소란을 들었나?"

새로운 견인(코볼트) 떼가 몰려왔다.

마물 떼는 방금 남자가 섬멸했던 것보다 배는 더 많았다.

"……끝났어. 이제, 끝이야."

"아뇨, 괜찮아요. 우린 죽지 않습니다. 저 사람이 있으니까요."

오직 한 사람, 앨리스만은 확신했다. 이 상황은 이제 궁지에 몰린 것이 아니라는 것을.

그리고 이내― 증명의 시간이 찾아왔다.

"배, 고, 파아아아아아아아아아아아아!"

"의, 의의, 의사, 사사, 사아아아아아!"

"괴로, 괴로, 워워, 괴로워어어어어어!"

마물들이 일제히 부르짖으며 쇄도했다.

절대적인 물량이었으나― 그럼에도.

남자의 붉은 눈동자에 깃든 불퇴의 의지는 조금도 흔들리지 않았다.

"나는 비애로서 처단한다. 에제키엘의 칼날. 월천의 참극. 백앙접의 날개."

마물 떼가 남자의 바로 근처까지 엄습해온 순간.

"―강무술식전개. 제삼마장 : 살육자(슬래셔)의 주아(바이트)."

강철 팔이 다른 형태로 변했다.

그 모습은 마치 방대한 칼날을 집적하여 만들어낸 한 마리의 뱀.

그 뱀은 독립된 의지를 가진 것처럼 약동하더니—.

으르렁거리며 남자의 주변을 쓸어버렸다.

남자의 변형된 오른팔이 순식간에 마물들을 찢어서 시체의 산을 만들어나갔다. 그래도 마물 떼는 돌격을 멈추지 않고, 불에 뛰어드는 날벌레처럼 목숨을 내던졌으나—.

모조리 뱀에게 잡아먹혔다.

"—잠든 그대들에게 영원한 구원이 있길."

마물의 시체와 반짝이는 돌들이 대량으로 굴러다니는 한가운데 서서 남자가 엄숙히 말하고서 허공에 독특한 사각형을 그려나갔다. 그 모습은 마치 자비로운 성직자 같았다.

그런 남자를 보면서, 세실이 말했다.

"……엄청나네."

눈을 크게 뜬 그의 마음에는 어떠한 감정이 있을까?

그것을 헤아리지도 않고 남자가 하늘을 우러러보고서…….

몸을 기울였다.

그러고는 남자가 한쪽 다리를 질질 끌면서 비틀비틀 접근했다.

아직 절명하지 않은 한 견인(코볼트)이 있었다.

아마도 일부러 남겨뒀겠지.

그, 혹은 그녀는 팔다리가 떨어져나가 움직일 수 없는 상태였다.

남자는 땅바닥에 엎어져 있는 마물을 내려다보고서…… 천천히 가면을 벗었다.

강철 가면이 가리고 있던 입가가 훤히 드러났다.

날카로운 미모. 그러나 낯빛이 마치 병에 걸린 것처럼 창백했다.

그리고.

오른쪽 입술에서 뺨까지, 피부와 살이 떨어져나간 것처럼 존재하지 않았다.

그것은 마치 인간이 아닌 모습……. 아니, 마치가 아니다.

검은 코트의 남자는 인간이 아니었다.

이 세상에 드물게 존재하는 **인간의 마음을 가진** 《**마물**》.

그가 한쪽 무릎을 꿇고서 입을 서서히 벌리더니—.

엎어진 견인(코볼트)의 어깨를 베어 물었다.

"히익……?!"

비로소 제정신을 되찾은 리네아가 비명을 작게 질렀다.

포식. 남자의 행동을 표현할 수 있는 단어는 그것밖에 없었다.

견인(코볼트)의 어깨살을 물어뜯어 씹고서 삼켰다. 그러고는 흉부와 허벅지를 차례대로 먹은 뒤에는 마지막으로 옆구리를 찢어 내장을 끄집어내고, 먹었다.

"윽……!"

리네아가 처참한 광경을 견디지 못하고 구역질을 했다.

세실도 식은땀을 흘리면서 미간을 찡그렸다.

그러고는 마물을 먹는, 그 마물의 이름을 입에 담았다.

"괴물 먹는, 레온……!"

세실과 리네아의 얼굴에 숨길 수 없는 혐오감이 번졌다.

그러나— 앨리스만은 가련한 얼굴로 반짝이는 **웃음**을 지었다.

"드디어, 만났어."

그녀의 중얼거림이 짙은 안개 속으로 녹아들고, 이내 포식을 마친 레온이 《생탄석》을 줍고서 주변을 둘러보며…… 알 수 없는 탄식을 흘렸다.

그러고는 강철 가면으로 인간이 아닌 얼굴을 가린 뒤 앨리스 일행을 바라봤다.

"줍든 말든, 마음대로 하도록."

그 말만을 하고서, 왼쪽 다리를 질질 끌며 순백의 어둠 속으로 사라져갔다.

"저게 3대 《구세》의 용사……! 레온 크로스하트……!"

세실이 툭 내뱉듯 중얼거렸다.

그 눈동자에서는. 그 얼굴에서는.

명백한 두려움과 차별 감정이 엿보였다.

"저건 용사가 아냐……! 무시무시한 괴물이잖아……!"

세실이 이를 덜덜 부딪치면서 온몸으로 전율했다. 그의 말에 긍정하듯 리네아가 침묵했다. 한편, 앨리스는 이의는 용납할 수 없다는 투로 단언했다.

"아뇨. 아닙니다."

방금전까지 두려움에 떨던 소녀의 모습은 찾아볼 수가 없었다.

찾아 헤맸던 상대와 재회하여 환희하는 소녀의 모습을 보이면서, 앨리스가 입을 열었다.

"저 사람은, 괴물이 아냐. 저 사람은—."

이어지는 말을 가슴 속으로 자아내면서.

그녀는 사라져가는 시인(屍人)의 뒷모습을 한없이 계속 바라봤다.

EPISODE I

고독한 망자와 의지할 데 없는 소녀

Only I know
the Ghoul saved
the world

—굳세게 살아가지 않으면 그때의 추억을 지킬 수 없어.

—굳세게 행동하지 않으면 그날의 맹세를 완수할 수 없어.

—그래서 나는 약한 스스로를 죽인 거다.

성도 유고슬란드.

이곳은 9년 전보다 더 오래된 기억이 없는 레온 크로스하트에게 고향이나 마찬가지였다.

한밤중, 홀로 성도를 걷는 시인(구울)이 있었다. 그 모습은 마치 너덜너덜한 걸레 같았다.

몸에 걸친 코트에는 격전의 상흔이 새겨져 있고, 헝클어진 모발에는 메마른 피가 덕지덕지 붙어있었다.

불편한 왼쪽 다리…… 의족을 질질 끌면서 걷는 모습은 실로 딱했다.

그러나 길을 오가는 사람들은 레온을 결코 가엾어 하지 않았다.

눈길을 홱 돌리는 자.

노골적으로 모멸하는 자.

험담을 하는 자. 그리고—.

머리 위에 물을 끼얹는 자.

집합주택 2층 창문에서 어떤 여자가 레온에게 물을 끼얹은 뒤 침까지 뱉고서 한 마디 했다.

"뒈져라, 괴물(프릭스)!"

—그로부터 얼마 뒤, 시인은 거처에 도착했다.

실로 광대한 저택이다. 이곳은 그에게 남겨진 몇 개 없는 형태가 있는 추억이다.

"……다녀왔다."

현관에서 그렇게 중얼거렸다. 반응하는 이는 그 어디에도 없었다.

그러나 레온의 붉은 눈동자에는 일찍이 함께 살았던 **두 사람**의 모습이 뚜렷하게 비쳤다.

그 환영의 옆을 지나면서 2층에 있는 자신의 방으로 향했다.

그러고는 곧장 침대 위에 쓰러졌다.

"조금 있으면 4주기인가."

손바닥에서 모든 것이 새어나가고, 자신의 세계가 지옥으로 바뀐 그날로부터 4년.

"……내겐 용서를 구할 자격 따윈 없어. 하지만, 그래도 바라건대, 난……."

레온은 말을 더 잇지 못하고 눈을 감았다. 괴로운 현실로부터 도망치듯.

◇◆◇

그 남자의 삶은 밑바닥에서 시작됐다.

기억. 존재의의. 보금자리. 사회적 입장. 그 모든 것이 손에 없었다.

남자는 그런 현실에 더할 나위 없는 공포를 느꼈고, 그렇기에 모든 것을 바랐다.

……그러한 **과거의 자신**을 지금은 어리석다고 여긴다.

밑바닥인 채가 좋았다. 아무것도 얻지 못한 채로 이 세계에서 사라졌어야 했다.

그랬다면…… 이런 감정을 맛보지도 않았을 텐데.

"원하는 걸 갖고 싶다면 스스로 길을 찾아내서 나아가야만 해."

남자는 지옥 같은 밑바닥의 세계에서…… 두 사람과 만났다.

"난 네게 길을 제시할 거야. 그 길을 어떻게 나아갈지는 너에게 달렸어."

2대《구세》의 용사, 크레아 레드하트.

나의 스승. 나의 어머니. 나의 존재의의. 나의…… 나의, 모든 것.

그러나 그녀는 오직 한 사람만을 위한 존재가 아니었다.

"걱정하지 마. 넌 우리가 지킬 테니까."

라인하르트 크로스라인. 나의 작은 사형. 그 무엇보다도 소중한 가족의 일원.

그 녀석과 함께 살아가기로 마음먹었다. 그 녀석의 발과 다리가 되고 싶다고 바랐다.

그러나.

"전부, 내 탓이야……."

어느 날 모든 것이 사라지고 없어져버렸다.

"레온…… 라이나…… 내가, 너희들을……."

멀어져갔다. 눈앞에 있는 그 사람이.

"이봐, 짝지. 부탁할게. 다음에 만나거든, 그땐—."

멀어져갔다. 눈앞에 있는 그 녀석이.

나는 외쳤다. 소용없음을 알면서도 손을 뻗어 외쳤다.
기다려줘. 가지 말아줘.
날—.
"날 혼자 두지 말아줘……!"

◇◆◇

끝나지 않는 꿈은 없다. 그것이 어떤 내용이든 간에.
"혼자 두지 말아 달라고? ……한심스럽기는. 모든 걸 제 손으로 부숴버렸으면서."
시인은 입을 다물고서 도망치듯 잠을 깨운 **원인** 쪽으로 주의를 돌렸다.
레온의 귀는 멀리서 떨어진 바늘 소리조차 놓치지 않는다.
인간을 초월한 청각이 침입자의 존재를 알려왔다.
"……어리석은 자 같으니. 1층에 있는 금고를 들고 가버리면 될 것을."
침입자가 2층으로 올라왔다. 이 방에 이르기까지 앞으로 다섯 걸음, 네 걸음, 셋, 둘, 하나—.
그리고 문이 열린 순간, 침입자의 모습을 보고서 레온은 어리둥절했다.
"앗……! 여, 여기, 계셨네요……!"
나이 어린 아가씨였다. 허리까지 내려오는 백발. 굴곡이 없는 몸. 커다란 녹색 눈동자. 이목구비가 가지런해서 미소녀라 부를 만했다. 그 모습은 도둑 이미지에서 동떨어졌다.

"……넌."

"앗, 저기. 저, 전 앨리스 캠벨입니다."

"……슈제리아 미궁에서 견인(코볼트)들한테 습격받았던 자들 중 하나?"

시인이 말하자 어째선지 앨리스가 고개를 푹 숙였다.

"역시, **기억하질 못하네요.**"

말을 들어보니 미궁 건 말고도 다른 접점이 있는 듯했지만 떠오르지 않았다.

"전, 당신한테—."

"네 개인사는 아무런 흥미도 없어. 당장 나가. 두 번 다시 얼굴 보이지 마."

몹시도 차가운 목소리는 앨리스의 마음을 다치게 하는 데 충분했던 듯했다.

그럼에도 그녀는 시인의 얼굴을 똑바로 쳐다보며 말했다.

"전 당신의 제자가 되기 위해서 여기로 왔습니다……! 고개를 끄덕여주실 때까지 여기서 나갈 생각은 없어요!"

그녀의 눈동자에 노기가 서렸다. 고집불통인 부모님을 비난하는 것 같은 눈빛이었다.

"……다른 용사를 소개해주마. 그 선에서 만족해."

"저, 전! 당신의 제자가 되고 싶어요! 당신이 아니면, 안 돼요!"

그 뒤에도 문답이 여러 번 이어졌지만…… 실로 영양가가 없었다.

'저 여자애는 남의 말을 들을 줄 모르는군. 대화를 계속해도 헛돌기만 하겠지.'

'하지만…… 목덜미는 붙잡고서 내쫓는 건 역시 괴로워.'

'어린 티도 가시지 않은 애한테 폭력을 휘두르고 싶진 않아.'

그러나 상대방의 열의에 꺾일 수도 없는 노릇이었다.

옆에 제자를 끼고 다니는 건 당치도 않은 일이었다. 레온 크로스하트는 혼자서 살다가 혼자서 죽기로 결심했다. 그것은 어길 수 없는 맹약이며, 불문율이었다. 따라서 시인은 각오를 굳혔다.

'……악랄한 수단이긴 하지만, 하는 수 없지.'

망설임과 죄책감, 자기혐오를 느끼면서 레온이 입을 열었다.

눈앞에 있는 저 애처로운 소녀를 속이기 위해서.

"……그렇게까지 말한다면 네게 시련을 내리겠다. 그 결과에 따라서 네가 내 제자가 될만한지 시험해보겠어."

"저, 절, 제자로……?!"

레온이 고개를 끄덕이자 앨리스의 앳된 미모에 기쁜 기색이 감돌았다.

이미 제자가 된 것이나 마찬가지라는 표정이지만…… 아쉽게도 그렇게 되지는 않을 것이다.

'마음이 꺾일만한 고통을 주면 저 여자애도 필시 떨어져나가겠지.'

'……내 옆은, 누군가 머물만한 곳이 아냐.'

무슨 일이 있든 간에 옆에 누군가를 둘 수는 없었다.

이 시인은 그 누구도 지킬 수 없으니까.

"오늘 밤은 저택의 빈 방을 쓰도록. 숙소를 따로 잡았다면 얘기는 달라지겠지만."

"아, 아뇨! 기쁘게 쓰도록 할게요! 시, 실은 저, 이제 한 푼도 없어서……. 에헤헤.”

그리하여 의지할 곳 없는 소녀와 고독한 시인(구울)의 짧은 동거생활이 시작을 맞이하는데—.

—이튿날 새벽.

“일어나세요~! 아침이에요~!”

소녀의 맑은 목소리와 금속이 맞부딪치는 요란한 소리가 울렸다.

마음이 불쾌해서인지 레온은 무심코 옛 과거를 추억했다. 그 시절의 아침을.

“일어나~~! 아침이야~~!”

“무덤에 들어갈 때까지 자고 있을 셈이야~?! 시인(구울)답게 말이야! 농담! 꺄하하하하하!”

사형(라인하르트)의 매몰찬 목소리에 잠에서 억지로 깬다. 그런 아침이 다시 돌아온 것 같은 기분이었다.

그렇기에 한층 더 불쾌해졌다.

“……시끄러워.”

레온이 노기를 실어서 말하자 앨리스가 온몸을 흠칫 떨었다.

“죄, 죄죄죄, 죄송합니다……! 하, 하지만, 일어나시질 않아서…….”

“……애당초, 왜 이런 짓을 했지? 부탁한 기억이 없는데.”

레온이 탄식하며 몸을 일으켰다. 앨리스가 어색하게 웃으며 말했다.

“아, 아침밥을 차렸습니다. 솜씨를 발휘했으니 분명 맛있을 거예요……!”

자세히 보니 앨리스의 눈이 충혈됐다. 피로감이 살짝 엿보였다.

새벽에 일어나 품을 들여서 식사를 차렸나 보다.

레온에게 예쁨을 받고 싶다. 레온이 돌아봐줬으면 좋겠다. 그녀의 눈동자에 그런 감정이 가득했다.

……기쁘지 않다고 한다면 거짓말이겠지만, 그렇게 느꼈기에 더더욱.

“난 시인(구울)이다. 인간의 음식은 필요하지 않아.”

매몰차게 거절했다.

“네 친절은 내겐 굉장한 민폐야. 내 식사 따윈 두 번 다시 차리지 마라.”

설마 이토록 퉁명스럽게 말할 줄은 생각조차 못했겠지.

어색해히면서도 분명 환했뎌 앨리스의 표정에 점점 비탄이 번져갔다.

“……죄송합니다. 쓸데없는 참견을, 했네요.”

사죄하고서 물러가는 그녀의 눈동자에 눈물이 글썽였다.

가슴이 아팠다. 그러나…… 이것도 그녀를 위해서였다.

“난 올바른 행동을 했어. 잘못하지, 않았어.”

죄책감에 짓눌리지 않도록 자기암시를 걸었다.

뜻대로 되지 않는 상황에, 시인은 깊은 탄식을 내뱉었다.

—그 후, 레온은 앨리스가 식사를 마친 것을 확인한 뒤에 말을 걸었다.

“장비를 전부 착용하고 와라. 외출한다.”

그 순간, 앨리스가 작은 몸을 흠칫 떨었다.

"후와아아아아……!"

마치 구사일생한 것 같은, 아주 안도한 감정을 내보였다.

"……그 반응은 뭐야."

"왜, 왜냐면……! 왜냐면……! 당신이, 말을 걸어줬으니까……!"

앨리스가 말했다. 당신에게 미움을 사지 않아서 다행이라고.

"아까, 쓸데없는 짓을 해서, 당신의 심기를 거스른 것 같아서…… 저 불안해서……."

그녀가 가슴을 쓸어내리는 모습을 보고서 레온은 마음이 아팠다.

아까 그 대화는 아무리 생각해도 자신이 잘못한 것이건만, 저 여자애는.

죄책감이 짙어짐과 동시에…… 이 감각과 앨리스가 쳐다보는 눈빛에서 기시감을 느꼈다.

조금만 더 파고들면 잊었던 기억이 되살아나겠지.

그렇게 되면 자신과 그녀의 관계가 명확해지면서…… 인연이 생기고 만다.

레온은 그 사태를 피하기 위해 이야기를 원래 노선으로 되돌렸다.

"……여하튼, 10분 이내로 준비해라. 그 이상은 못 기다려."

"아, 예!"

앨리스는 푸대접을 받으면서도 충실한 태도를 무너뜨리지 않았다.

그녀는 잰걸음으로 자기 방에 가서 장비를 착용하고는 현관 앞에서 기다리는 레온 곁으로 돌아왔다.

저택을 떠난 뒤 두 사람은 나란히 거리로 나갔다.

"저기, 미궁으로, 가시는 거죠? 어떤 곳인가요?"

"아니. 미궁이 아냐. 길드다."

"앗. 기, 길드, 말인가요?"

"그래. 모험가의 직무가 미궁 탐색이라고 아는 자들이 많다. 특히 너 같은 신참은 말이지."

레온이 앨리스 쪽으로 시선을 돌리며 말을 이었다.

"모험가의 역할은 미궁에서 《생탄석》이나 《변유물(變遺物)》을 갖고 돌아오는 것만이 아냐."

안개가 몰고온 재앙은 안개가 발생한 땅뿐만 아니라 그 주변 지역까지 미쳤다.

그것에 대응하는 것도 모험가의 직무였다.

"의뢰를 수행하면서 받을 수 있는 보수는 적고, 용사 칭호를 얻는 것도 어렵다. 하지만 사망률을 비교하자면 미궁 탐색보다 의뢰 수행이 절반 이하로 낮아. 따라서 신참은 의뢰를 착실히 수행하고 경험을 쌓은 뒤에 미궁 탐색에 나서야 한다고 생각한다. 그렇기에…… 이번에 네게 의뢰를 이용하여 시련을 내리기로 했다."

"그, 그 말은, 즉…… 제 안전을, 염려해주셨다는 뜻……?!"

사실 그 말이 맞지만, 긍정했다가는 괜히 호감을 살 것 같아서 무시하기로 했다.

"저기, 시련은 미궁에서도 가능한 거죠……?"

"……글쎄."

"그래도 당신은 저를 염려하여 안전한 의뢰 쪽을 선택해주셨어요……! 사, 상냥해라……!"

그녀가 멋대로 이해하고 멋대로 감동했다. 그 모습은 참으로 구제

불능이었다.

참 이상한 아가씨를 주워버렸다며 탄식했다. 그러나, 한편으로는.

별 거 아닌 일에도 일일이 기뻐해주는 저 여자애가 귀엽게도 보였다.

……그렇기에 결말을 상상하니 마음이 아팠다.

'내 옆에 선다는 게 얼마나 고통스러운지 알면, 저 여자애도 분명.'

레온은 멀지 않은 미래에 찾아올 이별에 별다른 감정을 품지 않도록 애쓰면서 묵묵히 걸어서…… 목적지에 도착했다.

문을 열고서 앨리스와 함께 발을 내디뎠다. 오늘도 길드는 수많은 모험가들로 북적거렸다. 실내에 감도는 활기는 바깥과는 확연히 달랐지만…… 시인(레온)의 등장을 인식한 순간.

소란스러웠던 길드가 조용해졌다.

레온은 늘 겪는 일이기에 신경 쓰지 않았다. 그러나 앨리스는 갑작스러운 정적에 당황했는지 심녹색 눈동자가 불안하게 흔들렸다.

"……멈추지 말고 따라와."

불편한 왼쪽 다리를 질질 끌며 의뢰서가 붙은 게시판으로 향했다.

"첫! 불쾌한 낯짝을 내보이다니……!"

"냉큼 꺼져. 괴물(프리크)."

동업자들이 혐오와 모멸을 쏟아냈다.

그래도 레온은 개의치 않았다. 말라비틀어진 시인의 마음에는 그 어떤 감정도 남지 않았다.

그 참극으로부터 약 4년. 줄곧 그렇게 생각해왔건만.

"철회해주세요."

앨리스가 멈춰 서서 당당히 말했다.

"……아가씨. 방금 뭐라고 했냐?"

"처, 철회해달라고 했습니다! 저, 저 사람은 괴물이, 아냐!"

이것만은 양보할 수 없다는 강한 마음이 느껴지는 목소리였다.

"……쓸데없는 짓을."

탄식이 섞인 중얼거림을 듣고서 레온은 **스스로를 비웃었다**.

4년 전, 참극이 벌어진 이후로 줄곧 자신을 감싸준 인간 따윈 없었다.

그런 인간을 실제로 보고서 약간이나마 기뻐하는 스스로가 역겨웠다.

어쨌든 이 상황에서는 끼어들 수밖에 없다.

레온이 거한과 앨리스 사이로 몸을 던지려고 한— 그 순간.

"좋은 근성을 갖고 있구만. 마음에 들었다, 아가씨."

걸걸한 목소리가 길드 안에 울려 퍼졌다.

천장에 닿을 것 같은 거대한 몸과 상흔으로 가득한 흉악한 얼굴을 지닌 남자. 앨리스가 대치하고 있는 상대도 거구이긴 하지만…… 그 남자의 체구는 그조차도 어린애로 보이게 만들 정도였다.

"매, 《맹금》 벨고……!"

앨리스를 상대로 땅땅거렸던 거한이 이마에 땀을 흘리며 움츠러들었다.

벨고 자하지. 성도를 거점으로 삼은 용사 중 하나이자, 《맹금》이라는 별칭으로 잘 알려진 베테랑 모험가다. 레온에게는 오랫동안 얼굴을 봐온 지인이지만…….

굳이 인사를 하지 않고 게시판으로 향했다. 그러고는 그곳에 붙은 의뢰서 몇 장을 훑어봤다.

"이번에는 이게 적당하겠군."

한 장을 떼어 접수처로 가져간 뒤 의뢰인수서에 서명했다. 이로써 이제 이곳에는 볼일이 없다.

길드를 떠나고자 앨리스와 함께 걸었다. 그리고 출입구로 다가가려는 그때.

"잠깐만, 아가씨."

"힉?! 뭐, 뭐뭐뭐, 뭔가요……?!"

"그 녀석 옆에는 있지 않는 게 좋다. 다 널 위해서 하는 말이야."

그 순간, 앨리스의 떨림이 멎었다.

"당신도, 이 사람을……!"

"착각하지 마, 아가씨. 난 그저 충고를 해주는 것뿐이야."

"충고?"

앨리스가 고개를 갸웃거리자 벨고가 고개를 한 번 끄덕이고서 어느 두 사람의 이름을 언급했다.

"크레아 레드하트. 라인하르트 크로스라인. 이 이름은 알지?"

2대 《구세》의 용사, 크레아 레드하트. 그의 첫 제자이자 후계자로 촉망받던 남자, 라인하르트 크로스라인. 통칭 반짝이는 라인하르트.

레온은 옛 친구가 그 이름을 말하자 날카롭게 쏘아봤으나…… 아무 말도 할 수가 없었다.

"4년 전에 벌어졌던 성령제(聖靈祭)의 참극. 그 녀석들은 그 현장에서 목숨을 잃었다. 그래…… 아가씨, 네 옆에 있는 **그 남자의 손에 의해.**"

"……그건 어디까지나 향간의 소문이죠?"

"아아, 그렇지. 레온이 죽였다는 증거는 없어. 허나…… 세상 사람들은 추악한 시인(레온)이 사리사욕을 채우기 위해 일으켰다고 알고 있다고. 왜냐면 그 녀석들이 죽었을 때 이득을 볼 사람은 레온뿐이었으니까."

무슨 말을 듣든 마음이 흔들리지 않았다. 앨리스는 그 소문을 결코 믿지 않으니까.

앨리스의 속내를 짐작했는지 벨고가 입술을 일그러뜨리며 쓴웃음을 흘렸다.

"나도 믿진 않아. 그 사건이 어떤 동기로 벌어졌든 간에 저 녀석이 두 사람을 죽일 리가 없다고. 다만…… 레온이 범인인지 아닌지 따지자는 게 아냐. 저 녀석이 갖고 있는 존재의 본질을 말하는 거라고. 아가씨는 저 녀석과 철저히 맞지 않는다고 말하고 싶은 거야."

벨고는 왠지 괴로워하면서도 주저하지 않고 말을 계속 이어나갔다.

"행복해지길 바란다면 그 녀석 옆에서 떨어지는 편이 나아. 저 녀석은 말이지, 사신이야."

벨고가 말했다. 레온의 옆에 있으면 그 누구든 불행해진다고.

"난 상관없어. 죽음이 어떤 형태로 닥쳐오든 저 녀석과 함께 한 걸 후회하진 않아. 허나…… 아가씨는 어떻지? 만약, 그 순간을 맞이하더라도 후회하지 않을 자신이 있나?"

벨고는 꿰뚫어봤다. 앨리스의 목적이 자신의 행복과 구제임을.

그럼에도 그녀가 말했다.

"시, 싫, 싫어요……! 저, 저 사람의 곁 말고는…… 제가 있을 곳은, 없어요……!"

그 대답을 듣고서 벨고가 웃었다. 한편 레온은 그 말을 듣고 떨떠름했다.

'집착이 너무 강해. 저건 마치.'

앨리스와 마주한 거한도 같은 생각을 품은 모양이었다.

벨고가 두꺼운 입술로 실웃음을 짓고서 시인에게 말했다.

"이봐, 레온. 어느 누구도 저런 느낌이었지 아마?"

"……흥."

시인이 고개를 홱 돌리자 벨고가 호쾌하게 웃고서 앨리스를 다시 쳐다봤다.

"뭐, 부디 건강하게 잘 버텨보라고, 아가씨. 마음이 바뀌거든 나한테 오도록 하고."

거한이 할 말을 다 마쳤다는 듯 커다란 등을 돌렸다.

레온도 그에 호응하듯 다시 발을 떼어 길드를 떠났다.

그런 그의 옆에서 앨리스는 주저하면서도 묻지 않을 수 없었다.

"거짓말이죠? 아까 그 얘기요. 옛 동료한테 해를 가했다니, 지독한 거짓말이죠?"

"……벨고가 말한 내용에는 거짓은 없다. 그 사건은 항간의 인식이 맞아. 4년 전 사람들이 성령제를 한창 즐기던 중에 느닷없이 《마물》 떼가 출현했지. 그들이 자행했던 살육은 전부 내가 꾸민 짓이야."

레온의 말은 거짓이자, 진실이었다.

유고슬란드에 닥쳤던 비극도. 민중의 슬픔도. 전부, 전부, 전부.

"내가 저질렀다. 내가, 모든 걸 부쉈다. 그리고—."

"—내가, 죽였다. 스승님과 라이나를."

◇◆◇

앨리스와 함께 마차를 타고서…… 지금 레온은 한창 여행 중이었다.

"앗! 저, 저길 봐요! 말이 있어요! 야생마예요!"

앨리스가 아까부터 창밖을 가리키며 외쳐댔다. 레온이 지루해하지 않도록 마음을 써주는 거겠지. 그러나 서슬프게도 당사자에게는 민폐일 뿐이었다.

"……조용히 좀 할 수 없나?"

"읏, 죄, 죄송합니다. 하지만 우리 말고 다른 손님도 없으니……."

"타인을 배려하라는 얘기가 아냐. 내가 지긋지긋하다고."

"앗. 아, 저기 혹시 말인데요. 제, 제 말이, 불쾌했나요?"

레온은 딴죽을 걸 마음도 들지 않아서 그저 어깨만 들썩였다. 앨리스는 그 모습을 보고 복잡한 표정을 지으며 중얼거렸다.

"정말로, 웃음이 사라졌네요."

"시인(구울)은 표정을 바꿀 수 없다. 그러니 웃을 일도 없어."

"아니에요. 그런 말이 아니라."

앨리스가 고개를 서서히 들고서 레온의 붉은 눈동자를 응시하며 말을 이었다.

"아주 조금이지만, 전 과거의 당신을 알아요. 그 당시 당신은 크레아 님과 라인하르트 씨와 함께 있었고…… 줄곧 웃고 있었어요."

레온은 눈 앞의 아가씨와 과거에 일면식이 있었는지 냉정하게 생각했다.

한편으로는 시인의 마음속에서 먹구름이 드리워진 정념이 소용돌이쳤다.

그리고 정신을 차려보니 레온은 무심코 입을 벌려…… 감정을 토로하고 있었다.

"내가 웃든 말든 그게 뭐 어쨌다는 거야. 너한테 무슨 불이익이라도 있나? 아니, 없지. 그런 건 없어. 내 현재 모습과 넌 아무런 관계도 없으니까."

레온은 말을 마치자마자 자기혐오에 빠졌다.

난 대체 뭘 하는 거야. 어린애의 말에 화를 내다니, 추태도 이런 추태가 없다.

"……미안하다. 말이 지나쳤어."

"아, 아뇨. 저야말로 죄송합니다. 옛 상처를 건드려서."

침묵의 장막이 드리워졌다. 그러나 그것도 잠시, 앨리스가 금방 다시 입을 열었다.

"이것도 불쾌하게 여기실 것 같지만요. 그래도 꼭 말해야겠어요. ……전 당신이 웃어줬으면 좋겠어요. 지금처럼 울고만 있는 모습은, 보고 싶지 않습니다."

"……시인(구울)은 눈물 따윌 흘리지 않아. 그러므로 난, 울지, 않아."

"아뇨, 당신은 줄곧 마음속으로 울고 있어요. ……옛날의 저처럼."

레온의 심기를 거스르고 싶지 않았지만, 앨리스는 굳이 그 말을 했다.

앞으로 이어질 선언의 전제로서.

"전 당신의 마음을 치유하는 존재가 되고 싶습니다. 당신이 웃어 줬으면 하니까요. 그러니…… 당신의 마음에 웃음을 되돌리고야 말 거예요. 언젠가, 반드시."

◇◆◇

—카르나 빌리지는 산간에 위치한, 인구가 천 명이 채 되지 않는 농촌이다.

옛 시대로부터 내려오는 전통을 중시하여 생활양식과 경관이 지극히 고풍스러웠다.

주변에 펼쳐진 전원(田園) 쪽으로 시선을 돌리니 밭농사에 힘쓰는 마을 사람들의 모습이 보였다.

레온과 앨리스
그러나 모두들 이방인들에게 불쾌함을 드러냈다.

어른들의 얼굴에서는 마을이라는 이름의 폐쇄 공간 특유의 배타적 분위기가 엿보였다.

반면, 아이들은.

"와, 오빠~, 언니~."

"너희들, 모험가지? 바깥 얘기 좀 들려줘!"

얼굴마다 천진난만한 웃음으로 가득했다. 그러나 그들과 교류를 해본들 아무런 소용도 없었다.

따라서 레온은 그 물음을 모조리 무시했지만…… 앨리스는.

"무얼 숨기겠는가! 이 분은 바로 《구세》의 용사님! 마을을 구하기 위해 멀리서 찾아왔답니다!"

늘 보던 겁쟁이 소녀는 어디에도 없었다. 아이들과 어울리니 명랑한 천성이 자연스레 표출되는 듯했다. 레온에게는 실로 성가신 상황이었다.

"언니랑 오빠는 촌장님한테 가는 거야?"

"안내해줄게! 그 대신에 일을 마치면 바깥 얘기 좀—."

기대감으로 가득한 목소리들이 이어지는 중이었다.

"그 녀석들한테서 떨어져!"

전원에서 일하던 어른 중 하나가 노성을 내지른 뒤 어깨를 씩씩거리며 이쪽으로 걸어왔다.

"너희 부모가 이방인한테 다가가지 말라고 가르치지 않던! 병이 옳으면 어쩔 거야?!"

마을의 해악은 모조리 외부인에게서 비롯된다. 폐쇄된 촌락에 사는 어른 특유의 가치관이다.

"왜 그렇게 심한 말을 하는 거야!"

"우릴 도와주러 왔는데 왜 화를 내?!"

아이들의 마음은 늘 깨끗하고 아름답다. 그러나…… 의지를 관철시킬 만한 힘은 없다.

"말대답하지 마라! 이 빌어먹을 꼬마들 같으니! 냉큼 딴 데로 가지 못해!"

어차피 아이는 아이. 어른의 부조리한 강요에는 저항하지 못한다.

어른이 근처에 있는 남자애의 머리를 쥐어박은 순간, 아이들 모두가 울먹이며 줄행랑을 쳤다.

"칫……."

마을 남자도 레온과 앨리스를 보고서 혀를 찬 뒤에 잰걸음으로 멀어졌다.

"……어째서 어른들은 모두 아이들을 진지하게 대해주지 않는 거지."

저 마을 사람은 아이들이 미워서 폭력을 휘두른 게 아니다. 오히려 아이들을 지키고자 저런 행동을 했음을 앨리스는 이해하고 있다. 그렇기에 서글픈 거겠지. 어른들의 무뚝뚝함이.

"……일찍이 스승님이 말했다. 애정은 때로 인간을 미치게 한다고."

걸음을 재개하고서 이내 두 사람은 특징적인 광경을 목도하고서 발걸음을 멈췄다.

길가에 세워진 가옥 한 채. 그곳은 주변에서 악취가 풍기고, 군데군데가 파손되어 있었다.

분뇨를 뿌렸을 뿐만 아니라 돌까지 던졌겠지. 마을의 동포들이.

"병에 걸린 자와 그 가족을 향한 처우는 어디든 똑같구나."

《마물》에 이르는 병, 《청안병》. 발생 원인은 안개와 마찬가지로 전혀 알 수 없으며 치료법도 없다.

"……일반적인 병과 마찬가지로 《청안병》도 사람한테서 사람으로 전염된다고 여기고 있지. 근거는 아직껏 제시된 적이 없는데도 말이야."

본인이 미지의 존재로 바뀔지도 모른다는 불안감을 견뎌내는 자는 얼마든지 있다. 그러나 소중한 사람이 그리될지도 모른다고 생각하면…… 인간은 광기에 침식된다.

"어떻게, 안 될까요?"

"잠시 그만두게 할 수는 있지만…… 우리가 떠난 뒤에 어떻게 될

는지.”

십중팔구, 마을 사람들은 박해를 재개하겠지. 본인들의 행동에 아무런 의심도 품지 않고서.

“이 광경을 없애고 싶다면 안개를 걷어내고, 《마물》을 물리치고, 병을 극복할 수 있는 방법을 찾아내야만 해. ……애당초 불가능한 일이지만.”

일찍이 그런 희망이 분명 있었다.

스승님(크레아)과 친구(라인하르트)가 지금도 건재했다면 이렇게 불행에 처한 자들을 구해줬겠지.

그러나 이미 잃어버린 희망은 영원히 돌아오지 않는다.

눈앞에 있는 것은 나의 죄다.

레온이 고개를 숙인 채 걸어나갔다. 앨리스가 그 옆에서 결연하게 말했다.

“불가능하지 않습니다. 당신은 언젠가 반드시 세계를 구할 거예요.”

강한 의지가 담긴 말이었다. 그러나 레온은 허튼소리라며 흘려버린 뒤 발걸음을 재촉했다.

그렇게 의뢰인인 촌장의 저택에 도착했다.

“의뢰서에도 기재한 대로 두 분께 소귀인들(고블린) 퇴치를 부탁드리고 싶습니다…….”

촌장은 저자세였고, 눈에는 굽실거리는 기색이 담겨있었다. 도움을 바라는 자 특유의 태도였다.

"요즘에 뒷산 동굴 안에 소귀인들 다수가 정착했는데 말이죠……. 산나물을 캐러 나갔던 자들이 잇달아 납치를 당했습니다……."

촌장이 계속해서 말했다. 위엄을 버리면서까지 비굴하게 구는 까닭을.

"제 딸도 불과 며칠 전에 납치당한지라……! 제발 제 딸을 구해주십시오!"

"……선처하지."

저택을 나와 곧장 뒷산으로 향했다. 가는 도중에 레온은 나란히 걷고 있는 앨리스에게 말을 던졌다.

"예전에 말했다시피 신참 모험가는 미궁 탐색보다는 의뢰를 처리하면서 경험을 쌓아야 한다. 그 이유는 《마물》들의 성질 때문이야. 그들을 두 부류로 나눌 수가 있는데—."

"으음. 안개 변이와 병 변이죠?"

"맞아. 전자는 안개에 삼켜진 인간이 변이한 것으로, 지성이 낮은 반면 힘이 강해. 후자는 《청안병》에 걸려 《마물》로 변한 존재로서, 안개 변이보다 지성이 높은 반면 힘은 약하지. 그리고 안개 변이는 거처에서 한발자국도 나오지 않기에 인간 세계에 해를 끼치는 《마물》은 모두 병 변이 마물이야."

목적지인 동굴까지 얼마 남지 않았다. 그러한 상황 속에서 레온이 말을 거듭했다.

"이번에 나름 안전한 의뢰를 택했지만, 만약에 네가 위험한 상황에 처한다면 난 목숨을 바쳐서라도 구하겠다. 하지만…… 명심해다오. 난 널 구하겠지만, **지키지는 않을 거다**."

"으음…… 구하는 것과 지키는 건 똑같지 않나요?"

"아니, 달라. 전자는 이어받은 사명을 수행하기 위해 저절로 행하는 것. 그에 비해 후자는 명확한 자기의지로써 행하는 것. 따라서 난…… 아무도, 지키지 않는다."

나에게 그럴 자격은 없다. 모든 것을 잃어버린 그날부터 시인은 그렇게 스스로를 경계해왔다.

그런 대화를 마치자마자 두 사람은 동굴 앞에 도착했다.

"……들어간다."

"네, 넵."

앨리스는 다리를 덜덜 떨면서도 동굴 안으로 발을 내디뎠다. 그리고 이내.

"저, 저기. 레온 씨? 뜨, 뜬금없이 뭘?"

레온이 엎드렸다. 한쪽 귀를 바닥에 댄 채로.

"조용히 해. 정신이 산만해지니까."

그는 무뚝뚝하게 대답한 뒤 온 신경을 청각에 집중하여…… 동굴 안에 퍼지는 음파를 감지했다.

시인(구울)에게는 미각이 없다. 시각, 촉각, 후각도 일반인보다 떨어진다. 그러나 청각은 인간과 비할 수 없을 정도로 뛰어나다. 동굴처럼 소리가 잘 울리는 공간에서는 높은 탐지능력을 발휘할 수 있다.

"《마물》 숫자는 서른여덟. 생존자는…… 일곱."

"우와……! 하, 한시라도 빨리 사람들을 구하러 가죠!"

"……그래야지. **구제**하러 가야겠지."

두 사람이 나아가고 있는 길은 석벽에 달린 횃불에 밝혀져 시야가

썩 괜찮았다.

"병 변이 소귀인(고블린)의 신체능력은 《성원》 조작 기술을 쓸 줄 모르는 성인 남성과 비슷한 수준. 오감도 인간과 비슷하니 어둠 속에서는 아무것도 보지 못해."

그러므로 이 소굴은 그들에게 무덤이라고 할 수 있다.

잠시 뒤 모퉁이 바로 옆에 있는 세 소귀인(고블린)을 확인했다.

"넌 여기서 지켜보고 있어."

레온이 왼손에 쥔 총을 들어 올려 소귀인들의 시야를 밝히는 횃불을 조준했다.

그리고 파열음과 비슷한 소리가 울리자마자 시야가 온통 컴컴해졌다.

소귀인(고블린)들이 당황하여 허둥거렸다. 사신이 그들의 목숨을 거두고자 접근했다.

결판이 나기까지 대략 3초. 모든 작업을 마친 뒤 그는 마물의 시체를 내려다봤다.

"—잠든 그대들에게 영원한 구원이 있길."

기도를 올린 뒤 앨리스를 힐끗 보고서 따라오라고 짧게 명령한 뒤 걸음을 재개했다.

피가 길에 낭자했다. 앨리스가 압도적인 힘으로 소귀인(고블린)들을 해치우고 있는 레온에게 물었다.

"저, 저기요. 전 보고 있기만 해도 되나요……? 이번 의뢰는, 제자가 되기에 적합한지 시험하기 위한 거죠?"

"맞아. 하지만 이건 네 실력을 보기 위함이 아냐. 네 마음을 시험하는 거다.”

따라서 이번에는 가만히 보기만 해도 된다. 그렇게 말을 덧붙인 레온의 의도를 앨리스는 역시나 이해하지 못했다. 레온은 그 모습을 보고서 자신이 잘못을 저지르고 있는 것처럼 느꼈다.

이를 악물면서 기묘한 짜증을 견뎌내고 있으니 나란히 걷던 앨리스가 불현듯 입을 열었다.

“그나저나 레온 씨는 정말로 강하네요. 제가 아는 시인(구울)과는 전혀 달라요.”

“……그래. 난 다른 시인(구울)과는 달라. 인간들은 지성 없는 동족에게 4등급을 부여하여 소귀인(고블린)보다는 그나마 강한 마물로 인식하고 있지만…… 난 특별해.”

액면만 놓고 보면 자화자찬이었다. 그러나 그 안에 담긴 감정은.

자기비하와 자조 말고는 아무것도 없었다.

“치명상을 입어도 순식간에 치유되는 재생력. 인간의 육체를 종이처럼 찢어버리는 완력. 그리고 문자 그대로 인간의 것이 아닌 청력. 이 능력들을 고도의 지성으로 다룰 수가 있다. ……그래, 난 강자로서의 재능을 갖고 있다. 그러나…… 마음이 그것을 썩게 만들었지.”

“마음 말인가요?”

“그래. ……과거에 난 겁쟁이였다. 스승님이나 사형의 등 뒤에 숨어 덜덜 떨기만 했다. 그렇게 어리석고 한심하고 연약한 존재였지.”

레온은 이 대목에서 탄식하고서 말을 끊었다. 굳이 말을 더 보태서 과거의 상처를 들쑤시고 싶지 않았다.

“그보다도. 너, 긴장이 조금 풀렸다. 마음 단단히 먹어라.”

“아, 예. 죄송합니다. 그, 그래도…… 당신보다 강한 《마물》은 여기에는.”

“모험에 절대라는 건 없어. 이번 의뢰도 뭔가 구린내가 난다.”

“하아……. 구린내라고 하니 아까 전부터 냄새가 좀 나는 것 같지 않나요?”

“……녀석들은 예외 없이 소굴 안에서 **창작**을 하지. 이 악취는 그게 원인일 거야.”

“창작 말인가요? 트랩이나 무기 같은 걸 만든다는 뜻인가요?”

“그 답은 곧 알게 된다. 당장 중요한 건 역시나 통솔자에 관한 상세한 정보야.”

동종보다 조금 우수한 수준이라면 문제없겠지만…….

“정보는 모험가가 대단히 중요히 여겨야 하는 요소 중 하나야. 대적하는 《마물》이 어떤 존재인지 강약을 파악하기만 해도 위험도가 크게 달라지지.”

“그러고 보니 그 두 분이 살아계셨을 적에 당신은 주로 해석 참모(멘터)를 담당했다고 하던데요?”

“……그래.”

“구체적으로 상대의 정보를 어떻게 알 수 있나요?”

“《마물》의 흔적을 바탕으로 추측하는 게 보통이지만…… 분뇨에 약품을 사용하여 그 주성분을 조사함으로써 종족을 정확히 판별해내는 기법도 있지. 거기에다가.”

특이한 개성으로 적의 정보를 알아낼 수 있는 자들도 있다고.

그렇게 말을 이르려고 한 순간.

"으앗?! 이게, 뭐, 뭔가요?!"

"……벽화를 그렸나? 인간의 혈액을, 물감으로 삼아서."

빈말이라도 잘 그렸다고 할 수 없었다. 아이가 캔버스를 제 마음대로 더럽힌 것 같은 그 그림은…….

손을 맞잡은 사이좋은 오누이를 그린 것이었다.

"……보통 소귀인(고블린)은 이런 창작을 할 때 자신의 배설물을 사용해. 개니 고양이의 마킹과 비슷한 행동으로 파악하고 있지. 하지만 혈액을 사용한 경우는…… 단순한 마킹이 아니라 취향이나 취미라고 할 수 있다. 이런 행위를 좋아하는 대표적인 종은."

흡혈인(뱀파이어)(吸血人). 뇌리에 그 명칭이 떠오른 순간.

추억이 그를 격렬히 분노시켰다.

"레, 레온 씨?"

두려움과 당혹감이 담긴 목소리를 듣고서 시인이 정신을 차렸다. 그러고는 숨을 한 번 내뱉고서 마음을 진정시켰다.

"……이 벽화를 그린 자의 정보. 그걸 알려면 **힘을 사용**하는 게 가장 빠를까."

레온이 확인하고자 벽화에 다가갔다. 그리고.

"한동안 기다렸는데도 내가 **돌아오지 않거든** 몸을 흔들어다오."

"예?"

앨리스가 무슨 의미냐고 눈빛으로 물었으나 무시하고서 그가 벽화에 손을 댔다.

그 순간—.

시인의 머릿속으로 누군가의 기억이 흘러들었다.

"아빠, 뭐, 뭐하는 거야."

"에렌, 방해하지 마라. 병은 낫지 않아. 그렇다면 차라리…… 아비인 내 손으로 죽여야 마땅해."

엄마처럼 되기 전에.

아빠가 그렇게 말했다.

"살려줘, 오빠……!"

나는 부들부들 떠는 여동생 앞에 섰다.

"아빠, 전에 그랬잖아……! 오빠는 동생을 지켜야 한다고!"

"그 녀석은 이제 인간이 아니란 말이다!"

몸싸움을 벌였다. 나이프를 빼앗았다. 흥분. 칼날이 번뜩이는 빛.

—빨강.

빨강빨강빨강빨강빨강빨강빨강빨강빨강빨강빨강빨강빨강빨강빨강빨강.

눈에 비치는 모든 것이 붉었다.

"……아, 빠."

—그 순간 흘러들었던 기억이 멀어지더니 의식이 현실로 되돌아왔다.

"레, 레온 씨?"

"……내가 해석 참모를 담당했던 이유는 특이한 개성을 갖고 있기 때문이야."

"트, 특이한 개성이요?"

"난 《마물》의 사념을 읽어서 그들이 어떤 과거에, 어떤 생각에 얽매여 있는지 알 수 있다."

어째서 레온이 그런 힘을 갖고 있는가. 그것은 그가 적안의 《마물》이기 때문이다.

일반적인 《마물》의 눈동자는 새파란 청안이다.

그에 비해 붉은 눈동자를 지닌 마물은 적안이라 일컬어진다.

그들은 극히 희소한 존재이며, 인간의 마음과 이능력을 갖는다.

그것이 레온을 해석 참모로서 자리매김하게 했던 절대적인 이유였다.

"이 벽화를 그렸던 자는 원래 어린 애였다. 퇴락할 즈음에 품었던 정념은 여동생을 지켜야한다는 마음. 경험상 이런 놈은 거대화하는 경우가 많아."

어린 아이일수록 커다란 몸집을 동경한다.

아이들에게는 커다란 몸집이 이해하기 쉬운 강함의 특징이니까.

"수호자가 되려고 했던 아이. 혈액으로 창작을 하는 종족. 그 정보들로 미루어보건대…… 통솔자의 정체는 대귀인(오우거)일 가능성이 높아."

"대귀인(오우거) 말인가요? 상위 소귀인(홉고블린)이 아니고요?"

"보통은 그렇게 되겠지. 무리를 지은 《마물》들은 상위종이 통솔하는 경우가 많아. 하지만 뭐든지 예외라는 게 있지. 이번 건도 그럴 거야. ……어쨌든 오우거는 2등급 《마물》이다. 위협 레벨이 상위 소귀인을 훨씬 웃돌아."

"그, 그거 무서운데요. 그래도…… 레온 씨라면 이길 수 있겠죠?"

"……그래, 이기고말고."

시인은 그렇게 대답할 수밖에 없었다.

"……계속 진행한다."

최고 수준의 경계심을 유지하면서 목적지도 곧장 나아갔다.

그 길은 실로 평탄했다. 소수인 고블린들을 기습하고 《생탄석》을 회수했다. 문제의 그 《마물》은 기척조차 느껴지지 않아서…… 몹시 마음에 걸렸다.

"역시, 구린내가 나."

"그러게요……. 저, 이제 코가 마비될 것 같아요……."

그런 의미로 내뱉은 말은 아니었다. 그러나 실제로 걸으면 걸을수록 악취가 심해졌다. 정상적인 후각을 지닌 앨리스에게는 고문이나 마찬가지겠지.

그 말은 즉 목적지가 가까워졌다는 방증이자—.

어느 거리까지 접근했을 때, 레온이 발을 멈췄다.

"넌 여기서 기다려. 내가 부를 때까지 결코 움직이지 마."

레온은 그녀를 홀로 놔두고서 앞으로 나아갔고…… 확 트인 곳에 나오자마자 중얼거렸다.

"바라는 바이긴 하지만, 예상은 빗나갔나."

이것을 그대로 앨리스에게 보여줄 수는 없었다. 배려를 하지 않는다면 **그녀의 마음이 망가지고 만다**. 우선 레온은 횃불을 조준하여 쏴서 어둠의 베일이 주변을 뒤덮도록 하고서—.

그곳에 있던 소귀인(고블린)들을 일방적으로 섬멸한 뒤 다시금 그 광경을 눈에 담고서 생각에 잠겼다.

"……어둠의 장막이 드리워졌으니 그나마 괜찮겠지?"

앨리스를 불렀다. 잠시 뒤 그녀가 발을 내디딘 곳은 널찍한 석실이었다. 자연이 만들어낸 거대한 동굴을 고블린들이 가공했겠지. 그 안으로 한걸음 내딛자마자.

"—윽!"

앨리스가 숨을 삼키면서 눈을 번쩍 떴다.

코가 비뚤어질 것 같은 악취였다. 고블린들의 체취와 배설물, 그리고 다른 하나가 섞였으리라 짐작했지만, 마지막까지 정체를 알아차리지 못했다.

무리도 아니다. 앨리스는 건전한 소녀다. 그런 냄새를 맡아본 경험이 있을 턱이 없다.

동굴 안을 가득 메운 악취의 원흉. 그 마지막 하나는— 고블린들이 배출한 체액 냄새였다.

"……윽."

땅바닥에 굴러다니는 수많은 시신들. 그 모두가 여성의 것이었다.

그녀들은 모두 옷을 입고 있지 않았고.

그녀들의 몸에는 팔다리가 없었다.

고블린들이 잘라낸 게 틀림없다. 그들에게는 거치적거리는 물건에 불과하겠지.

인간을 도구로 간주하는 그 악의에…….

앨리스는 구역질이 날 수밖에 없었다.

"윽……!"

그녀는 참지 못하고 구토했다. 온몸으로 전율하며 눈물로 눈동자를 적셨다.

레온은 앨리스가 괴로워하는 모습을 쳐다보며 입을 열었다.

"벨고가 그랬지. 난 주변에 불행을 뿌리고 다니는 존재라고. 그 말은 틀리지 않아."

레온이 엄중하게 말을 자아내면서…… 여자들을 둘러봤다.

"여, 줘."

한 여자가 가냘픈 목소리를 내뱉었다. 그것은 그녀들 모두의 뜻이기도 했다.

"죽여, 줘."

여자들의 오열이 석실에 울렸다. 절실한 기도와도 같은 그 목소리에 레온은 고개를 끄덕이고서—.

탄알로 여자들을 지옥 같은 세계에서 해방해줬다.

"……《구세》의 이름을 이어받은 자는 그 누구보다도 목숨을 귀히 게 여겨야 하고, 그 누구보다도 수많은 목숨을 구해내야만 한다. 그러니 필연적으로 비극 한복판에 몸을 던질 수밖에 없지."

내 옆에 있으면 넌 앞으로 쭉 이런 고통을 맛봐야만 한다.

그걸 이해했으면서도 넌 아직도 내 곁에 있기를 바라나?

이제는 당연히 거절의 뜻을 내비치겠지. 레온은 그렇게 확신했다.

이로써 너와 나의 관계는—.

"헤어지지 않아요. 절대로."

—레온의 몸이 흠칫 떨렸다.

그의 얼굴은 여전히 허무로 점철되어 있었다. 그러나 그의 입에서 나온 말에서 동요한 감정이 묻어 나왔다.

"이해가, 안 되는군."

왜 헤어지지 않겠다는 결론이 나온 거지? 그 답을 도출해낸 논리와 감정을 전혀 읽을 수 없었다.

"내가 상속받은 재산을 노리나?"

"그런 거, 필요 없어요."

"내 사회적 권력은 없는 거나 마찬가지다."

"그런 것에, 흥미 없습니다."

그렇다면 대체 왜? 전혀 예상치 못한 반응에 레온의 사고가 정지했다.

그러나— 그때.

"우……아……."

가냘픈 신음. 아마도 떨어진 곳에 있는 최후의 생존자가 내뱉은 목소리겠지.

정신을 차려보니 무심코 인간의 구제를 도피의 구실로 이용해버렸다.

"……생존자 곁으로 간다."

레온은 제자의 대답을 기다리지 않고 걸어갔다. 생각이라는 미궁에서 빠져나가듯이.

앨리스가 충실한 개처럼 그와 나란히 걷다가 입을 열었다.

"저기, 해치웠던 상대의 숫자를 헤아려봤는데요……. 아까 그 방까지 포함해서 서른일곱 명째였어요. 즉, 이제 동굴 안에는 《마물》이 하나밖에 남지 않은 것 같요. 이제는 통솔자만 남은 거죠? 이제부터 우린 오우거랑 싸우나요?"

"……아니, 소리를 들어보니 상대는 고블린이겠지."

"앗. 그, 그럼 오우거는 어디에?"

"……그 의문도 포함해서 아까부터 마음에 걸리는 게 있었어. 애당초 소굴 입구에서 적 숫자를 말했을 때, 넌 이상하다고 생각하지 않았나?"

"아, 예. 숫자가 조금 적은 것 같긴 했어요."

"정확한 판단이다. 서른여덟은 너무나도 적은 숫자야. 그들은 적어도 200명 전후로 무리를 짓는다고 상정해두고서 움직여야 한다고 하지."

"근데 동굴 안에는 5분의 1밖에 없었죠. ……이유가 뭘까요?"

"가장 흔한 사례를 꼽자면 동족포식이겠지. 기본적으로 《마물》은 동족을 공격하지 않지만, 고블린은 예외 중 하나다. 입을 줄이기 위해 동족들끼리 다투고 포식하는 사례가 자주 목격되지. 하지만…… 강력한 통솔자가 있다면 그런 일은 있을 수 없어."

"동족포식을 하기 전에 통솔자가 만류하니까요?"

"맞아. 무리의 통솔자가 될만한 《마물》은 단결심이 강해. 따라서 내분을 용납하지 않고 늘 영역 안에 머물지."

"앗. 그, 근데 동굴에는 지금 통솔자로 추정되는 《마물》이 없다고 했죠?"

"그래서 구린내가 난다는 거야. 이번 의뢰는."

숫자가 너무 적은 《마물》들. 있어야 할 곳에 존재하지 않는 통솔자.

이 정황들이 의미하는 것은 무엇인가?

생각을 거듭하면서 계속 걸어간 끝에, 레온과 앨리스는 소굴 최심부에 도달했다.

두 사람은 그곳에서 새로운 참상을 목도했다.

"앗, 윽, 끅."

"우히, 히히히히히히. 히히히히히. 고기, 고기, 고기."

그 왜소한 몸 아래에서 가련한 피해자의 모습이 보였다.

레온은 비명과도 같은 신음을 흘리는 그녀를 해방시키고자 접근하고서…….

"참으로 열심히군. 이토록 접근했는데도 아직도 알아차리지 못하다니."

오른손으로 고블린의 목덜미를 움켜쥐어 떼어낸 뒤에 벽으로 던져버렸다. 고블린은 격렬한 충격을 받아 왜소한 몸이 산산이 깨지면서 절명했다.

"당신들…… 모험가……?"

여자의 마음은 아직 부서지지 않았는지 눈빛은 흐리멍덩하지만 목소리에는 조금이나마 힘이 남았다.

"그래. 마을 촌장의 의뢰를 받아 고블린들을 토벌하러 왔다."

"마을, 촌장……."

여자가 마지막 힘을 짜내듯 실낱같은 호흡을 부지하면서 목소리를 냈다.

"마을이…… 위험해…… 며칠 전에, 여기로, **누군가**가, 와서…… 마을을…… 습격, 하도록…… 시켰어…… 구멍을 파게끔……."

"……네가 말하는 인물은 누구지? 모습을 봤나?"

"목소리밖에…… 듣지, 못했어…… 엄청 아름다운…… 천사님 같은, 목소리……."

"……고맙다. 네 덕분에 수수께끼가 풀렸어."

숫자가 너무나도 적었던 고블린. 통솔자의 부재. 이 정황들은 **어떤 존재**가 꾸며낸 것이었다.

최심부 석실의 가장 안쪽을 쳐다보니 땅바닥에 커다란 구멍이 있었다.

방향을 보니 카르나 빌리지로 이어지는 게 틀림없다.

"필요없다고 판단한 자들을 소굴에 남겨두고서 마을을 습격. ……아마도 우리와 길이 엇갈린 것 같군."

"그, 그럼 지금쯤 마을이."

앨리스의 머릿속에 떠오른 광경을 여자도 상상했겠지.

"부탁해……! 내 고향을, 지켜줘……!"

여자가 눈물을 흘리며 애원했다. 레온은 그 바람을 듣고 망설이지 않고 대답했다.

"마을은 반드시 지키마. 그러니…… 안심하고 잠들도록."

"고마, 워."

레온은 감사를 받은 뒤 그녀의 미간을 조준하여…….

가련한 원혼을 하나 더 하늘로 올려보냈다.

"……이럴 때마다 늘 무력한 나 자신한테 화가 나는군."

만약 이곳에 스승님(크레아)이 있었다면. 만약 여기에 사형(라인하르트)이 있었다면.

이 사건은 분명 완벽한 해피엔딩으로 끝났으리라.

"《구세》의 칭호를 짊어지면서 그릇된 구제를 실행한다. 아아, 참으로, 지독한 얘기야."

메말라버린 목소리였다. 그러나 그 마음은 열량으로 넘쳐흘렀다.

그 속내를 짐작했는지 앨리스의 하얀 얼굴에도 열의가 깃들었다.

"설령 무력할지라도 사명을 다하는 걸 포기하지 않는다. 그렇죠?"

"그래. 그건 《구세》의 이름을 이어받은 자의 책무야. 그 책무로부터 결코 도망치지 않는다."

레온은 단언하면서 동굴 안에서 손을 댔던 생명들을 떠올렸다.

인간으로서의 존엄이 짓밟힌 채 죽음으로써 구제를 바라며 애원했던 여자들.

일찍이 인간이었을 적에 분명히 품고 있었을 존엄한 마음을 잃고서 폭주하는 《마물》들.

"더는 슬프게 하지 않겠다. 더는 죄를 짓도록 놔두지 않겠다."

《구세》의 용사는 오로지 그 사명만을 위해 존재한다.

시인은 마음에 열의의 불꽃을 지피면서 땅을 박찼다—.

◇◆◇

—레온의 왼쪽 다리는 의족이라서 옛날처럼 달리는 것은 이제 불가능했다.

그래도 수면을 튀기며 나아가는 물수제비처럼 직선적으로 뛰어 고속이동을 실현했다.

산길을 무서운 속도로 내려가 기슭에 도착했다. 그 기세를 몰아서 카르나 빌리지로 돌진했다.

'의식을 다리에 집중해야만 하는데…… 역시 자꾸만 마음에 걸려.'

'여자의 입에서 나온 **누군가**에 관한 정보. 《마물》 떼와 그 두목을 선동한 자는, 설마.'

머릿속에서 어느 인물의 모습이 떠올랐다. 그 참극으로부터 4년, 그자와 재회하는 순간을 줄곧 고대해왔다. 만약에 이번 사건의 배후가 그 녀석이고, 맞닥뜨리게 된다면, 그때는.

'승산은 희박하지만…… 그래도 토벌해야만 해.'

'난 그 목적을 이루기 위해서 수치스러운 삶을 연명해온 거니까.'

복잡한 정념을 품으면서 땅을 계속 박찼다. 그리고…… 아비규환이 벌어지는 현장에 도착했다.

무수히 많은 고블린들이 마을 사람들을 습격했다. 자경단이 어떻게든 물리치려고 했으나, 수적으로 열세였다.

"큰일 났다. 이대로는 몰살당한다."

"어, 어쩌죠……?!"

"고블린은 지극히 겁이 많은 종족이야. 무리의 통솔자를 쓰러뜨리면 도주하겠지."

인간을 초월한 청각을 작동하여 통솔자로 추정되는 《마물》의 위치를 특정했다.

"지금부터 서쪽으로 가서 통솔자를 칠 거다. 넌 길을 가면서 마을 사람을 구하고, 도피할 수 있도록 유도하는 데 전념해. 전투는 내가 맡겠다. 알겠나?"

"아, 예……!"

앨리스가 짧게 대답했지만, 그 얼굴에는 두려워하는 기색이 역력했다.

그러나 그 마음속에는 각오가 있었다. 무슨 일이 있든 그를 따르며 구할 수 있는 사람을 구하겠노라는 절대적인 각오가.

"……대체 그 용기는 어디에서 오는 거냐."

복잡한 감정을 실어 탄식을 내뱉으면서 시인(구울)이 왼손에 쥔 단총을 들어 올린 뒤…….

엉덩방아를 찧은 노인을 구하고자 방아쇠를 당겼다. 허공을 가르며 날아간 은탄이 어김없이 도끼로 내려찍으려는 고블린의 정수리를 관통했다. 마물이 액체로 바뀌었다.

"어르신, 이쪽이에요!"

앨리스가 노인을 일으켜 모두가 달아난 쪽으로 유도했다. 요즘 세상에는 어느 마을에나 대피용 대형 창고가 있다. 감옥용으로 만들어진 그 건물은 《마물》이 습격했을 때 시간은 벌어주리라.

그러나 1등급 《마물》이 습격한다면 무용지물에 불과하겠지만…….

그래도 현 시점에 이 마을을 습격한 《마물》 중에서 그만한 존재는 확인되지 않았다.

그 말인즉슨…… **녀석**이 이곳에 없다는 뜻이다.

"내 존재를 알아차리고서 일부러 사라졌나? 아니면."

녀석의 의도를 읽을 수가 없었다. 그러나 해야 할 일이 하나로 좁혀졌다.

죽이고 구하고 서쪽으로 향한다.

그렇게 나아간 끝에 레온과 앨리스는 어느 마을 사람의 시신 앞에서 멈춰 섰다.

병은 외부인이 가져온 것이라고 믿어 의심치 않고 배타적인 시선으로 두 사람을 쳐다보며…… 마을 아이들을 지키려고 했던 남자.

등에 상처는 없었다. 이미 숨을 거뒀는데도 손도끼를 움켜쥔 채로 엎어져 있었다.

틀림없이 최후의 최후까지 용감하게 맞서 싸웠으리라. 지켜야 할 자를 지키기 위해서.

'그 옛날 내가 마땅히 감수했어야 할 죽음이군.'

'제 목숨을 버려서 남겨야 할 것을 남기고, 최선의 미래를 자아내기 위한 제물이 된다.'

'……그 의기를 결코 물거품으로 만들 수는 없다.'

레온은 시신 너머 앞쪽으로 시선을 돌렸다. 강력한 압박감을 느끼면서.

"사, 살려줘……."

레온과 앨리스를 호기심 어린 눈으로 바라보며 친근하게 말을 걸어줬던 네 명의 아이들.

그들의 눈앞에는 마치 어둔 밤을 체현한 것 같은 칠흑 같은 거구가 있었다.

그 모습을 확인하자마자 또다시 기억이 흘러들었다.

—커지고 싶었어. 언젠가 그림책에서 봤던 영웅처럼.

여동생을 지키는 커다란 남자가 되고 싶었어.

"오빠……. 우리, 이제 어떻게 되는 거야……."

"괜찮아. 내가 널 지킬 거니까."

아빠가 빨간 웅덩이 속에서 꼼짝도 하지 않자 나는 여동생을 데리고 고향을 떠났다.

이제 그곳에 우리의 안식처는 없었다.

"도시로 가자. 거기라면 분명."

여동생을 치료할 수 있으리라 믿었다. 작은 마을에는 없는 지식과 기술이 도시에는 있으리라 믿었다.

……그러나.

"그, 그럴 수가…… 돈을 지불하면 낫게 해준다면서……."

"당연히 거짓말이지. 《청안병》은 말이야. 한 번 걸리면 끝이야."

도시는 우리에게 차가웠다. 도시는 우리에게 절망만을 안겨줬다.

우리는 산속으로 내몰렸고…… 약해져갔다.

"오, 빠……. 배, 고파……."

"기다려. 금방 뭐라도 캐올 테니까."

동굴 속에서 여동생이 나날이 수척해져가는 모습을 지켜볼 수밖에 없었다.

그런 나날 속에서 나도 야위어갔다. 그래서인지 기억이 빈번하게 날아가 버렸다.

"아, 아아, 아……."

살아있으니 배가 고팠다. 나는 언제나 굶주렸다. 먹을 수 있는 건 대부분 여동생에게 줬으니까.

"으, 끄, 아……."

그러나 그날은 달랐다. 흐릿한 기억 속에서 나는 배불리 무언가를 먹었다.

그것은 이 세상의 것이 아닌 것처럼 굉장히, 굉장히 맛있었다.

"오, 빠……."

모호한 기억 속에서 약해져가는 여동생의 목소리를 들었다.

그리고— 눈을 떠보니 여동생이, 없어졌다.

입 속에서는 언젠가 먹었던 무화과처럼 달콤한 맛이 감돌았다.

"어디야아아아아아."

나는 외쳤다. 여동생의 이름을 외쳤다.

그러나 목소리는 들리지 않았다.

나는 그곳을 떠났다.

도중에 물웅덩이를 세차게 밟았다. 붉은 웅덩이에 비친 내 눈동자가 파래졌다.

여동생과 똑같은 빛깔이라서 몹시 기뻤다. 그러나 쓸쓸했다. 아아…….

"—여동생을, 찾아야 해."

바로 그때, 흘러들어온 기억과 현실이 겹쳐졌다.

"레온 씨!"

앨리스의 외침이 정신을 때렸다. 순간, 시인의 육체가 튕기듯 움직였다.

척추반사적인 총격. 은색 탄환이 앞쪽에서 아이들을 습격하려는 칠흑 같은 거구에 명중했지만…… 칙칙한 피부를 부수지 못했다.

"우, 아, 아아아아아아."

거대한 《마물》이 걸걸하게 부르짖으며 이쪽으로 느릿하게 몸을 돌렸다.

오우거.

그것이 바로 지금 그를 표현하는 명칭이자 퇴락한 모습이었다.

여동생을 지키기 위해 힘을 갈구했던 오빠는 그토록 바라던 신체를 얻었으나…… 동시에 잃어버렸으리라.

그러나 그는 그 사실조차 알아차리지 못했다.

"아, 냐아아아아아……! 네가, 아냐아아아아……!"

아직껏 그는 찾아 헤매고 있다. 찾을 수 있을 리 없는 여동생의 행방을.

"넌 가련한 존재다. 그러나, 그렇기에…… 토벌해야만 해."

레온이 결연한 의지를 붉은 눈동자에 띄우고서 공격 태세를 취했다.

"지, 지원은 맡겨—."

"안 돼. 건드리지 마. 네 장비로는 생채기 하나 입힐 수 없어. 섣불리 움직이면 죽는다."

그러므로 아이들을 대피시킬 생각도 하지 말고 그저 지켜보고 있어라.

말로 다 표현하지 못한 뜻을 담아 앨리스에게서 떨어진 뒤— 적의 강철 같은 몸통에 은색 탄환을 쐈다.

레온이 몸을 **간질**여서 불쾌했는지, 오우거의 얼굴에 가득했던 비애가 분노로 바뀌었다.

"우아아아아아아아아아아아아아앗!"

마물이 순식간에 간격을 좁혀— 육중한 팔을 휘둘렀다. 레온은 뒤쪽으로 물러나 회피했다. 마물의 일격이 스치지도 않았지만, 그 위력은 시인의 마음에 확실히 새겨졌다.

"……정통으로 맞으면 그 시점에 끝장이겠군."

무시무시한 중압감이 느껴졌다. 그때 정신을 차려 보니 레온은 **그것**에 손을 가져갔다.

벨트에 채워진 한 자루의 검. 성검 카리트 게리우스.

일찍이 스승이 애용했던 이 검에는《마물》을 도륙하는 힘이 숨겨져 있다.

그러나 칼자루에 손이 닿은 순간, 칠흑 같은 칼집에서 보랏빛 번개가 뿜어져…… 그의 손을 튕겨냈다.

성검 카리트 게리우스에는 명확한 자기의사가 있다. 검이 사용자를 선택하므로, 자격 없는 자는 손조차 대지 못하게 한다.

레온은 그 성검을 만지는 것만은 허락을 받았다. 그러나 그 이상은 할 수가 없었다. 칼자루를 잡을 때마다 카리트 게리우스는 한 번의 예외 없이 거부했다.

마치「어리광부리지 마라. 네 힘으로 어떻게든 극복해」라고 호통을 치듯.

"……그래. 헤쳐 나가볼게. 이번에도, 자력으로."

손가락이 떨렸다. 그래도 레온 크로스하트는 후퇴를 거부했다.

"오너라, 동족이여."

불퇴의 의지를 드러낸 그 순간.

"그로로로, 로로로로오오오오오오오오오오!!"

오우거이 습격했다.

마물이 철퇴처럼 생긴 주먹을 휘두르자 레온은 옆으로 뛰어 회피하고서― 눈을 감았다.

어둠에 휩싸인 세계. 잃어버린 시각. 그러나 오히려 인간의 것이 아닌 청각은 더욱 예민해져―.

"그로, 로로, 로로오오오오오오오오오!"

레온은 적이 발하는 모든 소리를 내면에 새겨나갔다.

거구가 생성하는 폭력의 사운드. 무시무시한 리듬.

시인은 대지를 박차고 거듭되는 공격들을 피하면서 발생하는 소리를 더 깊이 이해해나갔다. 그러자— 소리에 감춰졌던 진실이 들려왔다.

"그로오오오오오오「어디에 있어」오오오오오오오오오."

그는 울고 있었다.

"로로, 로로로「어디로 가버린 거야」로로로로로로!"

흉포한 목소리와 리듬 속에는.

"그로아아아아「내가」아아아아「지켜야 해」아아아아아아아아아아아아!"

그의 비애가 숨겨져 있었다.

"로아아아「내가」아아아아아「여동생을」아아아아「지킨다」아아아아아아아!"

그리고— 이제 몇 번인지 헤아릴 수도 없이 회피를 거듭한 끝에, 레온은 눈을 감은 채 말을 자아냈다.

"그대, 격정에 겨워하다 정적을 맞이하고 주님 곁으로 불려가리라. 그리하여 그대의 영혼은 복음으로서 정화되어 주님의 은총이 내려질지니. 만 가지 죄는 주님의 권능으로써 새하얘지고— 마침내 그대는 구원받으리라."

성구(聖句)의 한 구절. 가련한 죄인에게 보내는 장송의 기도.

그리고 레온은 눈을 서서히 감고서 닥쳐오는 오우거를 봤다.

"그로로로로아아아아아아아아!"

오우거가 다시 육중한 팔을 휘두르자 시인이 실눈을 뜨면서 말했다.

“나는 비탄으로써 처단한다. 아폴로가이스트의 주먹. 작염의 번쩍임. 적라원의 눈.”

그 순간 강철 오른팔이 호응하더니 기하학 무늬가 그 전체를 뒤덮듯 떠올랐다.

그리고 거뭇한 강철에 숨겨진 또 다른 힘이 어둔 밤 속에서 발현했다.

“강무술식전개. 제이마장 : 염천왕의(샤이닝 핑거) 정화.”

그 명칭에 호응하듯 강철 의수가 액상화하더니 다른 형태로 변형됐다.

그 모습은 거대한 말뚝이었다.

찬란하게 빛나는 기하학 무늬에 뒤덮인 그것은 무수한 고리로 구성되어 있는데―.

이내 일제히 회전했다. 마찰열이 상승하면서 불꽃이 작열하더니 말뚝 전체를 뻘겋게 물들이기 시작했다.

이윽고 초고온 열파가 생성되어 시전자의 피부를 부글부글 끓이며 살과 뼈를 태우려 했다.

인간이 아닌 자, 시인의 재생 능력과 화염이 정면에서 맞부딪쳤다.

그의 모습을 본 자는 모두가 이렇게 생각하리라. 마치 자살을 거듭하고 있는 것 같다고.

레온의 의수에 숨겨진 힘이 바로 그것이었다. 그와 같이 만들어졌다.

인간이 아닌 자가 인간이 아닌 자를 토벌하기 위한 자살도구.

레온은 지금 그 힘을 둘렀다.

"—꿰뚫는다."

강철 같은 칠흑의 피부. 그러나 초고열이 그것을 손쉽게 파괴했다.

소년이었을 적 그는 아버지가 흘린 붉은 피 때문에 거처를 잃었고, 지금은 시인이 발한 붉은 화염 때문에 목숨을 잃었다.

"아, 아……."

벌어진 커다란 입에서 목소리가 새어나왔다. 오우거가 피눈물을 흘렸다.

"글로리아……."

절명에 이르자 그의 온몸이 서서히 녹아내려 시체로 바뀌었다.

커다란 웅덩이 중심에는 강한 빛을 발하는 《생탄석》이 있었다.

레온은 파랗게 빛나는 그 돌을 줍고서…….

"—잠든 그대에게 영원한 구원이 있길."

그렇게 기원하며 상상했다. 불쌍한 오누이가 이계의 낙원에서 재회하여 마주보며 웃는 모습을.

"오옷?! 고블린들이 도망친다!"

모였던 고블린 모두가 통솔자의 죽음을 본능적으로 깨달았겠지.

수많은 기척들이 마을에서 급속도로 멀어져갔다.

"……다 끝났나."

레온이 온몸을 휘청거렸다.

의수와 의족에 깃든 힘은 막대하지만, 그 대가로 막대한 《성원》을 소비한다.

이제는 설 수조차 없어서 시인이 한쪽 무릎을 꿇었다.

"용사 오빠!"

"괜찮아……?"

레온이 지켜낸 아이들이 걱정하며 다가왔다.

그들의 말에 응해주려고 했을 때.

"앗! 오른쪽에서 와요!"

앨리스가 외치자마자 바로 옆에서 작은 고블린이 달려와 기습을 가했다.

그러나 시인은 닥쳐오는 살의를 위협으로 인식하지 않고, 오히려.

"……맛있겠군."

한 손에 검을 쥔 고블린이 바로 옆까지 다가왔다.

시인이 훤히 노출된 강철 오른팔을 뻗어 상대의 머리를 움켜쥐었다.

"캬!"

제 몸을 던진 공격이 레온의 코트를 조금 찢고서 창백한 피부에 상처를 입혔다.

그러나 그는 흘러내리는 선혈을 신경 쓰지 않았다.

입가를 가리던 철가면을 벗고서 붙잡은 먹잇감을 끌어당겼다.

—레온 크로스하트는 인간임에 동시에 《마물》이기도 했다.

그렇기에 무엇을 해내든 간에 인간의 세상에서는 혐오를 살 수밖에 없었다.

그를 바라보는 마을 사람들의 눈이 그 증거였다.

"……저게, 뭐야."

마을 사람들이 넋을 놓고 중얼거렸다. 사람들의 눈에는 고블린의 몸을 탐하는 구울의 모습이 비쳤다.

배가 찢기고, 눈앞에서 내장이 먹히는데도 죽을 수가 없었다.

그 입에서 끊임없이 고통에 겨워하는 신음이 새어나왔다. 마치 「빨리 죽여달라」고 애원하듯.

마물들을 증오했던 마을 사람들조차도 동정할 만큼, 그 광경은 처참하기 그지없었다.

"윽……!"

몇몇 사람들이 구토를 하는 와중에 시인은 먹잇감을 포식했다. 그리고 3분의 1쯤 먹어치웠을 때였다.

고블린이 절명하여 남은 몸이 액체로 바뀌었다.

"아아…… 맛있었다……."

그가 고개를 들었다. 새빨갛게 물든 입가에서 찌꺼기가 삐져나왔다.

시인이 요염하게 빛나는 붉은 눈동자를 돌려 어린 소녀를 봤다.

마을에 도착했을 때, 자신과 앨리스에게 말을 걸어줬던 아이들 중 하나.

고블린이 습격해서 놀랐겠지. 그녀가 엉덩방아를 찧고서 부들부들 떨었다.

가엾게도.

소녀를 불쌍히 여긴 레온은 천천히 곁으로 걸어가 손을 내밀었다.

그 행동에는 악의가 없었다. 시인은 그저 소녀를 일으켜주고 싶었을 뿐이었다.

그러나 그 모습은.

마을 어른들의 입장에서는 당연한 것.

두 이방인이 도착한 뒤로 줄곧 호감을 보여줬던 아이들조차.

괴물이 어린 소녀를 습격하는 광경으로밖에 보이지 않았다.

"하, 하지 마!"

아이들이 끼어들었다.

이를 덜덜 맞부딪치고, 두 다리를 벌벌 떨면서도 그들은 레온을 노려봤다.

"아, 아트리를, 건드리지 마……!"

친구를 구하려 하는 필사적인 표정. 그 애처로운 얼굴을 보고서 레온은 자조했다.

"……뭘 하는 거야, 난."

손을 내밀어본들 아무도 기뻐하지 않는다.

인간이 아닌 손은 아무도 잡아주지 않는다.

포식한 뒤 솟아난 도착적인 감정이 현실 인식을 걷어내 버렸다.

그래서 실수하고 말았다.

인간들 속에 있고 싶다는 어리석은 생각이, 아주 살짝 얼굴에 드러나고 말았다.

"……미안하다."

아이들에게 사죄하고서 떨어졌다.

그들이 보내는 감정은 마을을 구해낸 영웅을 향한 고마움이 아니었다.

새롭게 나타난 적에게 쏟아내는 공포와 증오였다.

레온은 새카만 정념을 흠뻑 뒤집어쓰면서 떨어진 가면을 주워서 입가를 가렸다.

"넌, 아직도."

애써 담담한 말투로 말할 셈이었다.

그런데.

"넌, 아직도…… 이런 괴물 옆에, 계속 있을 수 있겠나?"

레온은 마음이 깨진 틈새에서 새어나오는 감정을 억누를 수 없었다.

속내를 눈치챘겠지. 앨리스가 활짝 웃으면서 단언했다.

"당신은 괴물이 아닙니다. 구원의 영웅이에요."

온화한 웃음이 그녀의 뜻을 드러냈다.

시인이 콧소리를 내고서 왼쪽 다리를 질질 끌며 그녀 곁으로 가더니—.

"……돌아간다."

"예!"

걸었다. 둘이서, 나란히.

"이번 의뢰는 결국 당신이 전부 해결하고 말았네요. 하지만 **다음**에는 기필코 도움이 되고 말 거예요. 앨리스, 힘낼게요."

다리를 질질 끄는 레온의 보폭에 맞춰서 앨리스가 천천히 나아갔다.

그러면서 그녀는 시인의 손을 잡았다.

피투성이가 된 손을.

모두가 거절했던 그 손을.

"……더러워져."

"상관없습니다."

레온은 잡힌 손을 뿌리치지 않았다.

뿌리칠 수가 없었다.

앨리스는 그것을 긍정의 뜻으로 받아들였겠지. 그리고 동시에…… 합격의 증거라고도.

"오늘부터, 잘 부탁드릴게요—. **스승님.**"

그 달콤한 미소와 말을 레온은 부정할 수 없었다.

제자임을 인정한 게 아니라고 거절해야만 했거늘.

그 누구와도 관계를 맺어서는 안 되건만. 그래도 레온은.

"……어리석은 놈 같으니."

그 말은 과연 누구를 향한 말이었을까.

잘못된 선택을 한 소녀에게? ……아니, 그렇게 불러야할 자는 다름 아닌.

"……어리석은 놈."

같은 말을 되풀이하면서 탄식했다. 체온 없는 시인의 손은 지독히 차가웠다.

그래도— 가슴속은 오랜만에 온기로 가득했다.

—잃어버린 반짝임.

—뭉개져버린 구세.

—그러나 또다시 허무 속으로 추락했는데도 남은 것이 있었다.

—우는 것 같은 그 웃음만은 아직.

그 녀석은 언제나 강했다. 그 녀석은 언제나 믿음직스러웠다.

그 녀석은. 라인하르트 크로스라인은.

그 누구보다도, 무엇보다도 눈부신 존재였다.

“어째서 넌 그리도.”

“이게 바로 사랑이 이뤄낸 성과지.”

“……사랑이란 뭐지?”

그 당시에 나는 그 개념을 이해할 수가 없었다.

그러나 시간이 흐르고 나서야 비로소.

“난 두 사람을 사랑하는 건가?”

그렇게 인식한 순간 자신이 싫어졌다.

이제는 보호만 받는 자신을 용납할 수가 없었다.

“짝지, 무슨 일이야? 왜 그렇게 뿔이 났는데? 고작 대련이잖아.”

“……다가가고 싶어. 너랑 스승님의 등에.”

강해져서 한 점 부끄럼 없이 두 사람과 어깨를 나란히 하고 싶었다.

그런 속내를 밝히자 이내 그 녀석이 웃으면서 말했다.

"넌 이미 충분히 강해, 짝지."

"……그럴 리가 없지. 요전에도 발목을 붙잡고 말았다."

그 녀석이 스스로를 비하하는 내 가슴을 가볍게 때리며 말했다.

"이봐, 짝지. 넌 남을 위해서 노력할 수 있는 남자야. 그런 마음가짐을 품은 시점에 이미 충분해."

그 녀석이 반짝이는 황금색 눈동자로 이쪽을 똑바로 응시하면서 말을 이었다.

"가슴 펴. 넌 우리의 가족이자 우리의 자랑이야."

옆에 있던 스승님도 그 녀석의 말을 듣고 고개를 크게 끄덕였다.

"힘의 강약은 사소한 거야. 중요한 건 등을 맡길 수 있느냐 없느냐. 신뢰할 수 있는 상대인가 아닌가. 그 점에서 레온, 넌 우리에게 더할 나위 없이 소중한 존재야."

두 사람이 인정해줬다. 두 사람이 계속 믿어줬다.

이런 나를. 약하고, 한심하고, 꼴불견이고, 어리석은 시인(구울)을.

그래서 나는.

"……기필코, 강해진다. 강해져서 두 사람의 등을 지킨다."

스스로에게 그렇게 다짐했다.

"라이나, 한 번 더. 다음에야말로 일격을 가하겠어."

"헤헤. 기대할게, 짝지."

두 사람을 위해서라면 뭐든지 할 수 있으리라 생각했다.

두 사람을 위해서라면 자신의 목숨조차 아깝지 않다고 생각했다.

그런데도, 나는—.

◇◆◇

카르나 빌리지에서 성도로 귀환한 뒤 이튿날.

레온은 새가 지저귀는 소리에 눈을 떴다.

"……그 여자애는 아직도 자는 모양이군."

앨리스의 모습이 머릿속에서 떠올랐다. 그녀는 몸과 마음이 모두 초췌해진 상태였다. 그래서 시인을 깨우러 올 여유도 없이 지금도 푹 자고 있겠지.

딱히 아쉽지는 않았다. 오히려 잘 됐다. 아무런 방해도 받지 않고 아침 일과를 끝마칠 수 있으니까.

레온은 일어난 뒤 침대에서 내려왔다.

"후우……."

심호흡을 거듭하면서 몸을 풀었다.

무련체조. 옛 시대로부터 전해지는 격투술을 바탕으로 고안된 이 체조는 건강을 유지하는 운동으로서 널리 알려졌다. 그러나 그것은 어디까지나 일반적인 인식일 뿐, 상식에서 벗어난 존재…… 특히 험한 일을 전문적으로 처리하며 살아가는 자들은 전혀 다른 목적으로 활용했다.

무련체조를 한 치의 오차도 없이 수행하려면 정밀한 육체조작이 필수다. 이 체조를 수련하다보면 이윽고 무의식의 영역에서 신체를 다룰 수 있게 되며…… 무아의 경지에 이르게 된다.

그 수준에 이르렀다면 정신의 흐트러짐에 육체가 끌려가지 않게 된다.

어떤 상황에서도 완벽한 몸놀림으로 적을 분쇄할 수 있게 된다.

현재 레온은 그 영역에 도달했다.

과거의 자신이 상상조차 하지 못할 정도의 성장이었다.

"우와아…… 굉장하네, 네 움직임……."

"뭐, 계속 노력하다 보면 언젠가 숙달될 거야. 분명히."

머릿속에서 두 사람과의 추억이 떠올랐다. 크레아와 라인하르트 모두 반할 만한 동작으로 이 체조를 수행했다. 그러나 레온은 아무리 애써도 숙달되질 않아서…….

분명 그 역시 참극으로 이어지게 한 원인 중 하나이리라.

목표로 삼았던 그 뒷모습은 이제 어디에도 없었다. 그러나, 그렇기에.

"모든 것을 잃어버렸기에 격렬한 충동을 얻었다. 강한 힘을 간절히 바라는 그 욕구가 일찍이 목표로 했던 지점으로 끌어올렸다. ……이런 역설이 또 있을까."

비애가 도래하여 마음을 어지럽혔다. 그러나 육체는 여전히 아름다운 자세를 유지했다.

4년의 축적이 범인을 달인의 영역에 이르게 했다.

기술만은, 확실히.

"후우우우우……."

모든 과정을 마친 뒤 마지막으로 심호흡을 했다. 그러고는 작게 중얼거렸다.

"반드시 난 혼자여야만 해. 누군가가 옆에 있는 걸 용납해서는 안 돼."

과거에서 비롯된 애절한 심정이 현재의 스스로를 부정했다. 그 생각을 쫓아—.

레온은 제자의 곁으로 이동했다.

"일어나."

"음냐…… 음~ 꿈에서까지 스승님이 나오다니…… 기쁘네~ 우후후후……."

"꿈이 아냐. 현실이다. 일어나라."

"……엇, 진짜?"

앨리스의 흐리멍덩한 머리가 급속도로 각성했다.

"자, 잠옷이 구깃구깃……! 머리는 푸석푸석……! 으아아아……!"

앨리스가 뺨을 붉히며 허둥지둥 당황했다. 레온이 그런 추태를 내려다보면서 말했다.

"난 약속은 지킨다. 따라서 너와 맺은 약속을 어길 생각은 없다. 몹시 화가 나지만, 제자로서 대하겠다. 질색이지만."

레온은 이 대목에서 앨리스를 척 가리키면서 말을 이었다.

"제자가 된 이상, 내 책무는 지도하는 것. 따라서 널—."

"단련시켜주실 건가요?!"

예상치 못한 반응이었다. 피로가 아직 남았을 테니 훈련 이야기를 꺼내면 싫은 내색을 할 줄 알았건만……. 오히려 앨리스는 기대감에 눈빛을 반짝였다.

"……잘 들어라. 난 봐주지 않는다."

"옙! 스승님!"

"……철저하게 굴릴 거다. 울고불고 발버둥쳐도 그만두지 않는다."

“옙! 감사합니다! 스승님!”

“……조금이라도 약한 소리를 내뱉는다면 즉각 파문이다. 무능한 제자는 필요 없다.”

“물론이죠! 스승님!”

시인은 탄식했다. 그것도 아주 깊이.

실은 혹독한 말을 잇달아 내뱉어서 「이런 스승님은 싫어」라는 생각을 품게 할 작정이었건만.

“훈련♪ 훈련♪ 스승님이랑~ 훈련~♪”

싫어하기는커녕 노래를 흥얼거리며 뒤를 따라왔다.

레온은 그런 앨리스를 바라보며 흐뭇해하면서도…… 마음을 독하게 먹고 결의를 굳혔다.

‘아주 혹독하게 지도해주마. 그리 하면 비명을 지르며 떨어져나가겠지.’

앨리스는 스승의 속마음 따윈 전혀 알지도 못하고 뒤를 졸졸 따라가…….

저택 지하에 발을 들였다.

“왜, 왠지 살풍경하네요. 훈련용 기구 같은 건 어디에도 없고요……. 혹시 로드워크용 지하 그라운드인가요?”

“아냐. 여긴 최첨단 기술로 만들어진 훈련장이다.”

레온은 출입구 부근에 있는 반구형 장치에 손을 대고서 《성원》을 흘려보냈다.

그 순간 실내 중앙에서 사격훈련용 표적이 여럿 출현했다. 이 광경을 보고서 앨리스의 눈이 동그래졌다.

“앗?! 가, 갑자기, 표적이…….”

“이 장치에는 온갖 환영을 소환하는 기능이 탑재되어 있다. 그걸 이용하면 여러 훈련들을 할 수 있는데…… 그전에 네 소질을 한 번 확인해보도록 할까. 우선 사격부터.”

레온이 말하면서 장치를 조작하여 앨리스의 눈앞에 여러 원거리 무기들을 소환했다.

그녀는 단궁을 골랐다. 가장 잘 다루는 무기로 스승에게 좋은 면모를 보이려는 생각일까.

하지만 금세 울상을 짓게 되겠지.

“시작한다. 준비는 됐겠지?”

“옙!”

그녀가 힘차게 대답한 순간…… 모든 표적이 움직이기 시작했다. 그것도 초고속으로.

‘최고 난이도로 설정해뒀으니 한 발도 맞추지 못하겠지.’

당연한 결과에 억지로 트집을 잡아 《구세》의 제자로서 가당치 않다고 규탄한 뒤 파문한다.

레온의 머릿속에서 그런 **가슴 아픈** 미래가 떠올랐으나—.

그러나 그 결말은.

“전부, 명중 했다고……?!”

초고속으로 움직이는 12개의 표적. 앨리스는 그 모두를 꿰뚫어냈다. 그것도 단 7초 만에.

“저, 저기. 제 활 솜씨는 어떤가요……?”

앳된 얼굴에 결과에 대한 기대감이 번져 있었다.

칭찬해주고 싶지만, 그러다가 정이 생기기라도 하면 곤란하다.
레온은 일부러 가시 돋친 말을 하기로 했다.
"……평범한 수준에 불과해. 한참 부족해."
"그, 그런가요?"
앨리스가 바라던 대답을 듣지 못하자 고개를 털썩 떨궜다.
그 모습을 본 순간, 강렬한 자기혐오가 엄습했다. 그러나 고개를 흔들어 떨쳐냈다.
'원거리 무기 기술에 트집을 잡는 건 불가능. 그렇다고 해서 접근전이 서투르다고 단정할 순 없어.'
'……이 여자애를 파문하여 내 곁에서 떼어낸다. 그 목적을 위해서 수단과 방법을 가릴 때가 아닌가.'
지극히 악랄한 수단이지만 어쩔 수 없다.
"이 장치는 《마물》 환영도 소환할 수 있다. 네 기량이라면 안개변이 4등급이 적당하려나."
이내 코볼트 하나가 출현했다. 앨리스가 그 모습을 보자마자 어깨를 흠칫 떨었다. 분명 괴로운 옛 기억이 되살아났겠지. 레온이 노린대로.
"다음에는 저 녀석을 상대해라. ……맨몸으로 말이야."
"예? 무, 무기를 쓰지 않고 《마물》이랑 싸우라고요……?"
"이건 네 정신 상태를 시험하기 위한 훈련이다. 물론 그만두고 싶다면야 그래도 상관없지만."
그렇게 했다가는 파문임을 앨리스도 짐작했겠지.
그녀는 공포에 떨면서도 빛나는 눈동자로 레온의 얼굴을 쳐다보며 말했다.

"호, 혹시 쓰러뜨린다면…… 머리를, 쓰다듬어주실 수 없을까요……?"

"그래. 쓰러뜨리는 데 성공한다면."

레온은 확신했다. 그런 결과는 나오지 않을 거라고.

분명 이 소녀는 천재다. 그러나…… 재능이 발휘되지 못하도록 마음이 가로막겠지.

"……시작한다."

"하아, 예."

앨리스가 온몸을 떨고 식은땀을 흘리며 적과 대치했다.

레온은 그 모습을 자신의 모습과 겹쳐봤다.

'나도, 저 소녀도 둘 다 겁쟁이야.'

'양보할 수 없는 지점에서 용기를 어느 정도 낼 수 있다는 점도 똑같고.'

'그러나…… 나와 똑같기에 저 소녀는 시련을 돌파해내지 못하겠지.'

눈앞에 있는 코볼트는 환영이지만, 전력과 압박감 모두 실물과 동일하다.

그런 마물을 맨손으로 상대해야 한다.

'옛날의 나처럼 틀림없이 추태를 보이겠지.'

그렇게 생각했는데.

"우, 아, 아아아아아아아아아아아악!"

소녀는 눈물을 글썽이면서도 용감하게 맞섰다.

그것만으로도 충분히 놀라운 일인데, 그녀는 더 나아가.

"……말도, 안 돼."

맨손으로 《마물》과 대치하여 제대로 싸웠을 뿐만 아니라 밀어붙이고 있었다.

그리고— 그녀는 해내고 말았다. 맨손으로 《마물》을 쓰러뜨리는 위업을.

"크, 아, 아……!"

순간의 틈을 노려 코볼트의 배후로 돌아가서 달려든 뒤 목에 팔을 둘렀다.

그 순간, 가지가 부러진 것 같은 소리가 주변에 울렸다. 앨리스가 적의 경추를 부러뜨린 것이다.

"헉, 헉…… 스, 스승님……!"

그녀가 엉덩방아를 찧은 채로 이쪽을 쳐다봤다. 그 심녹색 눈동자에는 기대감이 담겨 있었다.

스승님, 해냈어요. 스승님, 어떤가요? 스승님, 저, 열심히 했어요.

그래서 칭찬해주고 싶었다.

……하지만 그런 감정을 받아들일 수가 없었다.

마음속에서 생겨난 당혹감이 그녀가 바라는 말을 밀쳐냈다.

"어째서, 넌…… 그렇게 움직일 수 있지?"

"으음~ 전, 조그마했을 때부터 사냥으로 생계를 이어왔거든요. 분명 환경이—."

"아니. 그런 뜻이 아냐. ……어떻게 그런 용기를 낼 수 있었는지. 그걸 묻고 싶다."

"요, 용기 말인가요? 그, 그건, 저기…… 사, 사랑의 힘! 아닐까 싶은데요~! 아하하하하!"

앨리스가 민망함을 감추듯 크게 웃었다.

그런 그녀를 앞에 두고서 레온은 무심코 주먹을 세게 쥐었다.

머릿속에서 스승님과 사형의 모습이 떠올랐다. 앨리스는 두 사람과 동일한 대답을 했다.

"넌, 날 사랑하나?"

"네?! 그, 그거어언…… 헤헤헤……."

푹 익은 사과 같은 얼굴. 부산을 떠는 모습.

보고 있기 괴로웠다.

"……사랑 때문에 한계를 뛰어넘었다면. 사랑이야말로 용기의 근원이라면."

나는 그 둘을 사랑하지 않았다는 말인가?

놈의 말이 정답이었다는 말인가?

"스, 스승님?"

"……이제 됐다. 단련은 그만두자."

추억과, 그것이 끌고 온 아픔으로부터 도망치듯 생각을 끊어냈다.

"잘 들어. 이건 그저 보상일 뿐이야. 그 이상도 이하도 아냐."

앨리스에게 다가가…… 약속한 대로 머리를 부드럽게 쓰다듬었다.

"헤헤헤……."

기분이 좋은지 뺨을 풀면서 웃는 앨리스.

그 모습을 그저 귀여워해줄 수 있으면 얼마나 좋을까, 라는 생각도 한편으로는 들었다.

그러나 지금 레온의 가슴속을 가득 메운 감정은 너무나도 복잡했다.

'이 소녀의 본질이 나와 동일한 줄 알았다.'

'그러나 본질은…… 스승님이나 라이나를 닮았어.'

'……왜지? 왜 나와 같은 겁쟁이가 이렇게까지 할 수 있지?'

결국 답은 나오지 않았다.

대신, 다른 의문이 생겨났다.

'이 여자애와의 만남은 과연 우연일까?'

'……아니, 아마 주님의 거룩하신 이끄심이겠지.'

'지금의 내게 무언가를 전하려고 하시는 건가.'

'그러나…… 설령 그것이 주님의 뜻일지라도…… 내 옆에는 둘 수 없어.'

'저 소녀에게 끌리는 나를 부정할 수가 없어. 그렇기에…… 더더욱 밀어내야만 해.'

'난 아무도 지킬 수 없으니까.'

계속 자신의 곁에 머문다면 분명 앨리스도 비참한 결말을 맞이하겠지.

안 된다. 그건 용납할 수가 없다.

그러나…… 멀리 하려고 해도 지금은 그 방법이 보이지 않았다.

한동안 나와 앨리스는 함께 생활하겠지.

'그동안, 그녀가 죽지 않도록 내가 할 수 있는 일은.'

'내 곁을 떠난 뒤에도 평안한 삶을 보낼 수 있게끔 하려면.'

결론은 나왔다. 레온은 앨리스의 머리에서 손을 뗀 뒤 말했다.

"밥을 먹고 와라. 거리로 나간다."

"예, 스승님. 이번에도 길드인가요?"

"아니. 대장장이를 만나러 간다."

"대장장이?"

"그래. 의수를 조정하고…… 네 **전용 장비**를 주문하기 위해서 말이야."

◇◆◇

신참 모험가에게 전용 장비란 커다란 목표 중 하나다.

그것을 존경하는 스승이 사주겠다고 했으니 뜻밖의 횡재나 다름없었다.

"스승님이~ 사주시는~♪ 전~용~장~비~♪"

앨리스가 크게 들뜨자 레온이 날카롭게 쳐다보며 말했다.

"……너, 뭔가 단단히 착각하고 있는 것 같은데 잘 들어. 전용 장비를 사주기로 한 건 어디까지나 네 재능을 인정하고, 후세에 미치는 영향까지 고려한 결과야."

"예, 스승님!"

"난 너라는 개인을 좋아하지 않을 뿐더러 제자로서 완전히 인정한 것도 아냐."

"예, 스승님!"

"……너, 내 얘기 안 들었지?"

"예, 스승님!"

레온은 한숨을 크게 내뱉으며 주변을 살폈다.

행인들의 시선이 실로 차가웠다. 레온에게만 향하는 것이라면 아무 문제도 없었다. 그러나 성도 시민들은 이 소녀마저도 냉랭한 눈으로 쳐다봤다.

'이대로는 인간이 아닌 존재뿐만 아니라 인간들도 앨리스의 인생을 위협하겠지.'

'그 사태를 피하기 위해서라도 당장 떼어놓아야만 해.'

'하지만 어떤 방법을 써야 좋을지…….'

결국 아무것도 떠올리지 못한 채 목적지 앞에서 멈춰 섰다.

규모가 아담한 무구 판매점.

간판에는 결코 부서지지 않는 것이라는 의미의「언 브레이커블」이라고 적혀 있다. …….

문을 열고서 가게 안으로 들어갔다. 그대로 곧장 안으로 나아갔다.

그곳에는 회계용 책상이 있고, 가게를 보는 종업원으로 추정되는 흑발 소녀가 의자에 단정히 앉아 있었다.

"……어서 오세요."

"목소리가 작아?!"

"오늘은 네가 가게를 보나?"

"……그래."

"그 녀석은?"

"……안쪽 공방에서 자."

"그래? 그럼 들어간다. 괜찮겠지?"

"……마음대로."

레온은 소녀의 등 뒤에 있는 문으로 향했다. 그 문은 가게 뒤뜰과 이어졌다. 그곳에는 대형 화로를 비롯하여 단조용 설비와 도구들로 즐비했다.

아마 방금 전까지 작업을 했는지, 주변이 후끈했다.

그곳엔 땅바닥에 드러누워 자고 있는 한 여성이 있었다.

"에밀리아. 일어나. 일이다."

레온이 부르자마자 그녀가 서서히 일어났다.

"……아아, 졸려 죽겠네."

그녀가 심녹색 눈동자로 불쾌함을 드러내며 윗몸을 일으켰다.

"산더미처럼 쌓이지만 결코 사라지지 않는다. 일이란 원래 그런 것임을 아주 잘 아는데 말이야. 근데 요 며칠은 지독하네."

그녀가 투덜거리며 하늘을 올려다보고는 머리를 벅벅 긁었다.

아무렇게나 기른 빨간 머리는 손질을 전혀 하지 않아서 푸석푸석하고 살짝 더럽기까지 했다. 한동안 목욕을 하지 않았는지 땀 냄새도 풍겼다.

—그리고 그녀, 에밀리아가 비로소 레온을 쳐다봤다.

"사흘 밤낮을 지새운 내게 무슨 용건이냐? 이 썩어빠진 시체(구울)야."

"의수를 점검하고…… 전용 장비 제작을 의뢰하러 왔다."

"뭐? 전용 장비? 네 팔다리에는 이미 달려있잖아?"

"나 말고. 이 여자애의 장비다."

레온이 엘리스 쪽으로 시선을 돌리자 에밀리아도 덩달아 고개를 돌렸다……. 어째선지 기분이 더욱 나빠진 듯했다.

"너, 누구?"

"처, 처음 뵙겠습니다. 앨리스 캠벨입니다."

"아, 그래? 근데 너, 레온의 뭐야?"

"부, 불과 어제 스승님의 첫 제자가 됐습니다."
"……뭐어?"
그냥 언짢은 수준이 아니었다. 날카로워진 눈동자에는 살기마저 감돌았다.
"레온. 너, 무슨 생각이냐?"
"……멋대로 생각해다오."
레온이 겸연쩍은지 고개를 돌리고서 중얼거렸다. 에밀리아는 한동안 레온을 바라봤다.
"흥. 뭐, 좋아. 제자를 들이든 말든 네 마음이지. ……그래서? 저 아가씨의 전용 장비라고 했던가? 소재는 있냐?"
"그래, 이걸로."
카르나 빌리지에서 토벌했던 오우거의 《생탄석》을 꺼냈다.
"오호. 2등급짜린가? 근데 그거, 이 아가씨가 자력으로 입수한 건 아니잖아?"
에밀리아가 앨리스의 얼굴을 쳐다봤다. 그 심녹색 눈동자에는 모든 것을 꿰뚫어볼 것 같은 영리함이 서려 있어서…… 앨리스는 차마 눈을 마주치지 못했다.
"새파란 신참에게 전용 장비는 어울리지 않아. 무기에만 의지하는 멍청이가 되면 어쩔 셈인데?"
"……목숨을 잃는 것보다는 낫겠지."
그가 대답하자 에밀리아가 혀를 찼다. 진심으로 지긋지긋하다는 표정으로.
그래도 그녀는 의뢰를 거절하는 태도를 보이지 않고, 오히려 일어서서 앨리스에게 다가갔다.

“잠깐 실례.”

“네?!”

앨리스의 온몸을 만져댔다.

“무, 무슨……?!”

“신체 치수랑 얼마나 단련됐는지 확인. 그리고 버릇도 파악. ……근데 너, 진짜로 가슴 작네. 이제 열다섯이지? 근데 그거밖에 안 되다니 앞날이 캄캄하구만.”

“그, 그렇지는—.”

“참고로 저 썩은 시체(구울)는 거유를 좋아해. 너 같은 빈유는 상대조차 하질 않지.”

……앨리스가 매달리듯 쳐다봤으나, 레온은 무시하기로 했다.

“음. 뭐, 대강 알았다. 너, 시골 출신이지? 토지가 척박해서 사냥 실력이 곧 생계로 직결되지. 그래서 필연적으로 활을 능숙히 다룰 수밖에 없고, 칼도 나름 쓸 줄 아네.”

정답이었다. 이 여자, 가슴만 큰 게 아니었다. 앨리스는 상대에게서 얕잡아볼 수 없는 실력을 감지했다.

“아가씨의 전용 장비는 뭐, 열흘 정도면 충분하겠네.”

에밀리아는 그렇게 말하고서 레온 쪽으로 시선을 돌렸다. 그러고는 그의 오른팔과 왼다리를 쳐다보며 말했다.

“그 짧은 기간에 용케도 그 정도로 혹사시켰네. 의수뿐만 아니라 의족도 살펴봐야겠구만. ……우선 의수부터. 자, 얼른 빼봐.”

레온은 시키는 대로 오른팔을 빼서 에밀리아에게 넘겼다.

그녀는 팔을 받아 작은 책상에 옮긴 뒤, 공구함을 끌어당기고서 분해했다.

"흠, 흠, 조정할 내용은 평상시랑 똑같네. 근~데 말이야, 삼번만 계속 썼지? 출력이 떨어진 걸 못 느꼈냐?"

"……미처 알아차리지 못했다."

"하아. 그리도 둔감한데 용케도 지금껏 살아남았네."

"네 덕분이다. 에밀리아."

"핫! 내 말이 그 말이야. 빌어먹을."

두 사람 사이에서 흐르는 분위기는 몹시도 평온했다.

"……두 분은 얼마나 오래 알고 지내셨나요?"

"대략 10년쯤 되지 않았나?"

"굉장히, 오래됐네요."

에밀리아가 의수를 만지작거리면서 코웃음을 쳤다. 그런 태도를 성인의 여유라고 받아들인 앨리스가 무심코 자신의 감정을 내뱉었다.

"살짝, 질투가 나요. 두 분이 친한 것 같아서."

그 순간—.

"뭐라고?"

에밀리아의 심녹색 눈동자에 바닥을 알 수 없는 어둠이 깃들었다.

"친하다고? 하핫, 바보 같은 소리!"

민망해서 하는 소리가 아니었다.

에밀리아가 황당하다는 듯 웃으면서 발하는 아우라는 도시에 사는 자들이 평소에 레온에게 보내는 시선과 성질이 동일했다.

모멸과 증오. 그리고 악의.

"나랑 이 녀석은 어디까지나 기술자와 고객에 불과해. 그 이상도 이하도…… 아니, 아닌가? 관계성이 하나 더 있긴 한데……."

이 대목에서 레온이 에밀리아에게 한마디 말했다.

"그것까지 알려줄 필요는 없겠지."

레온이 조금 딱딱한 투로 당부하자 에밀리아가 무시하듯 말했다.

"계약 말고 또 다른 관계. 난 말이야, 이 녀석의 주인이야. 내가 명령을 내리면 이 녀석은 뭐든지 해. 그럴 수밖에 없어. 레온, 그렇지?"

레온이 잠자코 고개를 떨구자 에밀리아가 코웃음을 치며 말을 이어나갔다.

"실은 마침 널 부를 작정이었어. 그런데 네가 먼저 와줘서 수고를 덜었어. 아가씨 전용 장비 건도 끝났으니……. **이번 일**에 관해 얘기를 나눠볼까?"

앨리스는 상황을 이해하지 못한 데 반해 모든 것을 아는 레온은 탄식만 할 뿐이었다.

그것을 긍정의 뜻으로 받아들였는지 에밀리아가 용건을 말했다.

"루카티엘 던전 서부 에어리어에 있는 **동족포식의 마을**. 굳이 말하자면 로우 리스크 하이 리턴 작업장이지. **윗사람**도 굉장히 마음에 들어 해. 그렇기에 기득권을 침해하는 존재를 가만히 두고 볼 수는 없어."

"……부활했나? 돈인여왕(오크 퀸)이?"

"맞아. 그래서 네가 실력 발휘 좀 해줘야겠어. **괴물을 완전히 말살하는 힘**을 지닌 특별한 시인(구울), 레온 크로스하트의 실력 말이야."

두 사람이 대화를 나누는 동안에 앨리스는 쭉 침묵을 유지했으나…….

머릿속에서 떠오른 의문이 바로 그때 의도치 않게 새어나왔다.

"완전히, 말살한다?"

"아아, 그래. 너도 알지? 《마물》은 어떻게 죽이든 언젠가 부활해. 이르면 며칠, 늦어도 2년 정도 후에."

그렇다. 에밀리아가 말한 대로 《마물》은 일종의 불사성을 갖고 있다.

그리고 그 성질이 바로 인간들의 마음을 오염시키는 최대의 원인이었다.

"《마물》은 죽이더라도 언젠가 다시 부활해. 그래서 녀석들의 숫자는 계속 늘어나지. 그에 비해 인간의 숫자는 줄어들기만 하고. 그러면 언젠가— **인간**은, **멸망**한다."

그러나 레온이 《마물》을 완전히 말살할 수 있다면.

"스승님은, 구세주가 될 수 있어……!"

앨리스의 얼굴에 고양감이 번진 이유는 과연 단지 그뿐일까?

아니. 또 다른 이유가 있었다.

그러나 그녀의 그런 감정 따윈 아무 관심도 없다는 듯이.

"뭐가 구세주냐. 한심스럽기는. 그런 힘을 갖고 있기에, 이 녀석은……."

입술을 지그시 깨문 에밀리아의 얼굴에 번진 것은 방금 전과 같은 악의가 아니었다.

어떤 의미에서 그와 대척점에 있는 감정. 즉…… 비애였다.

"아가씨, 잘 들어. 힘이라는 건 늘 긍정적으로만 작용하지 않아. 그 힘 때문에 잔혹한 운명이 부여되는 경우도 있어. 이 녀석이 바로 그 대표지.”

“무슨 뜻인가요?”

“네가 단단히 착각하고 있다는 얘기야. 윗사람들은 레온을 이용하여 세상을 구하겠다는 생각 따윈 하지 않아. 편리한 도구로써 실컷 이용하다가 마지막엔…… **망가뜨린다**. 그게 녀석들의 목적이야.”

에밀리아의 말이 무슨 뜻인지 당장에는 이해할 수 없었다.

“이용하다가, 망가뜨린다?”

“그래. 레온은 적안의 《마물》이야. 존재 자체가 용납되질 않아. 그런데도 이렇게 살려놓은 이유는 불사를 죽이는 특성을 갖고 있기 때문이겠지.”

존재 자체가 용납되지 않는다. 그 말을 듣고서 앨리스는 부조리함을 느꼈고…… 강한 분노를 느꼈다.

“어째서인가요……! 어째서, 그런!”

앨리스가 물고 늘어지자 에밀리아가 천연덕스럽게 웃으며 말했다.

“야행살(나이트 워커). 너도 이름 정도는 알지?”

뜬금없는 이름이 나오자 앨리스는 분노와 의문이 뒤섞인 표정으로 고개를 끄덕였다.

야행살(나이트 워커)이란 대단히 유명한 살인귀의 통칭이다.

나이 불명. 경력 불명. 성별 불명. 혈액을 잉크 삼아 살인 현장에 시편을 남기는 취향이 있다는 사실만이 유일하게 판명된 정보였다. 그 이외에 모든 것이 밝혀지지 않았다.

피해자 숫자는 확정된 것만 헤아려도 284명. 의심스러운 자까지 포함하면 천 명을 넘는다고 한다.

“4년 전 일이야. 그 살인귀 양반이 《마물》이라는 사실이 판명된 게 말이야. 종족은 흡혈인(뱀파이어)인데, 당연하게도 단순 전투 능력이 높을 뿐만 아니라 인간을 《마물》로 바꿔버리는 능력이 실로 성가시지. 하지만 청안이라면 어떻게든 처리할 수 있어. 문제는 그 녀석이 적안이라는 거야.”

에밀리아가 말했다.

적안의 《마물》은 인간의 마음을 갖고 있기에 인간과 동등한 지성을 소유하고 있다.

“그게 얼마나 위험한지 녀석이 증명해버렸어. 그래서 적안의 《마물》은 발견하는 족족 문답무용으로 죽이도록 되어 있지. 그럼 **두 번 다시 부활하지 않을 테니까.**”

앨리스가 기습적으로 알게 된 정보를 곱씹었다.

“두 번 다시, 부활하지 않는다……. 무슨 뜻인가요……?”

“말 그대로야. 적안의 《마물》은 한 번 죽으면 그걸로 끝. 인간의 마음을 소유한 대가인지 뭔지 이유는 모르겠지만 그건 틀림없어.”

레온 역시 한 번 죽어버리면 끝이다. 그리고 윗사람인지 뭔지 하는 작자들도 그것을 바란다고 한다.

“어째서……?! 이상하잖아요?! 스승님은 세계를 구할 수 있는 유일한 존재인데! 어째서 그걸—.”

“대략 2만 8천.”

에밀리아가 느닷없이 숫자를 제시하자 앨리스는 의아함이 앞서 기세가 꺾이고 말았다.

그 모습을 응시하면서 에밀리아가 말했다.

“요 몇 년 동안 하루에 늘어나는 《마물》의 숫자를 2만 8천 전후로 추정하고 있어. 그에 비해 그놈들을 완전히 죽일 수 있는 능력을 가진 녀석은 레온 하나.”

에밀리아가 들이민 현실은 꿈에 빠진 어린 소녀를 깨우기에 충분했다.

“하지만 그 힘이 귀중하다는 사실은 변함이 없지. 그래서 처형하지 않고 놔둔 거야. 《마물》 전문 사냥꾼으로서 극상의 인재이니까 이용 가치는 충분해. ……하지만.”

망가뜨린다는 결정은 뒤집지 않는다. 그것이 바로 레온에게 내려진 **벌**이며, 그리고.

“이봐, 아가씨. 힘이라는 건 저주나 마찬가지야. 어떤 인과로 인해 레온은 적안의 《마물》이 되고 말았어. 그것만으로도 최악인데, 덤으로 불사를 죽이는 능력까지 붙었지. 그래서 이 녀석은 편하게 죽는 것조차 허락받질 못한 거야. ……하다못해 적안의 《마물》을 대하는 인식이 4년 전 그대로였다면 그나마 구원받을 여지가 있었을 테지만, 지금은 이미…….”

에밀리아의 말속에는 철저한 체념의 감정이 담겨 있었다.

앨리스는 생각했다. 이 여자가 스승님에게 보내는 악의는 분명히.

그러나 앨리스가 생각을 밝히기 전에 에밀리아가 먼저 탈선한 이야기를 원래대로 되돌렸다.

“레온. 너에게 내려진 명령은 오크 퀸 토벌이야. 이러는 동안에도 녀석은 오크를 끝없이 낳아대고 있지. 두 번 다시 부활하지 못하도록 확실히 죽이고 와라.”

그녀의 이야기를 정리하자면 이렇다.

3등급 《마물》인 오크들이 활보하는 그들의 낙원에 침입하여 여왕을 말살하라.

지원은 없다. 뭐든지 단독으로 처리해야만 한다. 그 명령의 뜻은.

"죽으러 가라는 말이랑, 똑같지 않나요?"

"맞는데? 아까부터 그렇게 말하고 있어. 너, 머리 나쁘니?"

"이상한 말 말아요! 그런 말도 안 되는 얘기가 어디있어요!"

정신을 차려보니 호통을 치고 있었다. 스승을 위해서 진심으로 분노를 표출했다.

레온은 그녀의 반응을 보고 따뜻함을 느꼈다.

'……아마도 저 여자애는 따라가겠다고 하겠지.'

이번 일도, 다음 일도. 스승을 홀로 위험한 곳에 내버려둘 수 없다는 마음을 품겠지.

'안 돼. 그것만은 저지해야만 해.'

레온은 가슴속에 결의를 품었다. 그런 그의 앞에서 앨리스가 외쳤다.

"스승님, 그만둬요! 이제 일 따윈 하지 말아주세요!"

"하아. 아가씨, 내 얘길 들은 거 맞아? 명령을 수행하고 있기에 레온을 여태껏 살려놓은 거야. 거부하면 즉각 처형당할 뿐이야."

그것은 피할 수 없는 숙명이지만.

"……그만둘 수는 없어도 그 내용을 바꾸는 건 가능하다."

레온이 말하자 앨리스와 에밀리아가 각기 다른 반응을 보였다.

전자는 머리 위로 물음표를 띄웠고…… 후자는 무언가 눈치챈 것 같은 표정이었다.

"에밀리아. 이 소녀를 육성하는 과정을 완료할 때까지 비교적 안전한 일거리를 받을 수 있도록 교섭을 해주지 않겠나? 이번 일도 네 연줄로 어떻게든."

이 말이 어떤 의도에서 비롯되었는지 앨리스는 전혀 이해하지 못했다.

그것을 깨달은 레온이 그녀에게 대답을 했다.

"위험을 피할 수는 없다. 하지만…… 네가 강해진다면."

"……으! 제가 스승님을……!"

"그래. 네 재능은 진짜야. 강인한 마음도 그렇고. 그 힘을 갈고닦으면 지키고 싶은 걸 지켜내는 것도 가능하겠지. 그리 되도록 내가 널 단련시켜주마."

"……아! 예! 잘 부탁드립니다. 스승님!"

앨리스의 앳된 미모에는 감격한 기색이 역력했다.

분명 그녀는 이렇게 생각했으리라. 스승님이 자신을 신뢰해줬다고.

그 기쁨이 그녀로 하여금 현실적인 선택을 하도록 유도했다.

그녀의 얼굴에 가득한 결의는 일찍이 시인이 품었던 것과 동일했다.

당시 그는 천진난만하게 스승과 사형에게 말해왔다.

제가―.

"제가 지켜드리겠습니다!"

앨리스가 당당히 선언하자 레온은 그녀의 머리를 쓰다듬었다. 문득 정신을 차려보니 그러고 있었다.

제자를 향한 애정이 싹터서가 아니었다.

그녀와, 그리고 과거의 자신을 연민하는 마음에서 비롯된 것이었다.

에밀리아가 그런 레온에게—.

“잘 해봐라.”

어딘가 담백하게 말하고서 앨리스 쪽을 보고 말했다.

“……너하고는 잘 지낼 수 있을 것 같네. 아가씨.”

그대로의 의미가 아니라는 것쯤은 앨리스도 알았다.

그러나.

그녀는 에밀리아와 **스승**이 품고 있는 생각을 끝끝내 이해하지 못한 채— 저택으로 돌아갔다.

그리고 밤. 만찬과 목욕을 끝낸 뒤 앨리스는 바로 자기 방으로 돌아가 잠에 들었다.

실은 밤새도록 단련에 힘쓰고 싶었다. 스승을 지켜내는 존재가 되기 위해 한시라도 빨리 성장하기 위해서.

그러나 당사자인 레온이 내뱉은 말을 듣고서 체념할 수밖에 없었다.

「잠도 훈련의 일환이다. 푹 자라. 날이 밝기 전까지 침대에서 나오지 마.」

신신당부하는 스승의 말투를 떠올리며 앨리스는 촛불을 끄고서 눈꺼풀을 감았다.

훈련이 가져다준 피로와 가득 찬 배에서 피어오르는 나른함이 강렬한 졸음을 만들어냈다.

그녀는 욕구에 몸을 맡기고서— 꿈의 세계로 빠져들었다.

“괴로울 때는 웃으렴.”

엄마의 말버릇이었다.

"괴로워지거든 웃으렴. 화가 나거든 웃으렴. 울고 싶어지거든 웃으렴. 웃고 싶지 않은 때가 오거든 웃으렴. 앨리스, 넌 웃기 위해서 태어난 거야."

마을 사람들은 엄마를 미친 사람으로 취급했지만.

앨리스에게 엄마는 사랑스러운 사람이었다. 사랑받아 마땅한 사람이었다.

이 사람만 있어준다면 내일을 향한 희망을 품을 수 있겠다고 생각했다.

그런데 어느 날 엄마의 눈에 파란색이 뒤섞이기 시작했다.

그 색이 모든 것을 부숴버렸다.

"웃으렴, 앨리스. 내 몫까지."

엄마는 더는 몸을 일으킬 수 없게 됐다. 엄마는 웃을 수 없게 됐다.

"앨리스. 넌 행복해지렴. 넌 그러기 위해서 태어난 거야."

"그러니, 웃으렴."

"웃는 거야. 웃음이 나오지 않아도 웃어. 웃기 위해서 웃어."

"웃어야만 해. 웃으라고. 어서."

"웃어."

"웃어웃어웃어웃어웃어웃어웃어웃어웃어웃어웃어웃어웃어웃어웃어웃어웃어웃어웃어."

사랑했다. 진심으로 사랑했다.

그렇기에 이 사람을 사람인 채로 보내주고 싶었다.

그리고―.

"앨리, 스으으으……."

엄마
하하.

"웃어, 웃어, 웃어……."

엄마
하하.

"웃으, 려, 무, 나아아아아."

하하(엄마).

하하(엄마)하하하하(엄마)하하하하(엄마)하하하하(엄마)하하하하하하하하하하(엄마)하하하하하하하하하하(엄마)하하하하하하(엄마)하하.

하하—.

"—윽!"

멋대로 일어나졌다.

"헉……헉……헉."

쿵쾅거리는 심장이 멎지 않았다. 식은땀이 온몸을 적셨다.

앨리스는 떨리는 몸을 부둥켜안으면서 심호흡을 거듭했다.

"……그 사람의 곁으로 가자."

침대에서 내려와 방을 나갔다.

스승의 모습을 한 번이라도 보면 분명 악몽에 흐트러진 마음도 진정되겠지.

"지시를 어기는 셈이지만…… 용서해줄 거야. 분명."

입가에 미소를 머금으며 그의 방으로 향했다.

그리고 방에 도착한 앨리스는 스승이 깨지 않도록 문을 천천히 열고서—.

"—어라?"

눈앞에 펼쳐진 광경에 아연실색했다.

무기질적인 실내. 지금, 방에는 주인이 없었다—.

◇◆◇

하얀 어둠이 지배하는 마의 영역에서.

한 발의 총성이 울려 퍼졌다.

"얕잡아보진 않았지만…… 과소평가했음을 인정할 수밖에 없겠군."

목적지인 동족포식의 마을로 이어지는 가도는 평원 한가운데에 있다. 보통은 전혀 위험하지 않은 곳이지만, 그곳이 미궁의 내부라면 이야기는 크게 달라진다.

"료료료료오오오오오오오오오오오오오오!"

바로 옆에서 식물인(맨드레이크)이 튀어나온 순간— 총구에서 불이 뿜어졌다.

은색 탄환이 맨드레이크의 가슴을 정확히 꿰뚫어 온통 녹색인 몸에 구멍을 만들어버렸다.

"……이번 습격은 무사히 넘어갔나."

레온은 오른손으로 몸에 새겨진 옛 상흔을 매만지며 짜증을 느꼈다.

몸은 만전이건만 마음은 완벽하지 않았다. 그 원인은 앨리스 캠벨이라는 소녀 때문이었다.

"……틀린 선택이 아냐. 그 관계는 이별을 전제로 맺어진 것. 그렇다면 결말을 앞당기는 게 옳아. 그러지 않으면…… 그녀한테 불행이 찾아온다."

레온은 불행을 막기 위해서 앨리스를 배신했다.

신뢰하는 태도를 보여준 뒤, 행동으로써 거짓임을 밝혔다. 그리고 남겨둔 편지 내용이 그녀의 마음에 결정타를 가할 것이다.

—너 같은 순진무구한 멍청이의 뒤치다꺼리를 할쏘냐.

—누가 누굴 지키겠다는 거야. 한심하기는.

—간단한 거짓말에 속아 넘어간 시점에 네게 그럴 만한 힘 따윈 없다.

그러한 글들을 비롯하여 온갖 모욕적인 표현들을 늘어놓은 뒤에 파문을 선고했다.

"그 소녀의 미래는 이로써 평안해졌다. 난 올바른 선택을 한 거야."

그런데도 지금 후회가 레온의 가슴을 가득 메웠다.

왜 감정의 동요가 발생한 것인가. 그 이유는 레온이 그녀에게 **구원**을 바랐기 때문이다.

앨리스 캠벨이라는 소녀는 이 시인에게—.

"말도 안 돼……! 스승님과 라이나만이 내 구원이었다……! 그걸 내 손으로 부숴버린 시점에 이미 이 세상 어디에도 구원 따윈 없건만……!"

벗겨져간다. 스스로를 타이르고, 암시를 걸려고 할 때마다 벗겨져 떨어진다.

고독하고 고고한《구세》. 물려받은 사명을 수행할 따름인 살아 있는 시체.

그러한 **허식**이 떨어져나갔다. 연기해야만 하는 이상적인 자신을 유지할 수가 없었다.

적막에 짓눌리고 자기혐오에 고뇌하여 붕괴하기 직전인 남자.

그것이 바로 레온 크로스하트의 실태였다.

"생각하지 마. 아무것도, 생각하지 마. 해본들 무의미하다. 나와 그녀의 관계는 이미—."

파탄이 났다고 스스로에게 말하려고 한 순간.

레온의 귀에 목소리가 들렸다.

"설마."

경악하는 중에 다시 소리가 날아들었다.

이번에는 확실하고 명료하게.

"살려, 줘."

◇◆◇

"헉……헉……헉."

앨리스 캠벨은 하얀 어둠 속을 필사적으로 달렸다.

"스승님……!"

눈가에 맺힌 눈물은 분노하여 흘린 것이 아니었다.

공포에 짓눌려 흘린 눈물이었다.

"싫어……! 싫어, 싫어, 싫어, 싫어, 싫어……!"

이제 두 번 다시, 그런 식으로.

그런 식으로 버려지는 건 싫어.

"스승님……! 당신은, 또 날……!"

떨어지고 싶지 않아. 그 사람은 모든 것을 잃어버렸던 나에게 오직 하나 남은—.

"나무, 나무나무, 나무무무무무무무무무무무무무!"

바로 그때 갑자기 땅에서 무언가가 튀어나왔다.

맨드레이크. 그 육체는 무수히 많은 식물들이 한데 뭉친 것처럼 생겼다. 그러나 눈과 코와 입만은 인간의 것이었다. 기습과도 같은 습격이었지만, 앨리스는 경이로운 반사 신경으로 피했다.

"방해, 하지 마……!"

후방으로 뛰면서 등 뒤로 손을 둘러 활에 화살을 메기고서— 쐈다.

화살이 바람을 가르는 날카로운 소리를 내며 날아가 표적의 머리를 멋지게 관통했다.

그러나 《마물》에게는 공포라는 개념이 없었다.

그러므로.

"시, 심어, 심어, 어어, 어어어어어어어어."

"풀, 푸푸, 풀, 푸푸우우우우우우우우우우."

맨드레이크 떼가 앨리스에게 몰려들었다.

"스승님……!"

죽음을 각오해야만 하는 광경이건만, 앨리스의 마음은 꺾이지 않았다.

여기서 죽지 않을 거야. 난 행복해질 거야.

그 사람과 함께 행복하게 살 거야.

"으으……!"

닥쳐오는 마물들에게 화살을 쏘아서 수를 줄여나갔다.

그러나 적은 도망치기는커녕 오히려 기세를 올리며 다가왔다.

"큭……!"

그때, 앨리스는 사각에서 날아든 맨드레이크의 주먹을 감지하지 못했다.

직격으로 맞고서 땅바닥을 굴렀다.

"우, 우우……."

눈동자가 눈물로 뿌예졌다.

이런 데서 끝나는 건가? 이런 납득할 수 없는 형태로 죽는 건가?

"스, 승님……."

정신을 차려보니 입에서 소리가 새어나왔다.

"살려, 줘."

옛날에, 그는 그 말을 받아들여 주지 않았다.

그러나— 지금은.

"어째서."

그 말과 함께 적들에게 총탄을 날리면서.

레온 크로스하트는 그녀의 상태를 확인했다.

공격을 받고서 땅바닥을 굴렀겠지. 아름다운 백발과 가련한 미모가 흙투성이가 됐다. 안개병을 막기 위한 방역포가 벗겨져 한쪽 귀에 달려 있고, 노출된 뺨에는 파란 멍이 들었다.

그 모습을 본 순간, 시인은 애달픔에 울컥했다. 그리고—.

그녀를 습격한 동족들을 충동이 시키는 대로 학살했다.

그럼에도 감정이 가라앉지 않았다. 오히려 더욱 타오르기만 했다.

레온은 앨리스의 멱살을 잡으면서 크게 호통쳤다.

"너, 뭐 하는 거냐! 죽고 싶나!"

스승이 격렬한 감정을 분출하자 앨리스는 어깨가 덜덜 떨리고 눈물이 글썽였다.

"……제 세계에는, 엄마밖에 없었어요."

그럼에도 그녀의 입술에서 가냘픈 목소리가 새어나왔다.

"아빠는 병에 걸려 마을 어른들의 손에 살해됐대요. 그래서…… 고향에는 적밖에 없었습니다. 다들 우리 가족을 업신여길 뿐이었죠."

열기에 지배당한 레온의 마음에 그녀의 말이 스며들었다.

"그래도 전 행복했어요. 엄마가 있다면 그 어떤 괴로움이 닥치더라도 웃을 수가 있었어요. 하지만…… 엄마는 이제, 없습니다."

젖어버린 심녹색 눈동자가 시인의 마음을 잡고서 놔주지 않았다.

레온은 그녀의 시선에서 기시감을 느꼈다.

소중한 사람을 빼앗은 자를 향한 증오와 소중한 사람을 구해준 자를 향한 고마움.

상반된 감정이 함께 깃든 이 눈빛을…… 본 적이 있었다.

그래, 맞아. 스승님과 사형이 살아있었을 적에 들렀던 변경 마을에서.

"스승님. 당신이, 제 엄마를, **죽여줬어요**."

눈앞에 있는 앨리스의 얼굴에 어린 소녀의 얼굴이 한데 겹쳐 보였다.

설마, 이 소녀가 그때 그…….

"……엄마도 병에 걸려 이상해져 갔어요. 그런 모습을 차마 볼 수가 없어서 전…… 제 손으로 엄마를…… 죽이려고 생각했습니다. 하지만…… 그럴 수 없었어요."

어느 변경에서 겪었던 사건이 레온의 머릿속을 스쳤다.

깔깔 웃는 거대한 《마물》. 그 마물의 독니에 물리기 직전인 어린 아이.

그리고— 레온은 간발의 차이로 달려가 그 《마물》을 토벌했다.

그러나 시인에게 보호받은 아이는 울지도, 웃지도 않았다.

단 한 마디, 「엄마」라고만 중얼거렸다.

"우리한테 손을 내밀어준 사람은 스승님, 당신뿐이었어요. 그래서 제게 당신은 구원의 영웅이자 유일무이한 인연입니다. 제 세계에는 이제 당신밖에 없어요. 그러니, 그러니, 스승님……."

눈물을 뚝뚝 흘리고 입술을 떨면서.

가엾은 소녀가 손을 내밀었다.

"날, 버리지 마……!"

그 통절한 애원에 레온은 그저 우두커니 서있을 수밖에 없었다.

그 당시에 레온은 지켜낸 소녀를 마을 인근 도시에 소재한 고아원에 맡겼다. 그리고 그녀의 존재를 잊어버렸다. 고아가 된 아이를 구하는 방법은 딱 하나. 제대로 된 시설에 들이는 것뿐이었다. 의무를 수행했으니 의도적으로 잊었다. 계속 기억해본들 마음을 망치는 원인으로 작용할 뿐이니까.

레온은 잊어버렸던 무수히 많은 과거 중 하나를 눈앞에서 목도하고서 생각했다.

'세계를 인식하는 비좁은 시야. 이건 허무 속에서 살아온 자밖에 모른다.'

'이 여자애는…… 역시 나와 똑같아. 나처럼 허무의 세계에서 줄

곧 살아왔다.'

'그리고 이 소녀에게 난, 형태가 있는 구원 그 자체.'

'일찍이 내가 스승님과 라이나한테서 갈구했듯이. 이 여자애 역시…….'

체념이 가슴속을 점령해나갔다. 이 소녀를 어떻게 자신에게서 떼어놓을 수 있겠는가.

자신이 그러했으니까. 크레아와 라인하르트, 두 사람에게 의존하고 두 사람의 곁만이 자신의 안식처라고 제멋대로 단정하고서 그 이외의 곳에는 머물려고 하지 않았다.

그런 과거가 있었기에. 서로가 서로를 이해하고 있기에.

앨리스에게 레온이 형태가 있는 구원임에 동시에.

레온에게 앨리스는 형태가 있는 구원이었다.

"……난."

정신을 차려보니 말을 내뱉고 있었다.

"난 널 지키지 않아. 널 지킬 수 없어."

"상관없습니다. 당신 옆에 있을 수 있다면 그것만으로도 충분해요."

"난…… 난, 널 배신했다."

"상관없습니다. 곁에 머물 수 있는 것을 허락하신다면 그 어떤 배신도, 슬프지 않습니다."

체념이 점점 강해졌다. 이윽고 그 속에서 **안도감**마저 생겨난 순간.

레온은 눈앞에 있는 소녀가 내민 손을 붙잡으려고 했다.

4년간의 지옥. 4년간의 고독. 그 모든 것을 치유해줄지도 모를 유일한 구원.

그 손을 쥐려고 하는 자신의 약한 면모를…… 레온은 가까스로 억눌렀다.

결국 구제받고 싶다는 이기적인 바람보다도.

축적된 자기혐오가 훨씬 컸다.

그러므로 레온은 앨리스에게서 등을 돌리고는 가냘픈 목소리로 말했다.

손을 잡지는 않겠지만, 뿌리치지도 않겠다. 그러한 비겁한 말을, 던졌다.

"……따라올 작정이라면 말리지는 않겠다."

레온은 왼쪽 다리를 질질 끌며 걸었다. 그 옆으로 다가오는 작은 인기척을 느끼면서—.

◇◆◇

"저기, 스승님. 질문해도, 될까요?"

"……뭐지."

"에밀리아 씨는 누군가요?"

"……캐고 다닐 셈인가? 에밀리아의 주변을."

그러다가 약점이라도 발견한다면 흥정거리로 삼을지도 모르겠다.

"전 당신의 처우가 부당하다고 생각해요. 어떻게든 도와주고 싶어요."

앨리스의 올곧은 눈빛을, 레온을 묵살했다.

"넌 두 가지 오해를 하고 있다. 우선 에밀리아. 분명 그녀는 어떤 연유로 상부에 입김을 넣을 수 있는 처지이지만, 날 강제하는 방침을 결정할 수 있는 권한은 갖고 있지 않아."

에밀리아는 당대 최고의 대장장이임에 동시에 교회의 비밀조직, 《무서운 이웃들》에 소속된 감시자 중 하나다. 그녀의 역할은 레온을 감시하고, 교회 상층부에서 내린 명령을 전달하는 것이다.

그 이외에 할 수 있는 일이라면…….

"난이도가 낮은 일거리를 받을 수 있도록 교섭하는 것까지가 한계겠지."

"앗. 그, 그건 거짓말이 아니었나요……?"

"분명 그 대화는 연기였다. 하지만 에밀리아의 발언력은 거짓이 아냐."

그녀는 수세기 뒤 미래의 기술력을 가지고 있다는 평가를 받을 정도로 천재다.

그런 에밀리아가 자신의 기술을 조건으로 내걸고서 교섭한다면 레온을 구명하는 것도 불가능하지는 않다.

"그, 그럼……."

"네가 품은 두 번째 오해가 바로 그거다. 애당초 에밀리아는 난이도가 낮은 일거리를 수배해주고 있어. 내가 그걸 거절해왔다."

"……네?"

분명 앨리스는 에밀리아가 레온을 괴롭히고자 난이도가 높은 일거리를 적극적으로 제공하리라 착각했겠지.

레온은 그 생각을 다시금 부정했다.

"에밀리아는 적이 아냐. 오히려 유일한 아군이라고도 할 수 있다."

그의 생각을 서서히 이해했는지 앨리스가 미간을 찡그리며 다시 물음을 던졌다.

"본인의 의지로 일거리를 받고 있다는 말처럼 들리는데요……? 이런 지독한 일을……!"

"맞다, 그 말대로야."

"어째서요?! 어째서 자기 목숨을 버리는 짓을?!"

"이해관계가 일치하니까. 교회는 날 이용하여 막대한 이득을 거둘 수 있다. 그리고 난 고난이도 일거리에 도전하여 실력을 키울 수가 있지."

지금 시인의 존재의의는 그것뿐이니 뜻을 이루기 위해서.

"넌 코볼트의 소굴에서 말했지. 내가 강하다고. ……분명 난 나름의 무력을 보유하고 있긴 하지. 하지만 마음은, 굳건한 마음은 아직 없어."

레온은 멈춰 서서 자신의 손을 봤다. 하얀 미궁 한가운데에 있는데도 전혀 떨지 않았다.

그것은 성장했다는 확실한 증거이지만.

"아직 이상과는 멀다. 월등한 존재와 대치하다가 궁지에 몰리면, 난……."

아직도 겁에 질리고 만다. 그러한 약한 마음을 단련하여 초월적인 용기를 얻어야만 한다.

그래, 그 두 사람과 어깨를 나란히 할 정도의 강한 마음이 필요하다. 그러지 않으면—.

"—그 녀석과 맺은 약속을, 완수할 수 없다."

앨리스는 그 말의 진의를 알 수 없었다. 상상하는 것조차 불가능했다.

다만…… 하나의 진실만은 이해했다.

레온 크로스하트는 파멸하는 미래로 나아가고 있다. 그것도 스스로의 의지로.

교회, 민중, 세계. 그들의 악의가 모조리 사라지더라도.

이미 그것은 관계가 없겠지.

레온을 그 누구보다 증오하고 상처를 주려는 존재는 분명.

"결론을 말하자면 이 몸을 존속시키는 건 충분히 가능하다. 하지만— 내 의지를 꺾지 않는 한 네 뜻대로는 되지는 않을 거다."

그리고 그것은, 그것만은.

분명 영원토록 있을 수 없겠지.

레온은 체념을 품었다. 그러나…… 그 옆에서 앨리스가 앳된 미모에 결의를 담으며 말했다.

"……죽게 하지 않을 거야. 절대로 죽게 내버려 두지 않을 거예요."

레온은 탄식하면서 마음속에서 싹튼 정념을 털어냈다.

이 여자애를 핑계로 삼아 약속을 방기하는 것은.

그런 일은 용납될 수가 없다.

다시 두 사람 사이에 침묵의 장막이 드리워졌다.

피부를 찌르는 정적에 레온은 뭐라 형언할 수 없는 불편함을 느꼈다.

앨리스는 그 옆에서 의식을 전환한 듯했다.

언제 올지 모를 파멸의 미래보다도 지금은 눈앞에 펼쳐진 난관을 극복해야만 한다고.

그녀의 입에서 나온 물음이 그 사실을 증명했다.

"이번 일을, 완수할 수 있을까요?"

동족포식의 마을에는 3등급 《마물》이 무수히 존재한다. 그곳에 돌입하여 마을의 지배자인 오크 퀸을 토벌하는 게 현실적으로 가능할까? 앨리스는 그런 식으로 인식했겠지.

"정면에서 공략하는 건 불가능하다. 따라서 소리에 의지하여 적을 피하면서 나아간다. 무수히 많은 오크에게 발각되지 않고 목표물에 일정거리까지 접근한다면 우리의 승리. 만약에 들킨다면 그땐."

고통스럽지 않게 죽기를 신께 빌 뿐이다.

"……실패한다면 잔혹한 죽음이 기다릴 거다. 넌 그래도 상관없나?"

"예."

망설임 없는 즉답이었다. 그러나 눈동자는 불안감에 흔들렸다.

'실은 달아나고 싶겠지. 하지만 공포보다도 강한 감정이 그녀를 떠밀고 있군.'

'원래라면 도시로 돌려보내야겠지만…… 말을 해본들 듣지 않겠지.'

'……내가 실수만 하지 않는다면 문제없이 끝날 거야.'

'그녀의 존재가 오히려 일을 처리하기 위한 좋은 동기 부여가 되겠지.'

일찍이 사형(라인하르트)은 마음의 힘이 인간을 강하게 한다고 했다. 레온은 《마물》이지만 인간의 마음을 가지고 있다. 분명 앨리스의 존재가 긍정적인 영향을 끼치리라.

그러한 생각을 품으면서— 목적지 입구에 도착했다.

"몸을 숙이고 나아간다. 절대 소리를 내지 마라. 대화도 최소한으로 줄인다. 알겠나?"

"예, 스승님."

자세를 낮추고 소리에 집중하며 천천히 걸었다.

이곳에는 건축물이 밀집되어 있어서 숨을 만한 곳은 부족하지 않았다.

거기에다가 두 사람이 움직이는 소리를 숨겨주는 요소가 하나 있었다.

즉— 서로 죽이는 소리였다.

"아아아파아아아아아아아아아아!"

"아아아악으으으마아아아아아아!"

낭인(웨어 울프)과 돈인(오크).

마물들이 서로가 서로를 죽이고 있었다.

레온이 앨리스의 얼굴을 바라봤다. 눈앞에 펼쳐진 광경에 의문을 품은 듯했다.

소리가 이토록 격렬하니 작은 목소리로 설명해줘도 문제는 없겠지.

"《마물》은 기본적으로 동족상잔을 하지 않지만, 이 마을은 예외다. 《마물》은 인간이었을 적 품었던 강한 정념이나 트라우마를 행동원리로 삼는다. 여기 살았던 자들은…… 대부분 **적을 향한 증오**를 품었지."

마물들의 거처가 되기 전에, 이곳은 오라클 빌리지라고 불렸다. 당시에는 특별한 요소가 없는, 수수하고 눈에 띄지 않는 마을로 인식했다고들 한다. 그런데 어느 날 이 마을이 숨겨왔던 사실이 밝혀졌을 때 오라클 빌리지에 파멸의 미래가 찾아왔다.

"오라클 빌리지는 겉보기에는 평범한 마을이었지만, 뒤에서는 이교 신앙을 숭배하는 중대한 배덕 행위를 감춰왔다. 교회는 이교와 그 신도들한테 인권을 부여하지 않아. 따라서 이교도로 찍히면 재판도 없이 즉각 처형 대상이 된다."

비밀이 드러나자마자 교회는 이 마을에 성당기사 군단을 보냈다.

그리고 숙청을 시작되자 곧바로 순백의 어둠이 오라클 빌리지를 지배했고…… 마을 사람들은 추악한 돼지로, 기사단은 무서운 늑대로 퇴락했다.

그때, 그들은 분명 안개가 퍼져나가는데도 공포심을 품지 않았으리라. 자신이 곧 괴물로 변할텐데도 두려워하지 않았으리라.

그저 눈앞에 있는 이교도를 증오했다. 그래서 마물로 퇴락한 후에도 서로를 죽이고 있었다.

"……모두 인간의 마음을 던져버렸겠지. 퇴락하기 전부터, 줄곧."

서로가 서로의 육체를 찢고, 뼈를 부수고, 살을 먹는다. 그들은 분명 그 행동을 영원히 반복하겠지. 실로 구제할 길이 없는 무리다.

"……서두르자."

제자와 함께 마을 가운데로 갔다. 건물 뒤에 숨으며 천천히, 신중하게.

예상한 대로 여왕이 차지한 영역, 부정의 묘상에 도착할 때까지 어려움을 겪지 않았다.

"이대로 아무 일 없어 진행할 수 있다면 좋겠는데요……."

"묘상에 들어선 뒤부터가 진짜 난관이다. 틀림없이 오크들이 우세를 점하고 있을 테니까."

두 사람은 나직이 대화를 나누며 다리를 놀렸다.

그러던 중에 별안간에 벌어진 이 사태는 레온에게는 그야말로 기습 그 자체였다.

건물들이 잡다하게 늘어선 에어리어를 순조롭게 나아가다가 한 교회당 옆을 지났을 때였다.

그의 머릿속에 누군가의 기억이 흘러들었다.

인간의 행복은 사랑의 유무로 결정된다. 그게 나의 인생철학이었다.

"요즘에 배가 눈에 띄게 부풀었네."

그렇게 말하며 웃는 남편의 얼굴은 천진난만한 아이 같았다.

이 사람의 분신이 내 뱃속에서 살아 숨 쉬고 있다고 생각하니 몹시도 사랑스러웠다.

"처음 만났을 적에는 설마 이런 관계가 될 줄은 생각도 못했는데 말이야."

나도 같은 생각이었다. 그 당시 그이는 엄격한 성기사였고, 나는 경건한 시스터였다. 서로 신 앞에서 충성을 맹세한 신분이며, 이 목숨은 평생 신을 위해서 쓰이리라 믿었다.

"이제와서 돌이켜보면…… 우린 사랑이 무엇인지를 이해하지 못했던 거겠지."

"예. 정말로 시야가 좁았어요."

나는 미소 지으며 동의했다. 그 시절 우리는 누구보다도 강한 봉사심을 갖고 있었다. 그 마음을 인정받아 나와 그이 모두 높은 위치에 올랐지만…… 어느 날, 나는 마음에 뚫린 허무함을 눈치채고 말았다.

우리는 신을 사랑하지만, 신은 우리를 사랑해주지는 않는다.

그런 인식을 품었음에도 교의와 신앙에 의심을 가진 적이 없었다.

그러나…… 마음의 일부가 결여된 것 같은 기분이었다.

그도 나와 동일한 고통을 안고 있었기에 우리는 서로의 부족한 마음을 메웠다.

그래서 지금.

"당신과 함께 할 수 있어서 정말로 행복해요."

"나도 그래. 너와의 만남은 주님의 은총이었어."

부푼 배를 매만지며 나와 남편이 웃었다.

곧 태어날 이 생명이 행복을 누리길 기도하면서.

—그러나 그 녀석은.

—그 빌어먹을 여신은.

—내가 사랑했던 주님은.

내 기도를 무참히 짓밟고서 모든 걸 빼앗았다.

"왜 이런 일이……."

나는 엄마가 되지 못했다.

태어나야할 생명을 지켜내지 못한 자는 교의에 따라 최악의 배덕자로 낙인찍힌다.

그래서.

"올티시아……."

이제 남편의 눈에는 나를 사랑하는 마음이 조금도 담겨 있지 않았다.

"이 배신자 같으니……!"

나는 모든 것을 다 잃었다.

행복, 사랑, 그 결정, 그리고—.

인간으로서 살아갈 권리조차도.

그것을 끝으로 기억 유입이 끝나고 레온의 의식이 현실로 되돌아왔다.

"……오크 퀸의 기억인가."

아이를 무한히 낳는 오크의 여왕.

그렇게 변하기 전에는 아이를 잃어 모든 것을 잃은 여자였다.

"역시나 이번 상대도 상당한 업보를 짊어지고 있는 것 같다."

그러나, 그렇기에 이곳에 온 보람이 있다고 할 수 있다.

"……간다. 그녀의 비극을 끝내기 위해서."

붉은 눈동자에 결의를 담고, 레온은 제자와 함께 그들의 길을 나아갔다.

한동안 걸어간 끝에…… 주변 풍경이 변화하기 시작했다.

"저건…… 난관일까요?"

"맞아. 이제부터가 진짜다."

눈앞의 건물을 휘감은 새하얀 관 모양의 물체를 쳐다보면서 두 사람은 대화를 나눴다.

"오크 퀸은 저 관의 끝부분에서 출산한다. ……저런 식으로 말이야."

하얀 대형 뱀처럼 생긴 난관. 그 끝부분이 끈적끈적한 소리를 내며 벌어진 순간.

배출되듯 진갈색 알이 나왔다.

"뭐, 뭐랄까…… 저기, 커다란 부정물처럼 생겼네요."

앨리스가 질색하듯 인상을 팍 구겼다. 그녀가 지금 쳐다보는 알에서 박동하는 소리가 울리기 시작했다.

내용물이 곧 나올 것 같은 소리였는데…… 그때, 여러 웨어 울프들이 다가와 새로운 생명의 탄생을 막고자 알을 덮쳤다.

그들은 예리한 발톱으로 진갈색 알과 안에 든 생명을 한꺼번에 베었다.

“꼬, 꼬꼬, 꼴! 좋다아아아아!”

꼴좋다. 그 말이 들린 순간—.

“피이기이이이이이이이이이이이이이이이이이이이이이이이이이이이이이이이이이!”

엄청난 괴성이 울려 퍼졌다. 저 멀리 있는 여왕이 낸 소리일까?

태어나야할 자식의 목숨이 끊어지자 광분하고 있다. 그러한 모정에 호응한 것처럼 수많은 오크들이 사방에서 나타나 웨어 울프와 교전하기 시작했다.

“자식을 향한 집착이 약점이 될지도 모르겠군…….”

그 부분을 찌르는 전개는 벌어지지 않겠지만.

이번에는 정면에서 싸우지 않고 암살을 목표로 삼았기 때문이다. 원거리에서 사격할 수 있는 저격 지점까지만 이동하면 레온과 앨리스의 승리가 확정된다.

“입 아프게 반복하지만…… 지금부터가 진짜다. 오크와 웨어 울프의 파워 밸런스가 완전히 무너졌다. 오크에게 발각되면 그 시점에서 아웃. 여기서부터는 소리를 최대한 내지 않고 나아간다.”

우선 레온은 땅바닥에 엎드려 포석에 오른쪽 귀를 댔다.

인간의 것이 아닌 청각이 보행음을 수집했다. 주변 환경에 관한 모든 정보가 일제히 들어왔다.

레온은 머릿속으로 상세한 지도를 제작했다. 그 안에 《마물》들의 숫자, 위치, 진행 방향 등의 정보를 기입한 뒤 목적지로 이어지는 최적의 경로를 도출해냈다.

그리고 레온은 일련의 작업을 마친 뒤 앨리스에게 눈짓과 손짓으로 신호를 보냈다.

「지금부터 의사소통은 수신호로 한다. 알겠나?」

「예, 스승님.」

이동을 재개했다. 머릿속 지도에 그려진 복잡한 경로를 더듬듯 나아갔다.

두 사람의 움직임은 순조로움 그 자체였다.

「이제는 여기에 들어가 뒷문으로 나온 뒤, 인근 건물 지붕으로 올라가기만 하면 돼.」

「역시 스승님은 굉장해요……! 이렇게나 쉽게 클리어하다니……!」

살얼음판을 걷는 것 같은 길이었지만, 별일 없이 달성할 수 있을 듯했다.

레온은 안도하면서도 긴장을 유지하며 건물 안으로 들어갔다.

「스, 스승님. 여, 여긴.」

「창관이다. 문제라도 있나?」

앨리스가 얼굴을 새빨갛게 붉히고서 허둥대기 시작했다.

「파, 파파파, 파렴치해욧!」

「……성적 내성을 기르는 훈련을 해라. 모험가한테는 필요해.」

「그거, 어떤 훈련을 해야 익숙해지는 건가요?!」

마음이 조금 풀어졌다. 그 사실을 자각한 지 얼마 지나지 않았을 때였다.

어느 방을 지난 순간— 또 새로운 기억이 흘러들었다.

—성녀라 불리던 시절의 나는 배교자들을 진심으로 경멸했다.

그들은 모두 신을 져버린 어리석은 자이므로 모든 사람들에게 돌을 맞더라도 자업자득이라고.

내 자신이 그렇게 되고 나서야 비로소 깨달았다.

어리석은 자는 바로 돌을 던진 녀석들이었다.

……배교자는 지금까지 누려왔던 생활이 허용되지 않는다.

정신을 차리고 보니 나는 창부가 되었다.

"야, 울어! 울라고, 돼지!"

나는 구역질이 나면서도 손님이 요청하는 대로 울었다.

"꿀, 꾸, 꾸울."

"하하하하하! 진짜 돼지 같잖아! 전직 성녀님이 말이야!"

손님이 웃으면서 나를 계속 모욕했다. 그야말로 마치 돼지처럼.

"꼴좋구나! 이 배교자야!"

……비참했다. 죽고 싶었다.

그러나 그 이상으로 원통했다.

나는 행복해지려고 태어났는데, 어째서 이런 꼴을 당하고 있는 거야?

현실을 인정할 수가 없었다. 이대로 끝나고 싶지 않았다.

존엄을 빼앗기고, 돼지 취급을 당하고, 불행한 채로 죽어가다니……

그건 절대로 싫다.

나는 행복하게 살다가 행복한 채로 죽을 거야.

그러니.

"줘, 요……. 내게, 아이를…… 아이를…… 줘요……."

졸랐다. 립서비스가 아니라, 진심으로.

아기를 갖고 싶었다.

아기는 사랑의 결정이니까.

사랑이 있다면 인간은 행복해질 수 있다.

사랑의 결정이 있으면 나는 행복해진다.

그러니 아이를 원해. 아기를 갖고 싶어.

……다른 창부들이 불쌍하다는 눈으로 그런 나를 쳐다봤다.

"아이가 생긴들 행복해질 수는 없어."

"생기면 곧바로 지워버릴 테니까."

그녀들도 사랑을 갈구했다. 나와 마찬가지였다.

그러나 모두들 사랑을 얻음과 동시에 빼앗겼다.

나도 그러했다. 드디어 손에 넣은 행복이 또다시 태어나기 전에 죽었다.

낳는 것이 허락되지 않았다.

"……부숴버리면 돼."

나는 그것을 헤집어 꺼낸 뒤 쉴 새 없이 넘쳐흐르는 붉은 액체를 쳐다보면서 중얼거렸다.

성녀라 불렸던 시절을 떠올리면서. 기억을 구성하는 모든 것에 새카만 정념을 품고서.

"마을도, 인간도, 신도, 나의 세계도—"

모조리 부서져라.

—소리가 울렸다. 유입된 여자의 목소리에 겹쳐지는 형태로.

그 소리는 현실의 것이었다.

"—윽!"

의식이 돌아오자마자 격렬한 긴장감을 맛봤다.

바로 눈앞. 창관의 벽이 파괴되면서 오크들이 들어왔다.

그들이 이쪽으로 시선을 돌리더니, 돼지처럼 울면서 덮쳐왔다.

"부긱!"

"쳇……!"

너무나도 갑작스러웠다. 너무나도 뜻밖이었다. 너무나도…… 위험했다.

"응전한다! 대비해!"

"아, 예. 스승님!"

앨리스가 후퇴하여 짊어진 활을 잡았다.

레온은 그녀를 지키듯 앞에 서서 닥쳐오는 오크들을 노려봤다.

—교전.

앨리스는 압도적인 재능을 뽐냈고, 레온은 짐승처럼 약동했다.

습격자들을 순식간에 쓰러뜨리고서 상황을 종결로 이끌었다.

"……왜 이런 곳에 있지?"

그 점을 모르겠다. 오크들에게 위치가 발각될만한 실수는 하지 않았을 터였다.

그런데 어째서—. 현 상황에 의문을 느꼈을 때였다.

뒤에서 다시 파열음이 들렸다. 그리고 또다시 오크들이 들어왔다.

"……밖으로 나간다!"

오크들이 뚫어놓은 구멍을 통해 창관을 탈출했다.

그런데, 마치 그곳에서 대기하고 있었던 것처럼.

"취익, 취익, 취익."

오크들이 이쪽으로 다가왔다.

"젠장……!"

동료를 부르지 않았는데 어째서 우리 앞에 나타난 거지?

경로 설정은 완벽했다. 우리의 존재를 알아차린 기색도 없었다. 그런데 왜.

"스, 스승님! 지시를!"

"……으!"

앨리스가 비명처럼 외치자 레온은 사고를 전환했다.

지금은 그 의문의 답이 무엇이든 상관없다.

앨리스와 함께 생환하려면 어떻게 행동해야 하나. 그것을 최우선으로 생각해야겠지.

그리고 그가 도출해낸 결론은.

"여기서 퇴각한다!"

앨리스와 함께 도주하면서 온 신경을 귀에 집중하여 차차 형성되어 가는 포위망을 돌파하려 했다.

그러나…… 모든 시도가 실패했다.

모든 행동이 이해되지 않았다. 오크들은 지금까지 한 번도 동료를 부르지 않았다. 그런데 어째선지 멀리 있던 놈들까지 이곳으로 오고 있다.

자세히 관찰하니 그들의 눈동자가 왠지 흐리멍덩한 것이…… **누군가의 조종을 받고 있는 듯했다.**

"설마……!"

기억났다. 4년 전 성도에서 발생했던 참극. 그 당시에 봤던 광경과 흡사했다.

모든 《마물》들이 흐리멍덩한 눈으로 **놈**에게 조종을 당하는 것처럼 움직였다.

"있는 건가……?! 여기에……."

놈이 우리를 쫓고 있다. 그렇게 확신하면서도 그 모습을 찾아내지는 못했다.

결국 레온과 앨리스는 내몰리고 말았다.

무슨 의도인지는 모르겠지만…… 결과적으로 **놈**이 안내한 셈이었다.

레온과 앨리스를 마물들의 여왕 앞으로 말이다.

대광장. 동족포식의 마을 중심에 위치한 그곳은 그야말로 여왕의 옥좌였다.

커다란 진갈색 알들이 보였다. 과연 그녀는 무수히 많은 자식들에게 둘러싸여 행복할까?

저런 모습으로 퇴락했는데도 행복하다고 할 수 있을까?

일찍이 성녀라 불렸던 그녀의 현 모습은— 거대한 괴물이었다.

괴물의 육체가 대광장을 반쯤 뒤덮고 있었다. 그 몸통에는 열 개의 팔다리가 달려 있는데, 마치 곤충처럼 생겼다. ……그리고 모두 생식기능을 가지고 있었다.

모든 팔다리에 대량의 구멍이 뚫려 있었고, 여왕을 모시는 오크들이 떼를 지어 일사분란하게 등에서부터 뻗어 나온 수많은 난관을 통해 자식을 낳는다.

그것이 그녀가 찾아낸 사랑의 형태겠지.

"나, 나나, 나의으으으, 아기, 아기이이이이……."

여왕이 도착적인 숨을 몰아쉬면서 두 사람의 모습을 인식했다.

그 순간, 파란 눈동자에 공격성이 깃들었다.

"……최악의 전개로군."

완전히 궁지에 내몰렸는데도 시인의 얼굴에는 아무런 감정도 없었다.

그러나 가슴 속에서는 확실한 공포가 소용돌이쳤다.

그 증거로 레온의 손끝이 아까 전부터 경련하듯 부들부들 떨렸다.

"이, 이런 데서, 죽고 싶진 않아……!"

앨리스도 온몸을 바들바들 떨면서 속내를 드러냈다.

그러나 그 눈동자에는 끝없는 용기가 깃들어 있었다. 어떻게 해서든 생환하고야 말겠다는 생각뿐이었다.

"췩, 췩, 취익."

이윽고 여왕을 모시던 오크들이 하나씩 움직임을 멈추더니…….

이쪽을 노려봤다.

"……물량에 짓눌리기 전에 여왕을 쓰러뜨린다. 우리가 생환할 수 있는 길을 그것밖에 없다."

적 대부분은 여왕의 새끼겠지. 그렇다면 어미가 죽자마자 새끼도 절명한다.

문제는 어떻게 여왕을 죽이냐는 것이다. 그 하나에만 진력하면 되는데…….

"오크 퀸은 자기 새끼를 최우선으로 생각한다. 따라서 알을 공격하는 자를 최우선으로 죽이려 들겠지. 그 뜻은 다른 오크들에도 전해지고…… 적들의 의지가 집중된다."

레온은 망설이면서도 왼손에 쥔 라이플을 앨리스에게 건넸다.

"그 총으로 알을 계속 공격해라. 모든 적들이 널 노리는 동안 공격 준비를 하겠다."

그녀를 미끼로 삼아 오크들의 주의를 끈다. 그야말로 고통스러운 결단이었다.

성공한다면 이곳을 탈출할 수 있겠지만, 한편으로…… 만약에 실패한다면.

여왕이 알을 노린 무례한 자에게 어떤 처벌을 내릴지 상상이 됐다.

분명 앨리스도 머릿속으로 그 광경을 떠올렸으리라. 그러나, 그럼에도.

"알겠습니다! 맡겨주세요!"

망설이지 않고 즉답했다. 그 눈빛은 일찍이 스승과 사형이 자신을 봤던 눈빛과 똑같았다.

널 믿겠어. 널 믿는다.

……4년 전 어느 날. 시인은 그 믿음을 저버리고 말았다.

그러나 그렇기에.

'두 번째는 없다. 약한 난 죽었다. 그걸 증명하기 위해서라도……!'

레온의 눈동자에 결의의 불꽃이 타오른 순간.

"취이이이이이이이이이이이이이이이이이이이이이이이익!"

사방팔방에서 오크들이 습격했다.

그야말로 절망적인 물량이었다. 겁 많은 앨리스에게는 심장이 멎을 만한 광경이겠지.

"갑니다, 스승님!"

그러나 앨리스는 온몸을 떨고, 눈물을 글썽이면서도 과감하게 뛰어들었다.

밖으로 나가 라이플을 꽉 쥐고는— 적들의 빈틈을 노려서 쐈다.

발사된 탄환이 멋지게 진갈색 알을 관통했다. 여왕이 잉태한 생명 하나가 사라졌다.

"피이갸아아아아아아아아아아아아아아아아아아아아아아아아!"

모든 적개심이 앨리스에게로 집중됐다. 광장에 있던 모든 마물들이 한 소녀에게로 몰려들었다.

그녀의 미래는 이제 나에게 달렸다. 레온도 그렇게 다짐하고서 움직였다.

"나의 철퇴를 받아라. 그리하면 그대의 죄는 일격에 부서지고 세상에 진실을 가져다줄지어다."

성구를 입에 담으며 긴장을 달랜다. 지금부터 실행하려는 전투 행동은 각별한 집중력이 필요하다. 따라서 머릿속에서 모든 잡념을 떨쳐내야만 한다.

당장에라도 잔혹한 미래를 맞이할 것 같은 제자의 모습조차도.

"천칭을 짊어진 손이여. 내 마음을 재어라. 오른쪽에는 신앙을. 왼쪽에는 인격을. 균형은 미덕이오. 불균형은 배덕일세. 성화에 불 살라졌을 때 그자에게 축복이 있으라."

응전하고 있다. 필사적으로 온몸을 놀리면서.

기적과도 같은 모습이었다. 사선을 목전에 두고서 그녀의 천부적 재능이 개화한 것이다. 오크들의 군세가 광장을 가득 메웠다. 그들은 온몸으로 약동하여 앨리스를 짓누르려고 했으나 모조리 실패로 끝났다.

앨리스가 몸을 경쾌하게 움직여 습격을 피하면서 알을 계속 쐈다. 자신의 역할을 수행했다.

그 모습은 아름다운 나비와도 같았고, 동시에 용맹스러운 벌이기도 했다.

그러나…… 그녀는 어디까지나 인간이며 미숙한 신참 모험가에 불과했다.

한계가 다가오고 있다.

"헉……헉……헉……."

호흡이 거칠어졌다. 구슬 같은 땀방울이 이마에 맺혔다.

절체절명의 상황. 언제 그녀의 명운이 다하더라도 이상하지 않았다.

그러나, 그렇기에.

레온은 앨리스의 존재를 머릿속에서 말소했다.

제자를 구하기 위해서 제자를 버린다.

그리고—.

의수를 앞쪽으로 뻗은 뒤 의족으로 땅을 세차게 내디뎠다.

붉은 눈동자에는 궤멸해야할 《마물》만이 비치고, 혼탁을 모조리 걷어낸 마음이 영창을 시작했다.

"나는 애도로써 처단한다. 벨크라스트의 일격. 지상의 섬광. 흑룡왕의 포효."

청아한 음색에 호응하여 의수와 의족이 빛을 뿜어냈다. 그 순간 그것들이 균체로 이루어진 생물처럼 준동하여 결합과 변이를 되풀이했다. 그 끝에 형성된 것은—.

거대한 포(캐논)였다.

"강무술식전개. 제일마장 : 청렴한 순교자(올포원)의 신위."

그것은 그가 보유한 최강의 비장의 패. 제일마장이자 필살의 기술.

강철 오른팔과 왼다리가 융합하여 형성된 거포가 바로 지금 한층 더 찬란한 금빛을 발했다.

"성화로써 그대의 영혼을 정화하여 주님의 곁으로 이끌지니. 이아 크툴루 슈타군(마땅히 그리 되리라)."

성구를 마무리 짓는 문구를 내뱉은 뒤— 발사했다.

거대한 포구에서 금색 빛줄기가 뻗어 나왔다. 그것은 온갖 난적들을 섬멸하는 성스러운 큰 불이자 동시에 발동자인 시인의 육체도 부서뜨리는 파멸적인 일격이었다.

명공 에밀리아는 이론상 궁극적인 전술병기를 콘셉트로 이 특수 의수와 의족을 제작했다.

그 안에는 절대적인 힘이 숨겨져 있으나 사용자의 안전은 전혀 고려하지 않는다.

이 제일마장을 발동하면 차원이 다른 열에너지가 사용자의 온몸을 불사를 뿐만 아니라, 음속을 뛰어넘는 사출 속도 때문에 발생한 충격파가 육체를 찢고 뼈를 부수고 내장을 파괴한다.

그렇기에 인간이 다룰 수 있는 물건이 아니었다.

인간이 아닌 재생력을 지닌 시인(구울)만이 다룰 수 있도록 허락된 최상의 장비.

그러므로 에밀리아는 이것을 마장(魔裝)이라 명명했다.

그리하여.

돼지와 닮은 여왕의 머리가 금색 빛줄기에 삼켜지더니— 이 세계에서 사라졌다.

“여, 역시 대단해요! 스승님……!”

찬사를 보내는 앨리스 주변에 무수히 많은 오크들이 쓰러져 있었다.

무리를 지은 3등급 《마물》들을 상대하여 생존했을 뿐만 아니라 절반이나 쓰러뜨렸다.

“찬사를 받아야할 사람은 오히려 너다. 정말로, 대단한 녀석이야.”

그러나 앨리스도 레온과 마찬가지로 만신창이였다.

만약 조금이라도 행동이 늦었더라면. 혹은 어떤 예기치 않은 사태가 발생했다면.

최악의 미래가 두 사람을 덮쳤으리라.

‘옛날의 나였다면 이 국면을 타개할 수 없었을 거다.’

‘몸을 부들부들 떨기만 할 뿐, 아무것도 하지 못했겠지. 자그마한 용기조차 쥐어짜내지도 못하고.’

‘무념을 외치면서 처참한 최후를 맞이했겠지.’

‘하지만 그리 되지 않았다. 난 틀림없이, 성장했다.’

'난 스승님과 사형의 실력에 확실히 근접했다. 지금의 나라면 **그녀석**을—.'

레온은 솟아오르는 감정을 느끼면서 주머니에 손을 넣어 뒤적거렸다. 제일마장을 발동한 바람에 그의 《성원》은 고갈된 상태였다. 이대로는 가만히 서있을 수조차 없게 될 것이다.

보급하고 싶긴 하지만, 여왕을 쓰러뜨렸으니 오크들은 곧 사라지겠지.

그들의 피와 살을 먹을 수 없게 됐으니 이것에 의지할 수밖에 없었다.

레온은 포치 안에서 가죽 자루를 하나 꺼냈다. 그 끝에는 단단하고 날카로운 주사바늘이 장착되어 있어서…… 자루 속을 채운 《마물》의 혈액을 체내에 주입할 수 있다.

레온은 바늘을 대퇴부에 찌른 뒤 내용물을 육체에 흘려보냈다.

그러자 약간이나마 《성원》이 보충되면서 몸 상태가 회복됐다.

"……성도로 돌아가는 것 정도는 가능하려나?"

그는 심호흡을 크게 한 뒤 평소처럼 사멸한 자들에게 바치는 말을—.

입에 담으려는 순간.

"……액상화가, 되지 않았어."

죽은 《마물》은 시체가 남지 않고 액체로 바뀐다. 그럼에도 땅바닥에 엎어진 자들도, 머리를 잃고서 침묵한 여왕도 아직 형태를 유지하고 있다. 이것이 의미하는 바는 즉.

"나, 나나, 나나, 나아아안……."

끝나지 않았다. 절명한 줄 알았던 여왕이 거대한 몸을 뒤흔들더니—.

상실된 머리를 메우듯 목에서 무수히 많은 무언가가 뻗어 나왔다.

그것은 작디작은 돼지 머리였다.

제각각 멋대로 소리를 질러대며 한곳으로 모여들어 새로운 머리를 형성해나갔다.

그 광경을 본 순간, 레온은 진상을 깨달았다.

"저 오크 퀸은 단일 존재가 퇴락하여 만들어진 마물이 아니었던가……!"

배덕의 돼지로 타락해버린 가련한 성녀. 그것은 육체의 일부에 불과했겠지.

사랑을 갈구했으나 계속 빼앗겨온 창부들의 집합체. 그것이 바로 오크 퀸의 정체였다.

"픽, 피깃, 피기긱."

"빨강, 빨강, 빨가아아앙."

"나, 나나, 나나, 나아아안."

무수히 많은 머리들이 제각기 다른 말들을 내뱉었다. 그러나 그 속에는 공통된 의지가 담겨 있었다.

그렇다—. 침입자 제거를 속행하라는 명령이었다.

"윽! 도망쳐!"

레온이 외쳐봤으나 소용없었다. 만신창이인 앨리스가 오크들에게 속절없이 붙잡혔다.

"으앗……."

작은 비명을 질렀다. 그 가냘픈 신체가 노출됐다.

오크들은 그녀를 죽이지 않았다.

경갑옷을 벗기고 땅바닥에 쓰러뜨렸다. 그러고는 집단으로 에워싸고는…….

앨리스에게 과시하듯 웃어댔다

"윽……!"

바로 앞에서 제자가 궁지에 몰렸는데도— 시인은 속수무책이었다.

"크……!"

오크들이 레온을 구속하여 땅바닥에 억눌렀기 때문이다.

동료가 망가져가는 모습을 강제로 보여준 뒤 갖고 놀다가 죽여라.

여왕의 그런 의사를 충실히 지키고 있다.

"왜, 이런……!"

피를 토하듯 내뱉은 그 말은…… 스스로를 질타하는 격렬한 분노 그 자체였다.

오크들의 완력이 대단히 억세서 구속을 도저히 풀 수가 없다.

평범한 인간이라면 그렇겠지. 그러나 레온은 인간이 아닌 존재다.

육체에 남은 에너지를 모조리 소진한다면 몸을 억누르는 오크들을 밀쳐내고서 궁지에 몰린 앨리스를 구할 수 있을 터였다. 그만한 힘을 갖고 있는데도—.

"움직여……! 움직여……! 움직여……!"

불가능했다. 온몸에 힘이 들어가지 않았다. 그저 덜덜 떨렸다.

어째서지?

죽어버리기 때문이다. 움직인다면 앨리스의 목숨과 맞바꿔 자신이 죽는다.

그 확신이 레온이 행동하지 못하도록 방해했다.

"뭘……! 뭘 하는 거야, 난……!"

몸도, 마음도 공포에 지배당했다.

취해야할 행동은 잘 알고 있다.

앨리스를 구한다. 목숨을 희생하여.

그렇게 해야만 한다. 그 이외의 답은 없다.

그런데도 레온은 그저 겁에 질려 있었다.

그때처럼.

4년 전 참극 때와 마찬가지로.

—4년이라는 세월이 지나고 산지옥을 거듭 겪어왔는데도, 나는.

—모든 것을 잃어버렸던 그날로부터. 모든 것이 부서져버린 그 순간부터.

—무엇 하나 성장하지 않았다는 뜻이다.

절망과 실망이 시인의 머릿속을 새하얗게 물들이기 시작했을 때.

"피긱, 피기긱."

여왕의 머리가 새로운 명령을 내렸다.

어서 하라고 재촉했겠지. 앨리스를 에워싼 오크들이 움직이기 시작했다.

한 마물이 그녀의 가녀린 팔을 붙잡아 구속하고, 다른 마물이……두 다리를 벌렸다.

"윽, 우우……!"

번쩍 뜨인 눈동자에 눈물이 그렁거렸다.

그녀의 모습을 보고도 시인은 그저 벌벌 떨 수밖에 없었으나.

"스, 스승님……."

그때, 앨리스가 힘없이 부르며 레온을 쳐다봤다.

무력한 스승을 비난하는 것이었다면…… 얼마나 좋았을까.

앨리스의 심녹색 눈동자에는 그러한 감정이 조금도 없었다. 비난하기는커녕, 오히려.

"도망, 치세요……!"

이 지경이 됐는데도 앨리스의 가슴속을 차지한 것은 스승을 향한 대가 없는 사랑이었다.

자신 따윈 아랑곳하지 않고 레온의 목숨만을 염려하고 있다.

그 마음은. 그 눈빛은.

"라이, 나……."

배신해버렸던 그 녀석을. 지키지 못했던 그 녀석을 떠올리게 했다.

"으, 큭……!"

마음속에서 넘쳐흐르는 애절한 감정을 막을 수 없었다.

그런데도…… 그래도 움직일 수 없었다. 두려움을 제어할 수가 없었다.

그런 그를 비웃듯이.

"피이기이이이이이이이익!"

여왕의 울부짖음과 함께 막이 오른다. 소녀의 비극이. 괴물들의 희극이.

무력하고 어리석은 시인의 눈앞에서.

"그만, 해……."

능욕당한다. 곧 앨리스가 능욕을 당하고 만다.
나 때문에. 내가 그녀를 곁에 놔뒀기 때문에.
"제발, 그만……!"
마치 시간을 정지시킨 것 같았다.
정지한 세계 속에서 레온은 자신의 죄를 곱씹는 것밖에 할 수 없었다.
결국 나는 그 누구도 될 수 없었다.
수호자도. 구원자도.
그 녀석과 맺은 약속을 완수하는 것조차.
나는.
나 같은 건—.

『아아, 맞아. 넌 바보야. 진짜 화가 나.』

그때, 레온의 머릿속에 목소리가 울렸다.
『궁지 안에는 반드시 활로가 있다.』
『체념에 지배당하지 말고 철저히 저항하겠다는 의지를 관철해라.』
『그 마음에 인간의 반짝임이 깃들어 있다면.』
『한계 따윈 어디에도 없다. 정신은 육체를 능가하고, 마음의 힘이 널 승리로 이끈다.』
『……누누이 가르쳐줬잖아. 이 바보 같은 녀석.』
시인을 나무라는 목소리. 그 주인은.
『레온. 넌 이제 어리광만 피우는 제자가 아냐.』

『스승이 됐으니 완수해야만 하는 책무가 있어.』
『알고 있잖아. 본인의 생각을. 간절한 바람을. 해야만 하는 일을.』
『시답잖은 자기혐오에 사로잡히지 말고 그 뜻을 부르짖으란 말이야.』
『넌 제자를 어쩔 셈이지? 앨리스를, 어떻게 하고 싶은 거야?』
힘이 펄펄 솟아났다.
그녀의 목소리가 체념을 쳐부수고 공포를 녹여냈으며.
레온을 올바른 방향으로 이끌었다.
"지키고, 싶다……! 설령 그게 용납될 수 없는 행위일지라도! 그게 불가능할지라도! 난! 저 소녀를 기필코 지켜야만 해!"
마음이 달아올랐다.
정신을 차려보니 오른손을 허리로 뻗었다.
성검의 칼자루를 쥐었다.
『이번만은 너그러이 넘어가주지.』
『나 참. 넌, 아무리 세월이 흘렀어도 여전히 손이 많이 가는 제자구나.』
엄하고도 상냥한 목소리를 듣고서 머릿속으로 한 여성을 떠올리면서.
레온 크로스하트는 외쳤다.
"사악한 자들이여! 나의 위력을 두려워하라!"
일찍이 스승이 성검을 뽑을 때 그 말을 읊었다.
그 순간.
손으로 쥔 칼자루가 움직였다.
칼이 살짝 뽑혔다. 실로 살짝 내비친 정도였으나, 그럼에도.

검은색과 금색으로 이루어진 성스러운 칼날이 타락한 자들을 순식간에 지워버렸다.

섬광.

그것은 위력을 동반한 빛. 시야를 가득 메웠던 찬란한 빛은 찰나에 사라져버렸다. 그 후에 남은 것은 레온과 앨리스, 그리고 여왕의 머리. 그뿐이었다.

무수히 많았던 오크들과 진갈색 알은 어디에도 없었다.

성검의 위광이 그 존재를 송두리째 멸해버렸다.

"우아, 아, 아아아아아아……."

녹아간다. 무수히 많은 머리들이 밀집하여 만들어진 여왕의 머리가 녹아간다.

파란 눈동자로 피눈물을 흘리면서.

"아, 아아, 아아아아아아……."

마지막으로 딱 하나, 작디작은 머리가 남았다.

레온은 일어서서 아무 말 없이 그녀에게로 다가갔다.

땅바닥에 떨어진 라이플을 주워서.

"내, 아이……."

피눈물을 흘리는 그녀의 머리를 쐈다.

자식을 지키는 어미. 그 거룩한 모습은 그녀만이 보여줄 수 있는 게 아니었다.

나 역시 그랬다. 제자(자식)를 지키기 위해서 너희들을 죽였다.

사죄는 하지 않겠다. 그 대신에 기도하마.

하늘로 올라가는 영혼을 구제해달라고.

"—잠든 그대들에게 영원한 구원이 있길."

엄숙하게 말하고서— 레온은 코트를 벗어 앨리스 곁으로 향했다.

"몸이라도 가리도록 해라."

레온이 고개를 돌리며 외투를 건넸다. 앨리스는 코트를 받아 걸치며 말했다.

"끝난, 거죠……?"

"……그래, 확실히."

레온은 대답하고 나서 허리에 채워진 성검을 쳐다봤다.

"그 목소리는, 틀림없이……!"

레온이 기억을 끄집어내려고 했으나 앨리스의 목소리가 가로막았다.

"저, 저기, 스승님. ……빨리 나가면 안 될까요?"

그녀의 입장에서는 1초라도 오래 머물고 싶지 않겠지.

어쩌면 아까 전 오크들이 저지르려고 했던 난잡한 행위가 트라우마로 굳어졌을지도 모르겠다.

레온은 그렇게 생각하면서 생각을 바로 중단했다.

스스로도 놀랄 만큼 그녀의 안위를 최우선으로 고려하며 움직이고 말았다.

"설 수 있겠나?"

"죄, 죄송해요. 안 될 것, 같아요……."

"그래? 그럼 업혀라."

레온이 앨리스에게 등을 보이고서 쪼그려 앉았다. 그녀는 처음에는 조심스러운지 머뭇거렸으나…… 결국 그의 목에 팔을 두르고서 체중을 실었다.

그리고 시인은 걸어 나갔다. 왼쪽 다리를 질질 끌면서. 거동하지 못하는 제자(자식)를 업고서.

"우와……! 괴, 굉장한 광경이네요……!"

아마도 성검이 이 마을의 《마물》을 모조리 지워버린 모양이다.

그들이 남긴 무수히 많은 《생탄석》들이 강한 빛을 발했다.

"순식간에 그토록 많은 《마물》들을……! 역시 스승님은 굉장해……!"

"내가 아니라 성검의 힘이다. 덧붙이자면 이런 힘을 무제한으로 행사할 수도 없다."

"앗, 그런가요?"

"그래. 성검의 힘은 유한해. 능력을 발동할 때마다 힘을 잃어가고…… 결국에는 날만 날카로운 검으로 변한다. 다시 이능을 행사하려면 칼집에 넣고서 힘을 축적해야만 한다."

"현실의 성검은 이야기 속 성검과는 다르네요. ……그나저나."

앨리스가 눈앞에 펼쳐진 광경을 바라보며 말했다.

"성검이 만들어낸 이 광경…… 정말로 환상적이네요. 마치 우리의 길을 비춰주는 것 같아요."

인간으로서 살았던 존재임을 증명하는 돌. 무수히 널려 있는 그것들이 빛을 일제히 발하는 모습은 압권이라 할 만했다.

그 절경이 앨리스의 마음을 감상적으로 만들었나 보다.

"……이번에도 전 스승님의 짐이 되고 말았네요."

"아니. 네가 없었다면 이런 결말은 맞이하지 못했을 거다."

그 목소리에는 스스로도 놀랄 만큼 온화함과 다정함이 담겨 있었다.

그 말을 듣고 앨리스는 눈이 휘둥그레져서는 은근히 미소를 지었다.

"저, 강해질게요. 더 강해져서…… 스승님을 지키겠습니다."

에밀리아의 공방에서도 했던 말이었다.

그러나 그녀의 목소리에 깃든 생각과 몸에서 전해지는 온기가 레온의 마음을 녹여—.

"널 신뢰한다."

이번에는 거짓 없는 진심이었다.

"네가 힘을 길러서 제 몫을 다할 수 있게 될 때까지 내가 널—."

레온이 자신의 생각을 솔직히 밝히려고 했을 때.

「네게는 그럴 만한 자격이 없어.」

마음속에 도사리는 자기혐오가 말을 끝맺도록 허락하지 않았다.

'……지키고 싶다. 이 여자애를.'

'하지만 내게는 역시나.'

과거라는 이름의 쇠사슬이 시인의 영혼을 얽매고 있다.

그렇기에 레온은 자신의 감정을 자각했으면서도 입 밖으로 꺼내지는 못했다.

"스승님? 왜 그러세요?"

"……아니, 아무것도 아니다."

레온은 고개를 가로젓고서 아까 전해지 못했던 말 대신에 다른 말을 입에 담았다.

"네 성장을 기대하마. 어서 날 앞질러다오. **앨리스**."

레온은 그 말을 무난한 표현이라고 인식했으나…….

어째선지 앨리스가 온몸을 흠칫 떨었다.

"스, 스스스, 스승님……! 바, 바바바, 방금, 방금……!"

"……뭐냐? 내가 무슨 이상한 말이라도 했나?"

"아, 아뇨, 그게 아니고요. ……눈치채지 못하셨어요?"

"……적의 기척은, 어디에서도 느껴지질 않는데?"

"아뇨, 그게 아니라!"

방울이 굴러가는 것 같은 목소리에 흥분을 실으며 앨리스가 외쳤다.

"바, 방금! 스승님이! 처음으로! 제 이름을 불러주셨어요!"

"……그랬나?"

"그렇다니까요! 맨날 너라고 지칭해서 저, 속으로 얼마나 슬펐는지 아세요!"

"그랬구나."

"그래도…… 에헤헤, 처음으로 이름을 불러주셨네요."

어지간히도 기뻤나 보다. 앨리스가 평소보다 살짝 뻔뻔스러워졌다.

"저, 저기! 한 번 더! 한 번만 더 불러주시면 안 될까요?!"

……이 요청에 응한다면 나와 그녀의 관계는 깊어지겠지.

그런 예감을 품고 나서 레온은 비로소 이해했다.

그녀를 이름으로 부르지 않았던 이유는 분명 그것이 최후의 보루였기 때문이겠지.

만약에 그 선을 넘어서 더 앞으로 나아간다면 더는 차갑게 대할 수 없게 된다.

그렇기에 무의식적으로 이름으로 부르는 것을 피했으리라.

……나에게는 누군가를 지킬 자격도 없거니와 누군가와 깊은 관계를 맺을 자격도 없다.

그러한 자기 경계를 무시할 수는 없다.

그러나.

자격은 없더라도 의무는 있다. 이 여자애를 행복하게 해줘야한다는 의무가.

"……앨리스."

자기혐오를 털어내고서 레온이 그녀의 이름을 불렀다.

그녀가 바라는 대로.

"에헤……! 에헤헤헤헤헤……!"

앨리스가 사랑스러운 웃음을 흘리며 수줍어했다.

그녀의 목소리를 듣고 있으니 뭐라 형언할 수 없는 기분이었다.

그래서 레온은.

"하, 한 번 더, 부탁드려요……!"

"앨리스."

"어훗. 후훗. 후후후후후. 다, 다시 한번!"

"앨리스."

"오홋, 호홋, 호…… 다시 한번!"

"앨리스."

요청에 응하여 그녀의 이름을 부르면서 생각했다.

'난 이 아이의 엄마를 앗아갔다.'

'구하기 위해서였다고는 해도 그건 변함없는 사실. 따라서 난 물려받아야만 한다.'

'앨리스의 엄마가 할 수 없었던 것. 앨리스를 행복하게 해주는 의무를.'

그러니 이것은 자기 자신을 위한 일이 아니다.

레온은 변명처럼 그 말을 가슴속으로 되뇌면서.

"앨리스."

"우훗, 우후후후후후……!"

행복하게 웃는 그녀를 위해 은밀히 맹세했다.

이제 결코 배신하지 않겠다.

너의 바람을 모조리 이뤄 보이겠다.

두 번 다시 슬프게 하지 않겠다.

—약속(최후)의 순간이 찾아오는 그때까지는.

◇◆◇

"음~. 잊어버렸네~. 완전히!"

상공. 별빛도 가려진 순백의 세계에서.

■■■가 그들을 내려다봤다.

등에 난 순백의 날개를 전개하여 하늘을 제 것인양 지배하면서.

"**숙적**의 존재를 잊게 할 정도로 강한 사랑이라. ……하하, 이거 샘나네."

■■■는 **보라색 눈동자**를 가늘게 뜨며 생각했다.

운명의 붉은 실 따윈 시시한 허언쯤으로 치부했는데…….

지금은 그것이 사실인지도 모르겠다는 생각마저 들었다.

"대단한 우연이야. 지난번도 그렇고, 이번에도 그렇고……. 몸을 숨기지 않았더라면 만났겠는걸?"

카르나 빌리지에서는 자신의 힘이 얼마나 돌아왔는지 시험해봤다.

그리고 이번 동족포식의 마을에서 완전히 회복됐는지 확인하려고 할 찰나에 그가 왔다.

마침 좋은 기회라고 여긴 ■■■는 자신의 힘과 레온의 힘을 시험하고자 희극을 꾸몄다. 그 결과는…… **기대한 대로** 무참했다.

"4년 동안 뭘 한 거야? 성장한 모습을 전혀 볼 수가 없는데. 하지만…… 잘 됐어. 그렇기에 죽일 만한 의미가 있지. 그 녀석은 겁쟁이에다가 꼴사납기에 죽일 가치가 있어."

입꼬리를 올리며 아름다운 얼굴에 사악한 웃음을 드리웠다.

그리고 ■■■는.

"**그때** 입었던 상처는 완전히 나았어. 전혀 지장 없어."

저 아래에서 제자를 업고서 걷는 남자를 향해.

레온 크로스하트를 향해.

■■■가 뺨을 붉히며 선언했다.

사랑스러운 연인에게 저주를 속삭이듯이.

"……다시 한번, 보여줘. 지옥의 밑바닥에서 고통스러워하는 **네** 얼굴을."

EPISODE Ⅲ

평온해진 시체, 웃는 소녀, 그리고…… 강림하는 천사

—채워졌다.

—허무한 마음이. 그래야만 하는 마음이 채워졌다.

—두 번 다시 누릴 수 없으리라 여겼던 안식을 그녀가 선사해줬다.

—그녀의 웃음이 눈부시고 사랑스러워서.

—바라고 말았다. 이런 나날이 영원히 이어지기를.

—그러나 역시.

—운명은 그것을 허락해주지 않았다.

귀환한 뒤 이튿날.

평상시였다면 아침을 먹은 뒤 잠깐 쉬고서 지하에서 훈련을 했겠지. 그러나 오늘은 일을 마치고 돌아온 직후이기도 해서 휴일로 정했다.

그러나 침대 위에서 빈둥거려도 된다는 뜻은 아니었다. 몸을 움직이지 않는 휴양은 심신을 둔감하게 만들 뿐이기에 적합하지 않다고 말했다.

그래서 저택 청소를 하면서 휴일을 보내기로 했다.

"스승님~의 개인실~♪ 스승님~의 개인실~♪"

자, 문을 열고서 그의 프라이빗한 공간 속으로.

레온의 방에는 살림살이가 거의 없었다. 작고 둥근 탁자와 침대. 그것뿐이었다.

앨리스는 그런 실내를 곧바로 청소하기 시작했다.

우선은 바닥을 청소하고, 둥근 탁자에 묻은 얼룩을 닦아낸 뒤 침대로 향했다.

"이건…… 사진?"

머리맡에 놓여 있는 사진 한 장. 그 안에는 《구세》의 동료들(파티 멤버)이 찍혀 있었다.

손가락으로 레온의 입꼬리를 올려서 억지로 웃음을 짓게 한 뒤 웃는 소년…… 라인하르트.

그는 그야말로 절세의 미모였다. 허리까지 내려오는 긴 은발과 어우러져 중성적인 인상이 풍겼다.

그런 그를 노려보는 레온과…… 팔짱을 낀 채로 그들을 바라보며 미소를 짓고 있는 미녀.

이 사람이 바로 크레아. 선대 《구세》의 영웅이자 레온의 스승. 여성치고는 큰 키와 작열하는 붉은 머리가 특징이다. 그녀의 자태는 그야말로 성인이라고 할 만한데…….

그 외모도 부럽기는 하지만, 앨리스의 눈길을 가장 끈 것은.

"헐렁한 옷을 입었는데도 이 볼륨감은……! 틀림없어……! 이 사람이야……! 스승님이 가슴을 좋아하는 이유는 이 사람이 원인이야……!"

2대 《구세》(크레아 레드하트)의 영웅은 상식을 초월하는 힘을 자랑했다던데, 저 거대한 가슴도 상식 밖이었다.

"무슨……! 나, 나도 언젠가 분명, 저만큼 커질 거야! 절대로 지지 않을 거예요! 절대로!"

일단은 마시는 우유를 더 많이 마시마. 그리고 바스트 업 마사지에도 더 공을 들이고!

"……그나저나 이 사람, 왠지……."

옛날에 얼핏 봤을 때는 이런 인상을 느끼지 못했다.

이 크레아라는 여성은 **누구와 닮았다**. 그런데, 누구였더라…….

"으~음."

그녀가 끙끙대면서 생각을 거듭했다. 그러던 중에 어떤 일이 벌어졌다.

덜컥 소리가 났다. 그것에 정신이 팔려서 앨리스는 생각을 중단하고서 소리가 난 쪽으로 시선을 돌렸다.

"으음……. 이름이 분명 카리트 게리우스라고 했던가?"

벽에 걸쳐진 한 자루의 검. 성검 카리트 게리우스.

칠흑 같은 칼집에 담겨 있는 그 검을 바라보며 앨리스는 신기한 감개를 품었다.

"……날 부르는 것 같은데?"

앨리스는 어째선지 그런 느낌이 들어서 빨려들듯이 성검으로 다가갔다.

"나, 왜 이러는 거지……. 스승님의 물건을 함부로 만지다니……."

그런 무례를 범해서는 안 된다는 걸 잘 안다. 기피감도 든다.

그러나 앨리스는 어째선지 이 성검을 품지 않고는 배길 수가 없었다.

"뭐지……. 엄마가 머리를 쓰다듬어주는 것 같은……."

그러한 신기한 감각이 온몸을 감쌌다. 이 느낌은 어딘가 엄마의 축복과 비슷해서—.

바로 그때 앨리스의 허를 찌르듯 그의 목소리가 들렸다.

"선택받았나? 그 검에게."

등 뒤에서 스승의 목소리가 날아들었다. 앨리스는 몸을 흠칫 떨고는 허둥대며 사과했다.

"죄, 죄송합니다. 스승님!"

"……왜 사과하지?"

"아, 아뇨, 그게. 스승님의 소유물을 무단으로 만져버렸으니까……."

"신경쓰지 않아도 돼. 네가 건드리면 곤란한 물건은 어디에도 없다."

무뚝뚝했지만 그 목소리에는 상냥함이 담겨 있었다.

"……역시 네게는 《구세》의 칭호를 물려받기에 손색없는 재능이 있는 모양이군."

"예?"

"그 검은 사용자를 고른다. 따라서 기량이 없는 자는 만지는 것조차 허락하지 않지."

레온은 말을 마치고서 성검을 바라보던 눈을 앨리스 쪽으로 옮겼다.

"……시험해보지 않겠나?"

"예? 시, 시험이요?"

"너라면, 성검을 뽑을 수 있을지도 몰라."

"아, 아뇨, 아뇨! 무리예요! 저 같은 게 감히!"

스승이 뽑을 수 없는 것을 자신이 뽑을 수 있을 리가 없다.

앨리스는 그렇게 확신했지만— 그 순간 머릿속에서 목소리가 또 울렸다.

『해보렴.』

손주의 응석을 받아주는 할머니. 왠지 앨리스는 그런 인상을 받았다.

이 기분은 뭐지? 표현하기 어려운 감각을 느끼면서 칼자루를 쥐고서 힘을 줬다.

그리고.

"앗."

무심코 어벙한 소리가 나올 정도로 칼집에서 뽑혔다.

"우와…… 굉장히, 아름다워……."

무기 애호가가 아닌 앨리스조차 매료될 정도로 마성이 깃든 아름다움.

검은색과 금색으로 이루어진 검을 바라보고 있으니 혼이 빨려들 것만 같은 위태로움을 느꼈다.

"……그랬군. 그렇다면, 너와의 만남은……."

스승의 목소리를 듣고서 정신을 차렸다. 제자인 자신이 스승을 제쳐두고 성검을 뽑다니, 스승의 체면을 구기는 짓이나 다름없지 않은가. 아름다운 검에 넋을 잃을 상황이 아니었다.

"이, 이건, 저기…… 부, 분명 뭔가 착오일 거예요!"

"아니. 성검은 틀리지 않아. 넌 선택받았다. 성검 카리트 게리우스에게."

온화한 붉은 눈동자에 어떤 감개가 깃들었다.

"……네가 뒤를 이어준다면 안심이겠군."

스승이 툭 흘린 말을 듣고 앨리스는 위험한 예감을 느꼈다. 마치 자신의 죽음을 받아들인 것 같은 노인처럼 청아하면서도 처연한 모습. 레온이 지금 그렇게 보였다.

"스승님……?"

대체 무슨 생각을 했을까? 그 물음에 레온은 대답하지 않고 눈꺼풀을 감고서…….

"라이나와 스승님, 두 사람이 살아있었을 적에 난 성검에 집착했다. 그들을 쫓아가고 싶다. 인정받고 싶다. 그러기 위해서는 성검을 뽑을 만한 실력을 갖춰야 한다고. 그러나 시간이 아무리 지나도 그때가 찾아오지 않아서…… 삐뚤어진 분노를 토로했던 적도 있었지. 하지만 지금은."

레온이 앨리스의 머리를 살며시 쓰다듬으면서 말했다.

"네가 태연히 해냈는데도 선망하는 마음이 전혀 솟질 않아. 네가 가능하다면 굳이 내가 성검의 사용자가 될 필요는 없지."

평온한 목소리에는 역시나 최후를 직감한 노인과 비슷한 감정이 깃들어 있었다.

"……분명 이 답은 성검이 원했던 것이 아닐 테지만."

마지막에 작게 중얼거린 말을 듣고서 앨리스는 성검의 의도를 짐작했다.

이 검에 깃든 의지가 어째서 자신이 검을 뽑게 했는가. 그것은 앨리스라는 소녀를 사용자로 인정해서가 아니었다. 그렇게 함으로써 레온에게 무언가를 전하고 싶었던 것이었다.

마치 스승이 제자를 지도하듯이.

그러나 레온은 그 사실을 알면서도— 받들려고는 하지 않았다.

"슬슬 점심시간이군. 식사를 해라. 그 뒤에 저택을 나선다."

"외출인가요? 어디로?"

"공방."

짧은 한 마디 뒤에 덧붙어진 말이.

그녀의 가슴을 뛰게 했다.

"전용 장비를 받으러 가자, 앨리스."

◇◆◇

"……멸망해버려. 인류."

무구 판매점, 언 브레이커블. 그곳에 병설된 공방에서.

땅바닥에 드러누워 저주를 내뱉는 여자가 있었다. 그녀의 눈은 마치 썩은 생선처럼 혼탁했다.

"이제야잘수있는데이게뭔짓거리야이빌어먹을대장일이뭔지도모르는문외한이제멋대로납기일을정하고서계약을멋대로진행시켜버렸네이멍청한자식들나는죽으라는거냐죽으라는거냐고너희들이나죽어라쓰레기같은자식들!"

상당히 화가 났다. 그것은 누가 봐도 명백하지만…… 레온은 매몰차게 말했다.

"에밀리아. 일어나. 전용 장비를 받으러 왔다."

"……하아."

에밀리아가 한숨을 성대하게 내뱉었다.

"……저기 있는 거야. 알아서 가져가라. 빌어먹을."

작업대 위에 놓여 있는 활 한 자루. 색조는 하얀색을 바탕으로 군데군데 붉은색으로 꾸며져 있다.

앨리스는 잰걸음으로 다가가 활을 들고는 유심히 쳐다봤다.

"으음, 이 손잡이 부분…… 블레이드 형태로 되어있는데, 이게 뭐죠?"

"하아…… 두 손으로 손잡이를 쥐고서《성원》을 흘려봐."

그렇게 하면 자연스레 알게 될 거라는 투였다. 앨리스는 의문을 품으면서도 그렇게 했다.

그러자 붉은 시위가 입자가 되어 터지더니…… 손잡이가 분열하고, 활이 두 자루의 곡검으로 바뀌었다.

"그 녀석 한 자루만 있으면 근접전과 원거리전 양쪽을 모두 수행할 수 있어. 곡검 모드에서《성원》을 흘리면 쇠를 두 동강 낼 수 있을 만큼 예리해지고, 활 모드에서《성원》을 흘리면 질량을 지닌 환영의 화살이 소환되지. ……기본적인 성능은 그런 느낌. 다음은 실전에서 시험해봐라. 이상."

에밀리아는 설명을 마친 뒤 다시 크게 탄식하고서 벌러덩 드러누웠다.

마치 시체 같은 그녀의 모습은 앨리스의 흥미를 전혀 끌지 못했다.

"이거, 굉장히 좋아요. 스승님. 손에 착 달라붙는 느낌이 드는 게 마음에 와닿아요."

"당연하지. 에밀리아의 솜씨는 틀림없어."

레온의 말에서 찬사가 나오자 당사자가 몸을 흠칫 떨었다.

"……흥. 무기 성능이 아무리 극상이더라도 사용자가 초보자면 아무 의미 없거든."

"우우. 전 확실히 미숙하지만 초보자는 아닙니다!"

"핫. 글쎄다. 재능에만 매달리는 이류로 끝날지도 모르지."

에밀리아는 몸을 뒤척인 뒤 앨리스의 얼굴을 물끄러미 쳐다봤다.

"……어째서 내가 아니었을까."

가냘픈 목소리. 에밀리아가 들릴 듯 말 듯 말을 내뱉었다.

"뭐, 됐어. 너한테 역할을 주마. ……**레온을 구제하는 역할** 말이야."

에밀리아가 흘려들을 수 없는 말을 한 뒤에 곧바로 말을 이어나갔다.

"레그테리아 타운을 알고 있니?"

"……**순교파의 도시**로 알고 있는데요?"

"그래. 경전을 독자해석한 뒤 자기들끼리 멍청할 정도로 우악스러운 계율을 정해서 살고있는 돼지들의 낙원이지. ……그곳이 얼마 전에 안개에 먹혔다."

그 말인즉슨 인간들의 거처가 사라지고, 그와 동시에 새로운 미궁이 생겨났다는 뜻이었다.

"알다시피 생긴지 얼마 안 된 미궁은 알 수 없는 것 투성이야. 뭐가 도사리고 있는지 모르는 한편, 아무도 손을 대지 않은《변유물》이 널려 있지. 부와 명성을 거머쥐기에 안성맞춤이다."

《변유물》. 그것은 그 명칭대로 미궁 내부에서 변이하여 이상성을 띠는 물체의 총칭이다.

"《변유물》은 진귀한 명품으로, 미궁이 처음 발생했을 때만 생성돼. 인간들이 미궁을 탐색하면 할수록 그 숫자가 줄어든다는 뜻이야."

그러나 막대한 가치가 있는 그 물건을 찾기 위해 막 탄생한 미궁에 발을 내딛는 모험가는 거의 없다. 분수를 아는 중견 모험가는 당연하고, 빚에 허덕이는 바보들이나 꿈을 좇는 신참 모험가조차도 정보가 부족한 미궁은 무서운 곳으로 인식한다.
그렇기에.
제정신을 던져버리고서 광기 어린 짓거리를 실행할 수 있는 자를 인간은 용사라고 부른다.
"리스키 이글스. 이건 너도 당연히 알겠지?"
레온이 긍정하면서 머릿속으로 어떤 남자를 떠올렸다.
상흔투성이 거한, 벨고 자하지.
오랫동안 알고 지낸 관계이자 《맹금》이라는 별칭을 지닌 용사.
리스키 이글스란 그가 이끄는 모험가 파티의 명칭이다.
"늘 그렇듯 그 녀석들이 앞장을 섰어. 그리고 멋지게 가지고 돌아왔지. 《변유물》을 말이야. 다만…… 벨고만 생환했어."
"……뭐라고?"
이 소식을 듣고서 보기 드물게 레온의 붉은 눈동자가 흔들렸다.
"그 녀석은, 무사한가?"
"진료소로 실려가 생사의 고비를 넘나들고 있다던데, 별 문제없겠지."
"……그렇겠지. 그 녀석은 죽여도 죽지 않는 사내야."
무뚝뚝한 그 말속에는 확실한 안도감이 담겨 있었다.
에밀리아가 수긍하며 레온의 말에 동의한 뒤 이야기를 진행했다.
"그래서. 아까 말했다시피 벨고는 《변유물》을 가지고 돌아왔어. 형태가 기묘한 과일을 말이야. 연구기관에서 이상성을 조사해봤더니—."
에밀리아는 이 대목에서 끊고서 레온과 앨리스를 번갈아 봤다.

이제부터가 본론이라는 듯이.

그리고 그다음에 그녀의 입에서 나온 정보는.

옛 친구의 안부에 관한 불안감을 싹 날려버릴 정도로 충격적인 내용이었다.

"—《청안병》을 즉시 치료하여 《마물》이 됐던 녀석을 인간으로 되돌린다. 그 과일에는 그런 힘이 숨겨져 있대."

앨리스와 레온 모두 가만히 서있을 수밖에 없었다.

"뭐, 그렇게 반응할 줄 알았어. 나도 처음에 들었을 때는 기겁을 했거든. 이제야 미래를 향한 희망이 발견됐다는 얘기니까."

그 과일을 연구하여 그 이상성을 재현한 약품 등을 발명한다면 인류는 《마물》에 이르는 병을 극복할 수 있다. 안개에 삼켜졌을 때 벌어지는 이상 현상도 어느 정도는 예방할 수 있게 될지도 모른다. 그리고—《마물화》한 인간을 원래대로 되돌릴 수 있다는 말은 즉.

"스승님도, 인간으로 돌아갈 수가 있다. 그런 말이죠?"

앨리스의 발언에 먼저 반응한 사람은 에밀리아였다.

"그래. 그것도 중요하지만…… 레온, 너도 알 거야. 내가 무슨 말을 하고 싶은지."

시인이 조용히 눈을 내리깔았다.

"……완수하지 못한 약속. 그 본질이 바뀐다면."

무슨 짓을 하든지 과거는 바꿀 수 없다. 그러나 미래는.

"……그 과일, 적어도 하나는 자유롭게 쓸 수 있나?"

"그래. 그건 확약을 받았어. 이제는 입수하기만 하면 돼."

앨리스는 두 사람의 대화가 어떤 배경에서 전개되고 있는지 알 수가 없었다. 그녀는 아무리 가까워져도 외부인이었다. 두 사람의 사이에 끼어들 수가 없었다.

그러나 그래도 좋았다. 지금 이 이야기가 하나의 뜻으로 정리되어 가고 있으니까.

앨리스도. 에밀리아도. 그리고 레온조차도.

희망으로 가득한 미래를 향해 긍정적으로 나아가려고 한다.

그렇기에―.

"레온, 이번 일거리를 맡을 거니?"

에밀리아의 말에 긍정하는 스승을 앨리스는 말리지 않았다.

◇◆◇

"《변유물》의 회수, 혹은 **정보 수집**. 그게 이번 일이야."

"……정보?"

"그래. 실은 이 일이 네 앞으로 할당되기 전에 교회가 회수 팀을 파견했거든. 모두 실력이 빼어난 모험가들이었는데……."

아마도 전멸했을 거라고 에밀리아가 덧붙였다.

"일이 순조롭게 진행됐다면 진즉에 돌아왔어야 해. 그럼에도 연락 한 번 오질 않았어. 그래서 상부는 회수반이 전멸했을 가능성이 높다고 판단했지."

"그래서 날 보내기로 한 건가."

"그래. 주목적은 과일의 회수. 부차적 목적은 정보를 수집하는 거야. 과일을 회수한다면 최상. 그게 어렵다면 척후 역할 정도는 수행하고 오라는 얘기지."

그 후에도 에밀리아는 설명을 이어나갔다.

이번 임무는 생환하는 것이 전제이지만, 그래도 협력자 같은 지원은 없다. 선발대로 파견했던 자들은 교회가 보유한 인재들 중에서도 추린 뛰어난 자들이었다. 그들이 전멸하면서 교회 내부에서는 신중파가 다수를 점하게 됐다고 한다.

"인재를 더는 잃고 싶지 않다는 뜻인가."

"그래. 그것만은 어떤 연줄을 동원하든 들어주질 않더라."

에밀리아가 마음 아파하자 앨리스가 미소를 지었다.

"역시 사이가 좋네요. 두 분은."

"……시끄러."

에밀리아가 고개를 홱 돌렸다. 그 행동이 최고의 답이었다.

첫 대면 때 보여줬던 그 언동은 체념에서 비롯됐겠지. 레온을 구하고 싶지만, 자신의 힘으로는 방법이 없다. 그렇기에 모든 것을 포기하고서 그의 말로를 받아들이기로 한 것이다.

그러나 그녀의 마음속에는 레온이 구원을 받았으면 좋겠다는 마음이 남아있었다.

그 바람이 이번 일을 통해 이뤄질지도 모른다. 그래서 에밀리아가 신신당부했다.

"레온, 잘 들어. 반드시 살아서 돌아와. 설령 네가 과일을 입수하지 못하더라도 내가 어떤 수를 동원하든 하나는 구해낼 테니까. 넌 부담 없이 적의 정보만 갖고서 돌아와도 된다는 말이야. ……거기 있는 아가씨랑 함께 말이야."

애원하는 것 같은 배웅을 받으며— 두 사람은 성도를 떠났다.

그 후로 레온과 앨리스는 마차를 갈아타면서 며칠을 이동하여 그곳에 도착했다.

"여기가, 레그테리아 타운……."

순백의 안개가 감도는 도시 입구 부근에서 앨리스가 마른침을 삼켰다.

미궁 탐색은 이번이 세 번째다……. 그래도 아직도 이 살벌한 분위기는 익숙해지질 않았다.

더욱이 이번 미궁은 탄생한 지 얼마 되지 않아서 정보가 거의 없었다.

어떤 《마물》이 활보하고 있는가? 회수 목표인 재생의 과일은 어디에 있는가.

이 도시에 도사리는 무서운 괴물은 어떤 힘을 갖고 있는가.

밝혀진 게 하나도 없는 상태에서 지금부터 탐색을 시작해야 한다.

—무섭다. 앨리스는 눈앞에 있는 미궁을 보고 진심으로 공포를 느꼈다.

그러나, 그때.

"문제는 없어."

옆에 있는 스승이 그녀의 머리를 쓰다듬으며 평온하게 말했다.

"우리라면, 문제는 없어."

거짓 없는, 진심에서 우러나온 말. 그렇게 느낀 순간, 앨리스의 마음에 용기가 싹텄다.

"당연하죠! 우린 무적의 콤비니까요!"

밝은 목소리와 표정. 그녀의 모습을 보고 있으니…… 레온의 마음에도 뜨거운 것이 치밀었다.

'앨리스와의 만남은 역시나 주님의 거룩한 이끄심일 거다.'

'주님께서 이 어리석은 시인(구울)에게 재생의 기회를 주셨다.'

과일만 손에 넣는다면 구원을 받을지도 모른다.

자신이 아니라. **그**가. **그 남자**가.

'죽이는 것만이 구원이라고 생각했다. 하지만 지금은.'

'재생이라는 선택지가 있어. 인간을 되돌리는 최선의 선택지가.'

기필코 과일을 손에 넣겠다. 그러기 위해서라면 그 어떤 괴물이든 쓰러뜨리고 말겠다.

이 든든한 제자와 함께.

"가자, 앨리스."

"예, 스승님!"

발을 내디뎠다. 완전한 미지의 영역으로. 죽음의 기운이 감도는 새로운 미궁으로.

당연하지만 앞길이 순탄치는 않았다.

레온의 청각에 의지하여 적의 위치와 숫자를 파악하여 상시 선제 공격을 가할 수 있도록 움직였다.

이 주변에는 《마물》뿐만 아니라…… 인간의 기척도 느껴지지 않았다.

"역시 선발대는 전멸했나 보군."

레온이 불쑥 중얼거리고서 앨리스의 상태를 봤다.

그녀도 나름대로 주변을 경계하고 있겠지. 사방팔방을 둘러보고 있다.

"……건물의 이상 상태가 신경 쓰이나?"

"아, 예. 탐색을 해본 경험이 아직 사흘밖에 안 돼서 저게 이상한지 아닌지 잘 모르겠지만…… 건물이 온통 하얀 게 왠지 마음에 걸립니다."

다른 미궁은 피나 내장을 떠올리게 하는 빨강, 혹은 검정으로 가득했다.

그러나 이곳은 앨리스의 말대로 눈에 비치는 모든 것이 하얬다.

"미궁의 내관은 아직 인간들이 살았을 적의 기풍에 반응하여 모습이 바뀌는 게 아닌가 추정하고 있다. 예를 들어 이 레그테리아 타운은 순교파의 도시로 알려져 있다. 그들은 크툴루교의 경전…… 성자 오가스가 쓴 그것을 독자적으로 해석하여 보다 주님의 뜻에 가깝도록 생활을 영위했지. 그 마음가짐은 아마 순백이었을 것이다."

"……그래서 미궁이 된 뒤에 모든 것이 새하얘졌다는 말인가요."

"아마도. 순교파가 심볼 컬러로 내세웠던 색깔도 역시 하얀색. 그들은 여러 의미에서 하얀 존재가 되길 바랐겠지."

퇴락했을 때 그런 부류가 굉장히 무서운 《마물》로 변한다.

"인간은 하얗게 물들이려고 하면 할수록 오히려 검은색에 가까워진다. 철저한 규제는 억압을 낳고, 그것이 마음에 어둠을 드리우며…… 강대한 《마물》을 생성하는 정념으로 이어진다."

바로 그때. 이 도시에 소속되어 순교의 신도로서 살아왔던 자들이 과연 어떤 모습으로 변했는가? 그 당사자들이 저 앞에서 해답을 보여줬다.

바로 앞쪽, 짙은 안개 속에 세 《마물》이 있다. 그들은 낭인(웨어 울프)의 아종, 흑랑인(블랙팽)이었다.

전자가 갈색 체모를 가진 데 비해 후자는 온통 검은색이었다. 그리고 커다란 차이점이 하나 더 있었다.

눈이다. 블랙팽에게는 눈에 해당하는 부위가 없었다.

"백색으로서 존재하려고 했던 자. 백색으로 존재하겠노라고 스스로를 정의한 자. 하지만 그 본질은 거멓다……. 결코 그 진실을 보려고 하지 않았다. 볼 수도 없었다. 따라서 그들은 눈을 버렸다."

분명 저들은 마물로 퇴락한 뒤 더욱 행복해졌겠지.

자신들이 검은 존재임을 언제까지고 모르는 채로 살아갈 수 있을 테니까.

"……앨리스. 저들은 네가 처치해라. 전용 장비를 시험해봐라."

"네, 맡겨주세요."

그녀가 힘차게 대답한 뒤 등에 메고 있던 활을 잡아 자세를 취하고서—《성원》을 주입했다.

그 순간, 손 부근에서 순백의 화살이 소환되어 붉은 시위에 메겨졌다.

시위를 한껏 당기고서.

몇 초 뒤 발사된 화살이 마물을 소리 없이 사살했다.

'완벽한 사격. 하지만 더 놀라운 점은 정신을 다루는 힘이야.'

'전투에 임하자마자 공포를 죽이고서 무아지경에 이르렀다.'

'용기가 있어야만 가능한 기술. 나와 저 여자애는 둘 다 겁쟁이지

만…… 그게 바로 결정적인 차이구나.'

그 이유는 무엇인가. 그녀는 가능한데 자신을 불가능한 그 이유는?

……역시나 답을 찾지 못했다.

앨리스가 모든 표적을 순식간에 사살했다.

"이 활은 굉장해요, 스승님! 마치 몸의 일부 같아!"

"진정으로 훌륭한 건 네 기량이다, 앨리스. 장비는 그 부속물에 지나지 않아."

"엇. 그, 그럴까요? 에헤헤헤헤."

지금 레온의 눈에는 칭찬을 받고서 기뻐하는 모습이 사랑스럽게 비쳤다.

마치 손주를 얻은 노인 같은 느낌이었다.

"다시 전진한다, 앨리스."

"옙! 스승님!"

제자를 데리고서 마물의 도시를 나아갔다. 그리고…… 기이한 광경을 목도했다.

"스, 스승님. 이건."

"선발대가 놓은 것인가? 아니면 《마물》의 소행인가? 어느 쪽이든 섣불리 다가가서는 안 되겠군."

길 한가운데에서 레온과 앨리스가 경계심을 드러냈다.

그 원인은…… 땅에서 솟아오르는 칠흑의 화염.

"이게 누군가가 구사한 《신비》라면 바로 인근에 발동자의 인기척이 느껴져야 할 터. 《신비》는 오랫동안 지속되지가 않으니 말이야. 하지만 내 청각이 감지할 수 있는 범위 안에 그런 자는 존재하지 않

아. 그렇다면 저건 《마물》이 남겨뒀다고 추정하는 게 타당하겠지."

어떤 존재가 어떤 힘으로 저 광경을 만들어냈는가.

어두운 화염을 쳐다보면서 레온은 생각을 거듭했다. 그러던 중이었다.

농밀한 하얀 안개 속에서 자기주장을 하는 칠흑이, 그 안에 있는 잔재를 보내왔다.

—줄곧 흘러가는 대로 살아왔다.

—하얀 순교의 신도로서의 자긍심이라든지, 검은 패거리를 향한 증오 같은 건 없었다.

—우유부단하고 겁이 많은 나약한 인간.

—그러나 그런 나에게도.

—지키고 싶은 게 있었다.

"히익!"

어둑한 교회 지하실에 한심스러운 비명이 울렸다.

내 입에서 나온 소리였다.

"어디서 감히!"

내 몸을 향해 칼날이 닥쳐오자 동료 중 하나가 몸을 던져 막아냈다.

대형 방패를 든 금발 미녀. 엘리제 츠벨그.

두꺼운 강철이 칼날을 막아내며 카랑카랑한 소리를 낸 순간.

"야압!"

그 녀석이 우렁찬 소리와 함께 거대한 검을 휘둘렀다.

마지막 상대를 처치하자 현장에 정적이 찾아들었다.

"후우~, 끝났다, 끝났어~."

아이작 슈탈슨이 대검을 어깨에 둘러메고서 이마에 난 땀을 훔쳤다.

내 친구. 내 스승. 내 형.

그 녀석이 아직껏 땅에 주저앉아 있는 나에게 손을 내밀었다.

"짝지, 설 수 있겠어?"

아이즈가 손을 잡아 나를 일으키더니 어깨를 착착 두드리며 웃었다.

"너란 녀석은 여전히 악운이 강하네."

엘리가 동조하듯 어른스러운 미모로 웃음을 지었다.

"그때 넘어지지 않았다면 일격에 죽었을 거야."

"정말 주님의 총애를 한 몸에 받네. 나 참, 부럽다."

……선망 섞인 그 말을 그대로 받아들일 수 있었다면 내 인생은 조금 더 편해졌을지도 모르겠다.

두 사람이 악의를 품지 않았음을 알면서도 나는 자꾸만 빈정거림으로 받아들였다.

"……면목 없어. 이번에도 두 사람의 발목을 잡아버렸어."

"하아. 또~ 재발했네. 그거."

"라브, 몇 번이나 말하지만 당신은 우리의 동료로서 걸맞기 때문에 이렇게 함께 일을 하는 거예요."

"맞아~ 맞아~. 네가 마음에 안 들었으면 딴 녀석으로 바꿔달라고 윗사람이랑 벌써 한바탕 했을 걸~."

아이즈가 동의하면서 내 어깨를 두드렸다.

"네가 갖고 있는 미래 예지의 《신비》. 주님의 은총으로밖에 해석할 수 없는 악운. 그리고 우리한테는 없는 신중함. 모두 꼭 필요한 요소들이야."

……이렇게까지 말해줬는데도 나는 가슴을 펼 수가 없었다.

미래 예지의 《신비》는 자동으로 발동되어 제어할 수가 없기에 불완전하다.

악운이 언제 내 곁을 떠날지도 알 수 없다.

신중하다고 하니 듣기에는 좋지만, 그저 겁이 많을 뿐이다.

역시 나는 저 둘의 동료로서도…… **대행자**로서도 실격이겠지.

"……성당기사 가문에서 태어나지 않았다면 이런 직책을 맡을 일도 없었어."

내가 탄식하자 두 사람이 다시금 어깨를 들먹였다.

"자자~. 푸념은 밥이나 먹으면서 하자고."

"맞아, 맞아. 나 이제 배고파요. 본부로 돌아가 보고를 마친 뒤 얼른 옷을 갈아입고서 밥이나 먹으러 가죠. 투정은 식당에서 얼마든지 들어줄 테니까요. 알겠죠?"

내가 고개를 살짝 끄덕이고서 지하에서 나가기 위해 한걸음을…… 내디딘 순간, 발이 미끄러지면서 고꾸라졌다.

바닥에 널려 있는 피와 내장 때문이었다.

"……사후의 복수인가."

바닥에 세차게 부딪친 얼굴을 문지르면서 주변을 둘러봤다.

참상이었다. 바닥에 무수히 널브러져 있는 절단된 시체에서는 악취가 풍겼다.

우리가 저지른 소행이라고 생각하니 늘 그렇듯 기분이 나빠졌다.

"……왜 죽여야만 하는 걸까."

"그게 우리의 일이자 사명이자 긍지이니까. ……뭐, 나도 기분이 썩 좋지는 않지만."

"하얗고 청결한 세계를 위해서 검은 부정을 지워낸다. 순교의 신도로서 당연한 미덕이긴 하지만요."

이곳에서 목숨을 잃은 자들은 공인된 이단자들이다.

그들은 우리 하얀 세계를 거멓게 더럽히는 패륜아다. 따라서 존재 자체가 허용되지 않는다.

……어렸을 적에는 맹신했던 그 논리가 지금은 가혹하다는 생각밖에 들지 않았다.

"우리도 어떤 의미에서 이단자와 똑같겠지."

"그래서 이 도시를 떠나기 위해서 돈을 모으는 거잖아요. 주류파의 도시에서 재출발하기 위해서."

엘리가 위층으로 이어지는 계단으로 걸어가면서 말을 이었다.

"그때까지는 꾹 참고서 일을 처리해나가요. 살인은 불쾌하긴 하지만…… 그래도 누군가를 구하는 길로 이어지니까."

그 말은 분명 맞다.

이단자들은 예외 없이 폭력으로 사회를 바꾸려고 한다.

이곳에서 싸늘한 시체로 변해버린 자들도 아주 그릇된 사건을 꾀했다.

사전에 제압하지 않았다면…… 우리가 아는 사람들이 비참한 말로를 맞이했겠지.

"선량한 이웃을 구한다. 그게 유일한 동기 부여지."

나는 고개를 끄덕이면서 몇몇 이웃들을 떠올렸다.

백운정의 오라르 할멈은 우리를 손주처럼 대해주고, 주문하지도 않은 감자튀김을 서비스로 주곤 한다.

사우스 스트리트에서 고서점을 운영하는 비욘세와는 취미가 잘 맞고, 무엇보다도 좋은 녀석이다.

그밖에도 소도구점의 아리제, 거리공연가 몰크스, 노점상 코랄 등 수많은 이웃들의 목숨이 이번에 수행한 임무 덕분에 지켜졌다.

그렇게 생각하니 우리가 벌여온 행위에 조금이나마 가슴을 펼 수가 있었다.

……그러나 이 일을 오랫동안 할 생각은 없다.

우리는 언젠가 이 도시를 떠난다. 새로운 곳에서, 기풍이 잘 맞는 곳에서 보다 나은 인생을 보낼 것이다.

아이즈와 엘리, 그리고 나. 셋이서 함께.

"자, 어서 이런 데서 얼른 빠져나가죠."

"그래야지. 피비린내가 몸에 배겠어."

두 사람이 계단을 올라갔다. 나도 조금 뒤늦게 따라갔다.

엘리와 아이즈. 호감을 품고 있는 여자와 둘도 없는 친구.

두 사람의 등을 바라보면서 생각했다.

지금은 늘 보호만 받는 장애물 같은 존재이지만.

언젠가 저 둘을 지킬 수 있는 **남자가 되고 싶다고—.**

—기억의 유입이 끝나자마자 레온이 깊이 탄식했다.

"일이 아주 성가시게 됐다."

눈앞에서는 지금도 칠흑의 화염이 활활 타오르고 있었다. 그 원인을 제공한 《마물》은—.

"퇴락한 대행자. 레그테리아 타운에 도사리고 있는 괴물의 정체는 아마도 그거겠지."

"대행자가…… 뭔가요?"

"간단히 말하자면 교회가 거느리는 살인청부업자 같은 존재야."

"앗. 사, 살인청부업자?"

"그래. 교회에는 비밀조직 중 하나인 《무서운 이웃들》이 있지. 거기에 소속되어 이단자를 제거하는 임무를 맡은 자들을 대행자라고 부른다."

순교파는 비록 신앙하는 교의가 다르지만, 내부 구조는 주류파와 다르지 않다. 따라서 순교파에도 비밀조직이 존재하는 데…….

"주류파에 소속된 대행자가 임무에 나서는 경우는 거의 없다. 교의상, 이단으로 취급받을 자가 지극히 적기 때문이지. 하지만 순교파는 계율이 엄격해서 교의에 맞지 않는 언동을 일삼은 자를 가차없이 응징한다. 그러니 대행자들이 바빠지는 건 필연적…… 그에 따라 업보도 더욱 깊어진다."

순교파의 대행자는 모두 압도적인 살인 기술을 익혔을 뿐더러 스스로를 연마하는 데 여념이 없다. 그러므로 만약에 그들이 《마물》로 변해버렸다면 엄청난 위협이 된다.

"하지만 이번 경우에는 의심스러운 구석이 있군. 지금 흘러들었던 기억이 업보와 전력이 강한 이유를 증명해줬다면 아무런 의심도 품지 않았겠지만…… 실제로는 정반대였어."

엄청난 업보에 시달리는 자라는 인상도 느껴지지 않았고, 빼어난 전투 기술을 보유한 것도 아니었다.

오히려 겁이 많고, 제 역할도 다하지 못할 뿐만 아니라 동료의 발목이나 잡는 그저 꿈만 꾸는 존재.

그래…… 시인의 옛 모습과 거의 똑같았다.

"그렇다면 그 괴물이 아닌 다른 《마물》의 기억을 봤다는 뜻일까요?"

"……판단이 잘 서질 않는구나."

흘러들어온 기억이 선명하게 보였을 때는 《마물》이 유례없이 강인한 경우가 많았다.

지금껏 겪어온 경험에 비춰봤을 때 라브라고 불렸던 남자는 2등급 이상의 《마물》로 변했을 것으로 추정된다.

"하지만 2등급이나 1등급 정도라면 선발대가 감당할 수 있는 실력이었을 터."

"그럼…… 특등급으로 변했다는 뜻일까요?"

"아니. 그의 기억으로 미루어보아 그토록 강력한 《마물》이 됐다고는 보기 어려워."

냄새가 난다. 무언가 냄새가 난다.

"……나 참. 구린내가 나는 일거리만 들어오는군."

어차피 우리는 나아갈 수밖에 없다. 그 끝에서 수수께끼의 해답을 볼 수 있겠지.

지금 당장 유의해야할 점은.

"그가 왜 이런 데에 흑염을 방출했냐는 거다."

그와 맞닥뜨려 전투가 벌어졌을 때, 그 진상이 약점으로 이어져 우리를 도와줄지도 모른다.

그러므로 레온은 여러 억측들을 떠올리면서 활활 타오르는 흑염을 계속 바라봤는데…….

"……흠. 화염 속에 빛나는 것이 있군. 《생탄석》인가."

그것은 그가 이곳에서 《마물》을 태워 죽였다는 증거인데.

"《마물》이 동족끼리 죽고 죽이는 경우는 보통 없다. 이 전제가 뒤집혔다는 건…… 주변 《마물》을 어지간히도 증오하든가, 혹은 영역의식이 강하든가."

레온이 옆으로 시선을 돌렸다. 흑염 근처에 음식점이 하나 있었다. 그 간판에 백운정이라 적혀 있었다. 아까 전에 유입된 기억 속에 동일한 이름이 분명 있었다.

"……동료들과 시간을 보냈던 추억의 식당이라."

그 추억을 강하게 집착하기에 동족을 죽인 것인가? 혹은…….

그렇게 생각하던 중이었다.

"우, 우우."

레온의 귀에 다 꺼져갈 것 같은 목소리가 들렸다.

가청권 내 최북단. 그곳에서 날아든 목소리는 틀림없이.

"앨리스. 생존자가 있다. 구조하러 가자."

"아! 예, 스승님!"

두 사람은 자리를 옮겨 목소리의 주인을 발견했다.

한 여성 모험가. 지금 그녀가 길가에 쓰러져 어깨를 들썩이며 거친 숨을 몰아쉬었다.

"괘, 괜찮—."

"잠깐. 섣불리 다가가지 마라."

앨리스가 달려가려고 하자 레온이 손으로 제지하고서 상대의 모습을 응시했다.

"……저 여성에게서 뭔가 기묘한 기척이 풍긴다. 겉모습은 인간처럼 생겼지만……."

"《마물》로 변해가는 중일 가능성도 있다는 말인가요?"

"그래. 그러니 우선은 정체부터 확인한다. 바로 응전할 수 있도록 대비해둬라."

레온은 말을 마친 뒤 한 걸음 두 걸음 서서히 나아갔다.

"거기 여성 분. 당신은 혹시 교회에서 파견한 회수반 중 하나 아닙니까?"

길가에 쓰러진 여성이 느릿하게 이쪽으로 고개를 돌리더니…….

곧바로 화들짝 놀라서는 자신의 오른눈을 감췄다. 왜 그런 행동을 했는가. 답은 명백했다.

"《청안병》에 걸린 모양이군."

아까 전에 느껴졌던 기묘한 기척은 병 때문이었나.

"……앨리스, 넌 여기서 대기해라. 감염될 우려가 있다. 그녀와 접촉하는 건 나 하나면 족해."

레온이 상대에게 더욱 접근하여 다시 말을 걸었다.

"난 당신과 마찬가지로 교회에서 파견하여 왔다. ……대화가 가능한가?"

여성이 「물」이라고만 대답했다.

"물이라면 여유분이 있다. 이걸 마시도록."

"아……!"

여성이 손을 덜덜 떨면서 물통을 쥐고는 한 모금, 두 모금 목을 축였다.

여성이 물에 정신이 팔린 사이에 레온은 상대방의 어느 부위를 관찰했다.

오른눈이었다. 물을 주면 눈을 가렸던 손을 치우리라 예상했는데 그대로 적중했다.

"……걸린 지 아직 얼마 되지 않았군."

여성이 어깨를 흠칫 떨었다.

"너, 넌…… 감염이, 두렵지 않나……?"

"내 이름은 레온 크로스하트. 괴물 먹는 레온이라고 하면 알아듣겠나?"

"괴물 먹는…… 그렇구나……. 그럼…… 감염될 걱정을, 할 필요는 없나……."

그로부터 잠시 휴식을 취하며 그녀의 상태를 확인했다.

"당신은 회수반 생존자인가?"

"……그래."

"다른 생존자는?"

레온이 묻자 여성이 아무 말 없이 고개만 가로저었다.

"그렇군. ……무슨 일이 있었나? 자세히 들려다오."

여성이 떠듬떠듬 말을 해나갔다.

이곳 레그테리아 타운에 발을 들이고 몇 시간 동안은 순조로웠다고 한다. 그야 당연하겠지. 그들은 교회가 거느리고 있는 뛰어난 모험가들이다. 혼자서도 전력이 충분한 수준인데 다섯 명이서 파티를 짠다면 대부분의 미궁은 놀이터나 다름없다.

“우린 여길 구석구석 탐색할 계획이었다. 어디에 과일이 있는지도 정보가 하나도 없었으니까. 그런데…… 약 일곱 시간쯤 지났을 때, 우린 동쪽 에어리어에 있는 광장에 발을 들였다. 거기에 거대한 나무가 있었는데…….”

“그 나무에 그《변유물》이 있었다?”

“그 말대로야. 며칠쯤 걸릴 줄 알았는데 몇 시간 만에 탐색을 마쳤어. 이제는 가지에서 과일을 따서 돌아가는 일만 남았지. ……그렇게 마음을 놓았을 때, 녀석이 왔다.”

회수반 인원들은 그《마물》과 교전했고…… 전멸했다.

뛰어난 모험가들을 이토록 간단히 해치워버린 그《마물》의 이름은—.

“염인(이프리트) 녀석은 틀림없이 그거였다.”

염인은 말 그대로 화염을 두른 거인이다.

1등급 마물답게 지극히 강대한 존재이긴 하지만.

“뷀고가 이끄는 리스키 이글스뿐만 아니라 당신들마저 패배했다는 말은.”

“아아. 단순한 이프리트가 아니었어. 녀석은 그 아종이야. 나도 동일한《마물》을 몇 번쯤 해치운 경험이 있었지만…… 모두가 그 녀석만큼 강하진 않았어.”

다시 말해 그《마물》은 1등급이라는 규격에서 벗어난 힘을 보유했다는 뜻이다.

“원래는 파티가 전멸한 시점에 퇴각했어야 했어. 하지만…… 포기할 수가 없었어. 그 과일을 갖고 돌아가면 병에 걸린 여동생을 치료할 수가 있다고 생각하니, 도저히…….”

그리고 그녀가 레온의 붉은 눈동자를 똑바로 쳐다봤다. 얼굴에 애원의 감정이 깃들었다.

……레온은 모험가임에 동시에 《구세》라는 명칭을 물려받은 용사이기도 했다.

그 존재의의는 정의와 구제를 집행하는 것. 그렇다면 이 상황에서 내릴 수 있는 가상 석설한 해답은 단 하나.

“그 이프리트를 확인하고 싶다. 어쩌면 공략할 수 있을지도 몰라.”

아직 이 여성을 구할 수 있는 가능성이 남아있다. 그러니 마지막까지 안간힘을 써야겠지.

……그러나 계속 움직일 생각은 없었다.

“당신과 여동생을 버릴 생각은 없다. 하지만 내 능력으로 감당할 수 없다고 판단했을 때는…….”

“그래. 잘 알아. 성도로 귀환해.”

그 뒤에 그녀가 자신과 여동생의 운명을 어떻게 마무리를 지을지는…… 쉬이 상상이 됐다. 그러한 사태가 벌어지지 않도록 노력은 하겠지만, 상황이 위태로워진다면 레온은 후퇴를 선택하겠지.

그에게도 지켜야할 것이 있으니까.

레온은 멀리서 대기하고 있던 앨리스에게 가까이 오라고 손짓했다.

그러고는 여성을 일으킨 뒤 한 가지를 물어봤다.

“이프리트가 어디 있는지 짐작이 가나?”

“그래, 잠깐만 기다려.”

여성이 회중시계를 꺼내 현재 시각을 확인했다.

“요 며칠 동안 적의 행동을 줄곧 관찰해왔는데, 녀석은 하루에 일곱 군데, 특정 포인트를 돌아다녀. 그것도 시간을 정확히 엄수해서. 지금 이 시간대에는…… 큰 나무 바로 아래에 있겠군.”

레온은 제자와 함께 그녀의 안내를 받으며 그곳으로 가려고…… 했으나 그 전에.

“그러고 보니 당신의 이름을 듣지 못했군.”

“엇. 아, 아아. 그러게.”

여성이 잠시 생각에 잠겼다. 무언가 사연이 있으리라 레온은 짐작했다.

“굳이 본명을 알고 싶은 생각은 없다. 가명이라도 문제없다.”

“그, 그래? 미안하네. 그렇다면…… 레인. 날 레인이라고 불러줘.”

여성의 안내를 받으며 현장으로 향했다.

확 트인 광장 가운데에 거대한 나무가 있었다. 그 나무도 도시의 건물들과 마찬가지로 전체가 새하얗게 물들었다. 그러나 굵은 가지에 열린 **그것**만은 어둠을 응축시킨 것처럼 거멨다.

역삼각형으로 생긴 독특한 저 과일이 바로 《변유물》이겠지.

“당장에라도 따서 돌아가고 싶은 마음이 굴뚝같지만…….”

큰 나무 옆에 선 저 《마물》은 분명 그들이 그리 하도록 놔두지 않겠지.

이프리트. 그 모습은 칠흑의 화염을 두른 순백의 거인…… 아니, 어쩌면 칠흑의 화염이 온몸을 **태우고 있다**고 표현해야할지도 모르겠다. 표독스러운 얼굴은 고통에 일그러졌고, 푸른 눈동자에는 애절함이 담겨 있었다. 그 모습은 마치 현 상황을 한탄하는 듯 보였다.

"……인간이었을 적 흔적은 조금도 없다. 믿기 어려울 정도로 변이했군."

동료들의 발목을 잡는 겁쟁이. 이 시인과 똑같았던 그가 지금은 무서운 《마물》로 변했다.

"온몸에 두른 화염과 육체의 색깔, 크기, 얼굴 생김새. 모두가 표준에서 벗어났다. 그리고."

마늘이 손에 든 물건 역시 마찬가지였다.

칠흑의 이프리트는 거대한 검과 방패를 들고 있었다.

"자신의 화염으로 장비를 만들어냈나? ……동료들의 물건을 재현하는 형태로."

저 물건에는 과연 어떤 감정이 담겨 있는가.

그렇게 생각한 순간이었다.

레온의 머릿속에 새로운 기억이 흘러들었다.

—맞닿았던 온기가.

—맺었던 약속이.

—커져만 가는 후회가.

—앙금처럼 남아 있다.

—이 지경이 됐는데도 아직도.

"허억…… 허억……!"

다리가 찢어질 듯 아팠다. 그래도 우리는 필사적으로 달렸다.

어둠이 감도는 가도에서. 배후에서 엄습해오는 적들을 뿌리치기 위해서.

"아아, 젠장… 다리가, 끊어질 것 같다……!"

"말, 하지 마요……! 내 입에서도, 약한 소리가, 나올 것 같잖아요……!"

아이즈와 엘리였다. 둘의 몸은 온통 피투성이였고, 한계에 치달은 상태였다.

나도 마찬가지였다. 머릿속에서 주마등처럼 우리가 이런 상황에 내몰리기까지의 모든 기억들이 다시 재생됐다.

……올바른 행동을 하려고 했는데 그만 틀어지고 말았다.

대행자의 직무는 지정 표적을 말살하는 것만이 아니다.

이단자들에게서 압수한 성전 등 사악한 물건들을 태워버리는 것 역시 우리의 일이었다.

그날도 평소처럼 직무를 담담히 수행하다가…… 우연히도 보고 말았다.

이단의 성전에 섞여 있는 새카만 기밀을.

맥베스 대사교. 레그테리아 타운을 비롯한 이 지방 일대의 지배자다.

녀석이 꾀하고 있는 거대한 음모의 일부가 적힌 그것을 보고서 우리는…… 레그테리아 타운에 위기가 닥쳤음을 깨달았다.

내버려둔다면 도시가 멸망한다. 우리가 아는 선량한 사람들의 미래가 사라져버린다.

그래서 우리는 도시를 떠나기 전 마지막 책무로서 그들을 지키기 위해 움직였다.

그 결과가 이것이다.

절대적인 권력과 악의에 용감히 맞서 싸웠다가 당연하다는 듯 패배하고서 줄행랑을 치고 있다.

우리가 의지할 곳은 이제 아무 데도 없건만. 어디로 도망쳐야할지조차 보이지 않는데도.

그래도 우리는.

"이런 데서……! 끝날쏘냐……!"

"아아……. 옳은 말, 했다……. 짝지……!"

"우리한테는…… 꿈이, 있어……!"

우리는 생각을 말하면서 달렸다. 어떤 기적이 일어나기를 기도하면서.

—그런데.

그때 갑자기 머릿속에서 영상이 떠올랐다.

미래 예지. 자동으로 발동하는 나의 신비.

그것이 보여준 몇 초 뒤의 영상이 나를 최후의 선택으로 내몰았다.

「아이즈의 바로 옆에서 검은 구멍이 열리더니 그곳에서 화살이 날아든다.」

그 미래를 안 순간, 내 머릿속에서 여러 생각들이 생겨났다.

몸을 던져야만 한다. 아이즈를 지키기 위해서.

그런데…… 그러면 나는 어떻게 되지?

틀림없이 죽게 되겠지.

내 목숨이냐. 친구의 목숨이냐.

그러한 선택지 사이에서 결정을 단호히 내릴 수 있을 만큼 강했더라면 분명 결말이 달라졌겠지.

결국 나는 움직이지 못했다.

그러므로— 예지한 대로 아이즈의 바로 옆에서 구멍이 열리더니…….

"크악?!"

화살이 그 녀석의 등을 꿰뚫었다.

친구가 앞으로 고꾸라졌다. 나와 엘리는 발을 멈췄다. 그 순간.

땅을 기는 아이즈의 머리 위에 검은 구멍이 열렸다.

움직여야 해. 친구를 구해야만 해.

그렇게 생각했건만.

"윽……!"

나는 아이즈의 곁으로 달려가는 엘리의 등을 그저 바라보기만 했다.

몸을 부들부들 떨며 한 걸음도 떼지 못하는 나에게.

친구가, 가냘픈 목소리로, 말했다.

"사, 살려줘……. 짝, 지……."

나는 이 다급한 순간에도 결국 움직이지 못했다.

간신히 한 걸음을 뗐을 때는…… 이미 모든 게 끝나버린 뒤였다.

발사된 화살이 아이즈의 목숨을 빼앗았다. 엘리가 그 광경을 보고 무릎을 꿇었다.

추격대가 그 틈을 찔렀고, 정신을 차려보니 우리는 모두 구속당했다.

……시간이 흐르고.

포박당한 우리를 구경하러 왔는지 놈이 모습을 드러냈다.

맥베스 대사교. 늙은 최고 권력자.

녀석은 하얀 턱수염을 쓰다듬으며 미간을 찡그렸다.

"모두를 생포하라고 일렀을 텐데?"

"예……. 한 명이 실로 만만치 않았던지라……."

맥베스가 깊이 탄식하고서 말했다.

"이래서야 소재로 쓸 수 없겠군."

그가 흥이 깬 것처럼 어깨를 들먹이고서 발걸음을 돌렸다. 수하로 추정되는 남자가 그 놈의 등에 대고 물었다.

"저 둘은 어떻게?"

맥베스가 걸음을 멈추지 않고 툭 내뱉었다.

"본보기로 보여라. 늘 그래왔듯이."

그리고— 최악의 일주일이 시작됐다.

맥베스의 음모를 모조리 우리가 꾸몄다는 모함을 받았다.

교회에서는 대죄인으로 내몰린 우리를 더욱 잔혹한 형벌로써 처형하기로 결정했다.

순교파 일부에는 부정(不淨)의 의식이라는 게 있다.

사악한 자들을 확실하게 지옥으로 떨어뜨리기 위한 사전 준비로써 부정을 덧칠하는 것.

구체적으로 말하자면…… 우리를 그 짐승들에게 던져줬다.

지하 세계에 사는 배덕자 집단. 그놈들은 인간의 모습을 하고 있지만, 마음은 짐승 그 자체였다.

7일 동안 나와 엘리는 녀석들의 장난감이 되었고—.

지금 처형의 시간을 맞이했다.

레그테리아 타운의 광장에서.

"은혜도 모르는 악당 놈들한테 딱 맞는 최후네."

"쌤통이다."

우리에게 욕설을 퍼부으며 돌을 던지는 자들 중에는 지키려고 했던 선량한 사람들도 섞여 있었다.

나는 십자가에 못 박히면서 이 최후의 광경을 계속 지켜봤다.

저 아래에 있는 사랑했던 자들의 결말로부터 시선을 돌리듯이.

땅바닥에 쓰러진 아이즈의 시체는 원형을 찾아볼 수가 없었다. 죽은 지

사흘 동안 방치된 시체는 민중들의 손에 희롱을 당해서…… 찢겨진 넝마처럼 변했다.

그리고 엘리는.

“아앗, 으으, 아, 아아, 아.”

망가졌다. 망가져버렸다.

놈들에게 던져진 7일 동안 우리는 그런 짓거리를 당했다.

아름다웠던 금발은 드문드문 보일 정도로 마구 뽑혔다.

하얗던 이는 장난삼아 뽑혔다.

인간으로서의 존엄도 능욕을 당했다.

굶주리게 한 들개들에게 산 채로 뜯어 먹히고 있다.

“어, 째서…….”

입을 움직이려고만 해도 격통이 일었다.

그럼에도 중얼거리지 않을 수가 없었다.

어째서, 이렇게 됐을까.

어째서 신은 우리에게 이러한 결말을 내렸는가.

어째서…… 나는 그때 움직이지 못했는가.

“지금부터 라브레스카 비디아슨의 화형을 시작한다.”

발치에 쌓인 장작에 불이 던져지자 순식간에 타올랐다.

몸이 타들어가는 고통은 내 마음을 어찌하지 못했다.

바로 지금 이 순간에 내 가슴을 가득 메운 감정.

그것은.

“아이, 즈…….”

그때 내가 스스로를 희생했더라면. 아이즈가 살아남았더라면.

분명 이렇게 되지는 않았을 것이다.

엘리와 아이즈, 둘이서 도망쳐서.

모두를 구하고 내 몫까지 행복하게 산다.

그런 미래를 선택했어야 했건만.

그 고비에서 겁에 질려 그저 벌벌 떨기만 했던 스스로가 몹시도 증오스러웠다.

이런 놈이 살아남았기에 모든 게 부서졌다.

"잘못했어……. 잘못을, 저지르고 말았어……."

화염에 태워지면서도 눈물을 흘리면서도 마지막 정념을 입에 담았다.

그때.

내가. 나야말로.

그 녀석을 대신하여 죽었어야 했다—.

—기억의 유입이 끊어지고 몇 초 동안.

레온은 마음속으로 침통한 감정을 숨기며 주먹을 지그시 쥐었다.

"거울을 보는 것 같군."

내가 죽었어야 했다. 레온도 4년 동안 줄곧 그런 생각을 해왔다.

아무리 원통해해도 되돌릴 수 없는 죄, 그 자체였다.

같은 저주를 짊어진 자이기에 레온은 선언했다.

"……저 남자를 토벌한다. 충분히 가능성이 있다고 본다."

시인을 신뢰하는 앨리스는 딱히 아무것도 묻지 않고 귀만 기울일 뿐이었다.

그 반면에 레인은 그의 판단을 듣고서 우려되는 바가 있는 모양이었다.

"네 생각에 찬동하고 싶긴 하지만……어떻게 토벌하겠다는 말이니?"

레온이 망설이지 않고 말했다.

자신의 책략을. 그를 구해낼 수단을. 그 말을 다 듣고서 그녀가 결론을 내렸다.

"……그렇군. 목숨을 충분히 걸만하네."

아마도 납득해준 듯했다.

"얘기는 끝났다. 이제는 실행하는 것만 남았다."

레온은 두 사람에게 말하면서 천천히 발걸음을 돌렸다.

그리고 잠시 뒤.

결전의 막이 지금 올라갔다.

검은 이프리트 토벌 작전. 그 시작을 고하듯—.

레온은 시계탑 옥상에서 장치를 기동하여 도시 전체에 종소리를 울렸다.

그 순간 앨리스가 길 한복판에서 절규했다.

"와아아아아아아아아아아아아아아아아아아아아아아아아앗!"

그 커다란 목소리가 광범위하게 울려 퍼졌고, 수많은 《마물》들을 끌어들였다.

"하, 하하, 하얀, 하얀, 하얀."

"하하하, 하하, 하하하하하하."

대량의 블랙팽들이 몰려왔다. 마물들이 돌격해왔지만, 앨리스는 긴장하면서도 막힘없이 움직였다.

마물 떼는 먹잇감을 놓치고 말았다. 그 대신에 기세를 몰아서 진로 위에 있는 음식점…… **백운정** 유리창을 깨부수고서 가게 안으로 들어갔다.

"움직이지 않고는 못 배기겠지."

몇 초 뒤.

절대적인 《마물》 염인이 엄청나게 분노하며 도래했다.

"마물로 퇴락하고서도…… 아니, 퇴락했기에 지켜야만 한다. 지나간 날의 추억을."

과거에 얽매인 이프리트는, 그렇기에.

"죽어어어어어어어어어어어어어어어어어어어어어!"

과거를 헤집으려는 이물을 제거하고자 불끈 쥔 물건을 휘둘렀다.

그것은 마치 폭풍 같은 움직임이었다. 대량의 블랙팽들이 순식간에 액체로 변했다.

"……때가 됐나."

레온이 다시 장치를 작동하여 시계탑 종을 울렸다.

이는 앨리스에게 후퇴를 명령하는 신호이자…… 레인에게 보내는 작전 지시이기도 했다.

"우와아아아아아아아앙아아아아아아아아아아아!"

《마물》들이 그녀 곁으로 모여들었다. 그곳 역시 그에게는 추억의 장소였다.

"죽어어어어어어어어어어어어어어어어어어!"

레온은 이프리트의 추억을 짓밟는 행위에 자기혐오를 느꼈지만,

작전을 속행했다.

그의 노림수는 《성원》 고갈. 제아무리 강대한 《마물》일지라도 안에 있는 성원을 잃는다면 인간을 초월하는 능력도 상실한다. 그들은 어디까지나 인간이 퇴락한 존재이지 괴물로 다시 태어난 게 아니다.

그것을 증명하는 순간이 드디어 찾아왔다.

"죽어……?!"

상실됐다. 검은 화염으로 재현한 동료들의 물건. 큰 방패와 대검이 그의 손에서.

그는 순간 아연실색하다가 이내…….

"아, 아아……아아아아아아아아아아아아아아아아아아아!"

이프리트가 통곡했다. 레온의 눈에는 그 광경이 자신의 모습과 겹쳐져 보였다.

"내게 성검이 마지막 의지처였던 것처럼, 네가 잃어버린 그것 역시."

레온은 똑같이 짊어진 업보와 슬픔을 떠올리며 움직였다.

난간에 발을 딛고서 도약했다. 그리고― 시인이 하늘을 나아갔다. 《성원》을 의족에 흘려 넣고서 고열량을 순간적으로 분사했다. 그것을 추진력으로 삼아 비약했으나 영원히 이어지지는 않았다. 이윽고 그의 몸이 중력에 지배되어 지상으로 떨어지기 시작했다.

목적지는 큰길 한가운데. 레온은 한 동족을 응시했다.

그러고는 구제의 의지를 드러냈다.

"나는 연민으로써 처단한다. 아스파라스의 바늘. 복마전의 모략. 이업사의 혓바닥."

하늘에서 땅으로 돌진하는 도중에 그의 오른팔이 군체생물처럼 꿈틀대며 형상을 바꿔나갔다.

이윽고 오른팔이 한 자루의 창이 됐다.

전완부가 거대한 창 모양으로 바뀌더니…… 어깨에서 튀어나온 관이 목으로 뻗어나갔다.

이내 관 끝에 달린 바늘이 시인의 목을 찔러 동맥에서 혈액을 빨아들였나.

평범한 사람이었다면 대량출혈로 죽음에 이를 만한 양이었다.

그 혈액은 창 모양으로 변한 전완부로 보내졌고—.

"강무술식전개. 제사마장 : 비열한 암살자의(사디스틱 트랜서) 일침."

—이프리트를 향해 세차게 찔렀다.

낙하하는 운동 에너지를 창에 실어서 이프리트의 정수리를 꿰뚫었다.

이로써 결판이 났어야 했지만, 아직 약간이나마 《성원》이 남았던 모양이었다.

꿰뚫렸던 정수리가 재생하기 시작하더니 검은 화염이 꿈틀대며 레온의 오른팔을 집어삼키려고 했다.

그러나 그 역시 예상한 범주에서 벗어나지 않았다.

제사마장의 진수는 예리함이 아니라 내부 구조를 거쳐 독성이 강해진 시인의 혈액이었다. 살갗에 박힌 순간, 창 전체에서 독이 흘러나와— 표적을 안에서부터 붕괴시킨다.

"으, 엇, 아."

제사마장의 극독이 그의 생명을 구축하는 모든 것을 녹여냈다. 그리고.

"……아아, 와줬구나."

하늘로 올라가라. 가엾은 영혼이여. 나의 거울이여.

사랑하는 자들의 마중을 받으면서.

"—잠든 그대에게 영원한 구원이 있길."

레온은 허공에 독특한 사각형을 그리며 기원했다. 부서져버린 그들의 꿈이 주님의 아래에서 성취되기를.

"앗! 스승님~!"

레온이 달려오는 제자의 모습을 보고 있으니 그녀가 말을 걸었다.

"이번 작전의 승리 요인은 용기라고 할 수 있겠군."

바로 옆에서 레인이 어느새 다가와 미소와 찬사를 보냈다.

"네가 용감했기에 우리는 녀석을 타도할 수 있었어. 만약에 고비의 순간에서 겁을 먹었더라면 분명 최악의 전개가 벌어졌겠지."

그녀가 말했다. 넌 정말로 용감한 남자라고. 그 말을 듣고서 레온은 비로소 깨달았다.

그토록 강적을 바로 앞에서 상대했는데도 공포를 느끼지 않았다는 사실을.

교전하던 중에 마음속에 있었던 것은 연민과 구제의 의지, 그리고…… 신뢰.

"수고하셨습니다! 스승님!"

앨리스. 그녀가 있어준다면 두려울 게 없다는 생각을 가슴속 한편에 품고 있었겠지.

"용기란…… 이런 것인가?"

줄곧 구해왔던 답. 레온은 그 일부를 붙잡았음을 확신했다.

앨리스가 그런 그에게 시원스레 웃으며 말했다.

"이제는 과일을 회수해서 돌아가는 일만 남았네요!"

"……맞아, 그렇지. 곧바로 큰 나무로 가자."

그들은 다시 그곳으로 발을 내디뎠다.

레그테리아 타운 동부. 레온 일행은 대광장 중앙에 자리한 큰 나무로 걸어갔다.

"이걸로 병이 낫는다면 최고일 텐데."

레인이 과일을 땄다. 그녀는 그것을 입으로 가져가…… 깨물었다.

그 순간 그녀의 오른눈에 섞였던 파란색이 사라졌다. 그것은 병이 치유됐음을 보여주는 증거이자 과일이 갖고 있는 또 하나의 효과가 사실이었음을 알려주는 현상이기도 했다.

"스승님. 이걸 먹으면 분명."

《마물》이 인간으로 돌아간다. 파란 눈이든 빨간 눈이든, 관계없이.

"이로써 구원받을 수 있는 것인가. 나도…… **그 녀석**도."

레온은 그렇게 중얼거리자마자 자신의 심리를 혐오했다.

잘 안다. 구원을 받는 건 오직 자신뿐임을.

인간으로 돌아가도 과거는 변하지 않는다. 망자는 결코 되살아날 수 없다.

그러므로…… 그 남자는 분명 구원받을 수 없으리라.

자신만이 서약과 숙명에서 벗어나 행복을 향유한다.

그것이 과연 용납될 수 있을까? 용납해줄까?

"스승님."

레온이 과일에서 눈길을 돌리자 앨리스가 입을 열었다.

"당신을 찾아 헤맸던 시절에 전 제 생각밖에 하지 않았습니다. 모든 걸 잃고…… 그래도 죽고 싶다는 생각은 들지 않아서. 그 누구보다도 행복해지고 싶다고 바라면서 당신을 계속 찾았습니다. 당신이라면 절 구해줄 거라고 생각했으니까."

앨리스의 목소리에 깃든 애절함은 그녀의 말과는 달리 자기중심적이지 않았다.

"당신과 재회했을 때 전 무척 안타까웠습니다. 당신이 너무나도 변해버렸으니까. 그 생각은 함께 생활하면서 더욱 커졌고…… 전 제 자신뿐만 아니라 당신도 구원을 받기를 바라게 됐습니다. 그래서, 저기."

앨리스가 부끄러운지 뺨을 붉히며 말했다.

"제, 제가 당신의 마음을 치유할 수 있는 존재가 됐으면 좋겠어요."

그녀는 깨닫지 못했겠지. 앨리스의 존재가 시인에게는 충분한 구원이 되었음을.

그렇기에 다음에 나온 그 말은 듣고 레온은 무척이나 매혹됐다.

"전 자신과 당신의 행복을 바라고 있어요. 그러니…… 스승님, 구해주세요. 저를, 그리고 당신 자신을. 그게 제게 유일한 구원이에요."

레온 크로스하트에게는 의무가 있다. 앨리스를 행복하게 해줄 의무가.

그걸 우선해도 되지 않는가. 그러한 감정이 그의 사고를 긍정적으로 바꿨다.

'……애당초 난 모든 걸 지나치게 부정적으로 여겨왔는지도 모르

겠다.'

'저 녀석이라면 죄를 짊어지면서도 계속 있을 수가…… 아니, 틀렸군.'

'내가 함께 짊어지면 된다. 그리한다면.'

꿈을 꿀 수 있을지도 모르겠다.

구세의 꿈을 다시 한번 꿀 수 있을지도 모르겠다.

그것이 시인의 구원이자 앨리스의 구원이기도 하다면.

"……난 붙잡을 거다. 꿈속에서 살기 위해서."

마치 눈이 녹아내리듯 마음의 응어리가 사라져갔다.

그리고 레온은 희망찬 미래를 앨리스와 함께—.

"아아, 역시 넌 여전히 응석꾸러기 꼬마였어. **짝지**."

—목소리.

환청이 아니었다.

드디어 왔다. 운명에 이끌려서.

비뚤어진 시인의 궤도를 수정하기 위해서.

"……으윽!"

바로 그때 검은 재생의 과일이 형태를 바꿨다.

벌겋게 달아오른 갑충(甲蟲). 그 모습을 곁눈으로 보자마자 레온은 앨리스의 몸을 안고서 뒤로 펄쩍 뛰었다.

그 순간, 변해버린 과일이 팽창하더니 폭발했다.

"하핫, 이번에는 제대로 구해냈네. **나 때와는 달리**."

그가 시인을 응시하면서 무언가를 뱉어버렸다.

방금 전까지 씹었던 과일의 파편이었다.

"휴우. **내가 준비한 함정**에 내가 걸릴 뻔 했네."

시인이 자학적으로 웃는 그를 보고서 중얼거렸다. 가슴이 터져버릴 것만 같은 애달픔을 맛보면서.

"……세계를 구할 힘을 얻었음에도, 넌."

"그래. 그딴 목적으로 힘을 쓸 생각은 요만큼도 없다고."

그가 단언하자마자— 진정한 모습으로 변모를 마쳤다.

여성의 가슴이 평탄한 형태로 바뀌더니 마성이 깃든 매력을 획득했다.

그는 **보라색 눈동자**로 레온을 쳐다보면서 절세의 미모로 웃었다.

"—4년 만이네. 짝지."

옛 꿈이 악몽이 되어 재림했다.

레온의 마음속에는 이미 아까 그 정념이 온데간데없이 사라졌다.

붉은 눈동자로 그의 모습만을, 그의 존재만을 똑바로 쳐다봤다.

그리고 그 이름을 입에 담았다.

"라이나……!"

우정을 증명하는 별칭. 그러나 레온의 목소리에 깃든 생각은 단순하지 않았다.

그 옆에 선 앨리스는 눈을 크게 뜬 채로 한 마디도 하지 못했다.

틀림없다. 저것은, 저 남자는 라인하르트 크로스라인이다.

"……윽."

앨리스의 머릿속에서 물음표가 떠올랐다. 그것들이 너무나도 자리를 크게 차지해서 정보를 제대로 처리할 수가 없었다.

그러나 레온은 그런 제자의 모습을 거들떠도 보지 않았다.

하얀 마성으로 퇴락한…… 아니, **퇴락시켜버린** 친구가 지금은 시인의 세계의 전부였다.

"재밌었어, 짝지. 너랑 어깨를 나란히 하고서 일을 하는 건 역시 최고로 즐거워. 일부러 유인해낸 보람이 있었지. 응."

그 재생의 과일은 하얀 마성…… 라인하르트의 힘으로 만들어진 거겠지. 그의 언동으로 그 사실을 눈치챈 순간 앨리스가 외쳤다.

"어째서?! 어째서, 이런 짓을! 그 과일이 있으면 모두를―."

"아니, 뭐가 모두야? 주로 네가 이득을 보잖아?"

앨리스를 무심하게 쳐다보는 눈빛. 그 보라색 눈동자에는 적의도, 살의도, 증오도 담기지 않았다.

그런데도…… 앨리스는 죽음을 각오했다. 뱀이 노려보면 개구리는 이런 기분이 들겠지.

존재의 격이 너무나도 다르다.

그러한 확신이 그녀를 전율케 했다.

"옛날 네 모습이 떠오르네, 짝지. 스승님이 막 거뒀을 시절에 너도 저 녀석처럼 벌벌거리며 그 인간의 등에 숨곤 했지. ……뭐, 그건 제쳐두고 질문에 답하기로 할까. 아까 저 아가씨가 어째서 이런 짓을 벌였느냐고 물었지? 뭐~, 사정이 여러모로 복잡하거든."

그가 골치가 아프다는 듯 어깨를 들먹이며 말을 이어나갔다.

"어째서 너희들을 유인했는가. 어째서 세계를 구할 힘이 있는데도 올바르게 쓰지 않는가. 어째서 반짝이는 라인하르트로 불렸던 자가 이 꼴이 됐는가. 그 답은 말 한마디로 간추릴 수 없지만…… 말이 아니라 행동으로는 순식간에 할 수 있지."

라인하르트가 히죽 웃었다.

"아가씨. 네 물음에 대한 답은 바로— 이거야."

라인하르트의 온몸이 뿌예졌다고 착각했을 때 이미 모든 게 끝나 버렸다.

정신을 차려보니 그가 레온의 눈앞에 있었다.

그리고 그의 오른손이 시인의 가슴을 꿰뚫었다.

"커, 헉……!"

"스승님!"

레온이 고통에 겨워하는 목소리와 앨리스의 비명이 겹쳤다. 그런 와중에 라인하르트는 친구의 가슴에서 팔을 뽑아냈다.

"알기 쉬운 답이지? 내 목적은 말이야, 이거뿐이었어."

그때, 천사 같은 얼굴에 번진 웃음은 너무나도 요염했다.

그렇기에 앨리스의 눈에는 구역질이 날 만큼 무시무시한 것으로 비쳤다.

"죽이고 싶어. 부수고 싶어. 세계를. 그리고…… 이 녀석을."

라인하르트가 움직였다. 인식한 것은 역시나 거기까지였다.

무슨 짓을 당했는지도 모른 채 시인이 땅바닥에 쓰러졌다. 앨리스는 그 모습을 쳐다볼 수밖에 없었다. 자신의 무력함을 깨달은 순간, 분노가 치밀었다.

저 사람은 내가 지키겠다고 결심했잖아.

나는 저 사람과 함께 행복해지겠다고 결심했잖아.

"허억……허억……."

숨을 거칠게 내뱉으면서 체념과 공포를 꾹 억눌렀다.

맞서 싸워야한다. 설령 상대조차 되지 않을지라도 소중한 사람을 잃지 않기 위해서.

"우, 아, 아아아아아아아아아아아아아아아!"

앨리스가 우렁차게 외치며 땅을 박찼다.

에밀리아가 제작한 전용 장비를. 그녀가 맡긴 바람을. 두 손으로 들고서—.

"그 기합만은 칭찬해줄게, 아가씨."

앨리스는 끝내 적의 그 의연한 태도를 무너뜨리지 못하고 패배했다.

아니, 그런 인식도 품지 못한 채 쓰러져버렸다.

어떤 공격을 받아서 어떻게 패배했는지 모르겠다.

무서웠다.

이곳에서 죽는다고 생각하니 무서워서 어쩔 수가 없었다.

그러나 사랑하는 자가 죽임을 당하는 현실을 목도했기에.

"으, 윽……!"

힘이 용솟음쳤다.

그리고 앨리스는 어떻게든 다시 일어서려고—.

"됐어, 아가씨. 넌 참 괜찮아. **교재**로서 최고야."

팔에 힘을 주어 일어서려고 한 순간, 등을 짓밟혔다.

마치 거대한 암석에 깔린 것 같은 감각.

팔다리를 바동거리며 어떻게든 벗어나려고 했으나…… 소용없었다.
라인하르트가 그런 앨리스를 내려다보며 말했다.
"자자. 상황도 딱 무르익었으니 이쯤에서 강의나 해볼까."
그가 말을 마치자마자 시선을 레온 쪽으로 돌렸다.
움직일 수가 없다.
그래, 움직일 수가 없다.
앨리스와는 다르다. 움직일 수가 있는데도 움직일 수 없었다.
"이번에 강의할 내용은…… 용기에 관해서."
라인하르트가 레온은 물끄러미 쳐다보며 말을 이어나갔다.
"이봐, 짝지. 넌 이프리트를 쓰러뜨린 뒤에 이렇게 생각했지? 용기가 무엇인지 알게 됐다고 말이야. 그건 틀리지 않았어. 정답이라고도 할 수 있겠지. 실제로 네 안에는 용기가 있었어. 저 아가씨를 향한 신뢰와 애정이 그걸 이끌어냈지. ……하지만."
그가 발에 힘을 줬다. 아래에서 짓밟히는 앨리스의 몸이 삐걱거렸다.
"으, 아……!"
입에서 작은 비명이 새어나왔다. 그러나 그럼에도.
"그만, 라이나……!"
목소리만 낼뿐, 움직일 수 없었다.
레온은 압도적인 힘 앞에서 주눅이 들었다.
4년 동안 마음속에 축적해왔을 자기혐오와 결의가 공포 앞에서 맥없이 무너져 내렸다.
남은 것은 살고 싶다는 집착뿐.
라인하르트는 그런 레온을 비웃으며 말했다.

"용기에도 강약과 성질이라는 게 있어. 타인의 존재를 근거로 삼은 용기는 실로 약하고 너무나도 물러. 어차피 그 용기의 본질은 응석받이 꼬맹이의 심리와 똑같으니까 누군가를 믿고 의지함으로써 생겨나는 용기로는 아무것도 지킬 수 없다고."

그렇다면 어떻게 해야 지켜낼 수 있는가.

라인하르트가 답을 말했다.

"누군가를 위해서 살아가려는 마음. 사랑을 위해 기꺼이 죽겠다는 각오. 이 아가씨한테는 있지만 네게는 없는 것. 그건…… 자기희생의 정신이야."

우두둑거리는 소리가 울렸다. 앨리스의 몸이 압력을 견뎌내지 못하고 찌부러지기 시작했다.

"우아, 아……! 스, 스승님……!"

서서히 죽어가는 감각. 공포와 고통이 눈물이 되어 흘렀다.

그러나, 그럼에도, 앨리스는.

"도망, 치세요……!"

결코 도움을 바라지 않았다. 사랑하는 자의 생환만을 바랐다. 그 모습을 목도했는데도.

"짝지, 꼼짝도 못하겠지? 그게 바로 너야."

"……아니야."

"타인의 애정이 아니라 보신만을 우선한다. 그게 바로 너의."

"아니야!"

땅을 박찼다.

어떻게 움직였는지 모르겠다. 가슴속도, 머릿속도 뒤죽박죽이었다.

온갖 강렬한 감정들이 뒤섞이면서 온몸이 충동에 휩쓸렸다.

그러나…… 그것은 과연 용기라 부를 만한 것인가?

아니. 레온의 사지를 움직이게 한 것은 용기가 아니었다.

"공포에 맞서려는 의기를 바로 용기라고 부르지. 그러니 지금 네 등을 떠민 것은 용기가 아니라…… 진부하기 짝이 없는 자포자기한 심정이야."

라인하르트가 달려오는 시인을 가리켰다. 손짓만 했을 뿐인데 몇 초 뒤…….

레온의 온몸이 갈가리 베였다.

"크, 아……!"

"스승님?!"

괴로워하는 소리와 비명이 겹쳤다.

라인하르트가 다시 쓰러져 꼼짝도 못하는 레온을 쳐다보면서 담담히 말해나갔다.

"하지만 뭐, 스스로를 버리는 건 용기의 한 측면이기도 하지. 형태에 따라서 강한 힘을 불어넣기도 해. 일단 꼼짝도 못했던 널 다시 일으켜 세웠으니까."

자포자기와 자기희생은 종이 한 장의 차이다.

라인하르트는 그렇게 말하고서 덧붙였다.

"결론을 말하자면, 네가 날 어찌하고 싶으면…… 버려야 해. 모든 걸. 그리하여 궁극의 자포자기에 이르렀을 때야말로…… 약속을 완수하는 순간이 찾아올 거야."

그가 마치 덜 떨어진 동생을 지도하는 형처럼 미소를 지었다.

그의 눈동자에서 **한 줄기 눈물이 흘렀다**.

“이봐, 짝지. 잊지 않았겠지? 나랑, 맺은 약속…… 어라? 내가, 무슨 소릴 하는 거지? 이상, 하네…… 이 자리에서, 모든 걸, 끝내버릴 셈으로…… 아니, 그런 시답잖은 짓을…… 응…… 그러네.”

라인하르트가 눈물을 훔치면서 앨리스를 짓밟던 발을 뗐다.

“그만, 그만둘래! 왠지 기분이 나빠! 근데 곰곰이 생각해보니 여기서 끝내는 건 싱겁지 않냐? 내 증오가 고작 이 정도로 풀릴 성 싶어? ……아니, 아니지. 여기서는 안 돼. 죽이는 건 아직…….”

그가 잠꼬대를 하듯 계속 투덜투덜 중얼거렸다. 그리고.

그의 호리호리한 등에서 세 쌍의 하얀 날개가 뻗어 나왔다.

“……더 화려한 무대에서 성대한 연출을 가미하여 죽이겠어. 그러질 않으면 성이 차질 않아.”

마치 자신을 타이르는 것 같은 목소리였다.

“준비 기간을 줄게. 그동안에 필사적으로 육체개조라도 해봐. 그러지 않으면 다음에야말로.”

라인하르트는 더는 말하지 않았다. 그저 레온의 눈을 쳐다봤다.

시인의 붉은 눈동자에 비친 보라색 눈동자 속에는 지금도.

그 시절 보여줬던 정이 남아있었다.

“……또 보자고. 짝지.”

라인하르트가 묘하게 흥이 깨진 것 같은 얼굴로 세 쌍의 날개를 전개하여 회색 하늘로 사라졌다.

“라이, 나…….”

시인이 보이지 않는 등을 향해서 감정을 실으며 중얼거렸다.

"네 안에는, 아직……."

추억과 함께 힘이 빠져나갔다.

의식을 붙들고 있을 수가 없었다.

결국 레온은 저항하지 못하고 눈꺼풀을 감았다.

순간…… 암흑 저편에서 그 모습이 비쳤다.

구원을 바라며 눈물을 흘리는 사형.

그의 입에서 목소리가 나왔다.

그것은 시인에게는 서약임에 동시에.

영혼을 옥죄는 저주였다.

「이봐, 짝지.」

「부탁할게.」

「다음에 만나거든 그땐—.」

[추억 I]

반짝이는 진실과 종말의 시작

Only I know the Ghoul saved the world

—이 사람이 옆에 있어준다면.

—이 녀석이 옆에 있어준다면.

—난 어디든지 전진할 수 있으리라 믿었다.

—하지만.

—지금은, 이제.

빈민가에서 생존하려면 힘이 필요했다.

지력, 재력, 폭력, 권력. 우리 부모는 분명 그 모든 게 부족했겠지.

그래서 어느 날 강도에게 살해당했고…… 우리는 모든 걸 잃었다.

그럼에도 마음에는 내일을 살아가기 위한 활력이 있었다.

절망이나 비관을 떨쳐버릴 만한 희망이 우리에게 남아 있었다.

"레미~! 오늘 저녁밥은 진수성찬이야~!"

"와아! 오빠, 굉장해! 새하얀 빵이 이렇게나!"

좁고 더러운 골목 구석일지라도 이 녀석이 있어준다면 그곳은 낙원으로 변한다.

레미. 작디작은 나의 여동생. 이 녀석은 나에게 남겨진 마지막 희망이자…… 꿈이었다.

"난 모험가 형이 밥을 사줘서 먹었으니까 레미가 다 먹어."

"어?! 진짜?!"

"그래, 난 이미 배가 부르거든. 더 먹었다가는 배가 터지겠어."

여동생이 기뻐한다면. 여동생의 배를 채울 수 있다면. 나는 굶주려도 상관없었다.

"평민들은 이렇게 맛있는 걸 매일 먹는구나. 믿기지가 않아."

"맞아. 우리도 머지않아 그렇게 생활할 수 있게 될 거야."

조금만 더. 조금만 더 있으면 나도 열두 살이 된다. 그러면 길드에 모험가로 등록하여 빈민에서 평민으로 올라갈 수 있다. 그때부터 비로소 우리 인생은—.

"윽……!"

한창 생각하다가 오른팔이 욱신거렸다.

"오빠……? 괜찮아……?"

"어, 괜찮아. 일을 하다가 좀 덤벙거려서."

레미에게는 모험가의 짐꾼 노릇을 하고 있다고 말했지만, 실제로는 아니었다.

실은…… 몸을 팔아서 돈벌이를 하고 있다.

푼돈밖에 벌지 못하는 나날. 그 진실을 알려줄 수 있을 리가 없었다.

"오늘 모험은, 굉장했다고……!"

거짓 무용담을 여동생에게 늘어놓으며 부상을 당한 원인을 감췄다.

……실은 손님에게 난폭한 짓을 당했기 때문이었다.

놈들의 비열한 웃음이 눈에 아로새겨져 지워지지 않았다.

나는 치밀어 오르는 구역질을 필사적으로 억누르면서 여동생의 환한 웃음을 지켜왔다.

"오빠는 대단해. 분명 금세 용사님이 돼서 전 세계 사람들의 사랑을 받게 될 거야. 《구세》의 크레아 님처럼."

레미는 크레아를 무척이나 좋아했다. 레미는 비슷한 나이인데도 성별이 같은데도 대활약하는 용사 크레아를 동경했던 것 같다.

"저기, 오빠. 나도 언젠가 크레아 님처럼 될 수 있을까?"

그 말은 모험가가 되겠다는 뜻이었다.

그런 건 인정할 수가 없었다. ……그래도 레미의 웃음을 꺼뜨리고 싶지 않아서 긍정했다.

"그래! 분명 될 거야! 크레아처럼 돼서 행복한 나날을—."

"으으응. 아냐. 그게 아니고."

레미가 고개를 가로저으며 말했다.

너무나도 순수하고, 너무나도 덧없고…… 너무나도 고귀한 자신의 꿈을.

"크레아 님처럼 돼서, 나, 여기 사는 사람들을 구하고 싶어. 다들 늘 괴로운 표정만 지으니까…… 아주 불쌍하니까."

"그래? 레미는 마음씨가 착하구나."

자랑스러웠다.

새카만 어둠 같은 세계에서도 새하얀 마음을 잃지 않은 여동생이 진심으로 자랑스러웠다.

레미를 위해서라면 나는 뭐든지 할 수 있었다. 자신이 얼마나 다치든 상관없었다.

인간으로서 끝없이 타락하더라도 상관없다.

"자, 슬슬 잘까."

"응, 잘 자. 오빠."

길가에 누워서 서로 몸을 맞대며 잠들었다. 동사하지 않도록 서로

체온으로 몸을 녹이는 나날. 그래도 머지않았다. 정말 머지않았다. 이런 밑바닥 생활도 곧 끝난다.

나는 레미와 함께 올라갈 수 있다.

—그렇게 생각했다.

—그렇게 바랐다.

—그러나 이 세계는 우리가 행복해지는 걸 허락하지 않았다.

일을 마치고서 레미의 곁으로 돌아갔다.

빈민가는 흉흉하기에 내가 없는 동안에는 폐허 속에 숨어있으라고 여동생에게 늘 당부했다.

그곳에는 우리밖에 모르는 비밀의 공간이 있다. 그곳에 있으면 여동생은 절대로 안전하다. 내가 없는 동안에 아무도 레미에게 위해를 가할 수가 없다. 그러니—.

이건 분명 뭔가 잘못됐다고 나는 생각했다.

"윽……!"

발치에서 **바스락, 소리가 났다**. 무언가를 밟은 것 같은데 의식이 그쪽으로 향하지 않았다.

눈앞에 펼쳐진 악몽 같은 현실이 마음을 움켜쥐고서 놔주지 않았다.

"레, 미……?"

얼핏 본 것만으로는 그녀가 내 여동생인지 아닌지조차 분간할 수 없었다.

그만큼 레미는 혹독하게 당했다. 그만큼 레미는 부서졌다.

벌거벗겨진 몸에는 무수히 많은 멍이 들었고, 팔다리는 꺾였으며…….

온몸이 온통 더럽혀졌다.

"오, 빠……!"

"윽……! 레미!"

숨이 붙어있다. 가냘픈 호흡이 당장에라도 끊어질 것 같다. 그래도 여동생은 확실히 살아있다.

나는 레미에게 달려가 엉망이 된 몸을 업었다.

"살려줄게……! 오빠가, 반드시 살려줄 테니까……!"

나는 정신없이 달렸다.

"부탁합니다! 내 여동생을! 레미를! 살려주세요!"

피를 토하는 심정으로 달렸다.

"제발……! 제발요……! 이대로 놔두면, 여동생이……! 레미가……!"

온몸이 갈가리 찢기는 것 같은 심정으로 달렸다.

"살려, 줘……! 하나밖에 없는 내 가족이라고……!"

달렸다. 여동생을 업으면서 계속 달렸다. 진료소를 찾아 헤매다가 발견하면 곧바로 뛰어들었다.

그때마다 똑같은 대답을 들었다.

"썩 꺼져."

필사적으로 매달렸지만 문지기들이 힘껏 밀어내서…….

나뿐만 아니라 부서진 여동생의 몸까지 땅바닥에 내팽개쳐졌다.

"레미……! 아아, 레미……!"

나는 그 당시 행인들의 눈빛을 지금도 기억한다.

인간을 보는 것이 아니었다. 더러운 오물을 보는 것 같은 눈빛이었다.

"말도 안 돼……! 이건……! 거짓말이야……!"

여동생은 《청안병》에 걸리지 않았다. 누군가가 우리의 손을 잡아줬다면 살았을 거다. 침대에 눕혀서 부상을 치료하고 주사든 뭐든 조치를 취했더라면.

그것만 해줬더라도 여동생은 죽지 않았을 텐데.

"윽……우우……!"

디리가 한계에 나다랐다. 더는 서있을 수조차 없었다.

쓰러졌다. 레미와 함께.

여동생은 이제, 숨을 쉬지 않았다.

마지막 작별도 나누지 못하고 어느새 이 세계를 떠나버렸다.

"……레미."

울었다. 싸늘하게 식어버린 여동생을 쳐다보며 나는 하염없이 울었다.

그러나 눈물이 다 말라버렸다. 그리고 단 하나의 물음만이 남았다.

"어째서."

어째서 이렇게 됐지?

답은 금방 나왔다.

저 녀석들이다. 우리를 길가에 굴러다니는 개똥처럼 취급하는 저 녀석들이다.

저 녀석들이 레미를 죽였다.

그 순간, 절망도 슬픔도 싹 사라지고— 격렬한 증오만이 마음을 지배했다.

나는 일어섰다. 두 다리가 찢길 듯이 아팠지만 아무렇든 좋았다.

저 녀석들을 죽일 수 있다면 이제 아무렇든 좋았다.

그리고 나는 나라는 존재 전부를 살의로 바꿔서 무차별적으로—.

덮치려고 했다. 바로 그때.

"소년, 그만둬."

나는 반사적으로 움직였다.

짐승처럼 울부짖으며 달려들었다. 의도된 동작 따윈 하나도 없었다. 모두가 충동적이고, 모두가 자동적이었으며…… 그 모두가 비실했다.

발로 차고, 때리고, 깨물었지만 그 녀석에게 상처 하나 입히지 못했다.

"……조금만 더 일찍 발견했더라면."

나는 그 녀석의 눈에서 눈물 한 줄기가 흘러내리는 순간을 봤다.

그때서야 비로소 나는 그 녀석의 모습을 인식했다.

붉은 머리에 어른스러운 미모.

여동생이 소중히 간직했던 그림과 아주 똑 닮은 그 녀석은.

2대 《구세》의 용사, 크레아 레드하트는 레미의 시신 앞에서 한쪽 무릎을 꿇었다.

"—잠든 그대에게 영원한 구원이 있길."

그리고 눈물을 줄줄 흘리며 레미를 위해서 기도했다. 그 모습에 나는—.

"이제 와서, 왜 나타난 거야."

나는 방금 전까지 품었던 살의를 가볍게 날려버릴 정도의 격렬한 정념에 지배됐다.

“이제 와서……! 이제 와서……! 네가 나타나본들! 아무 소용도 없잖아!”

보면 알 수 있다. 저 사람은 우리를 차별하지 않는다. 우리가 내민 손을 뿌리치지 않는다.

그렇기에 몹시도 밉고 증오스러웠다.

“어째서, 이런 일이……!”

내 마음속으로 다시금 물음이 찾아들었다.

어째서 이 타이밍에 불행이 닥쳐온 거야. 내일만 되면 난 열두 살이 되는데. 모험가가 되는데. 그런 쓰레기장 같은 곳에서 빠져나올 수 있는데.

어째서 하필이면 이런 타이밍에 이 녀석이 나타난 거냐고.

더 일찍 와줬더라면 여동생이 살았을 텐데.

어째서. 어째서. 어째서. 어째서.

“윽, 우, 우우, 우우우우우우……!”

말라버린 줄 알았던 눈물이 다시 흘러넘쳤다.

나는 울면서 크레아의 뺨을 때렸다. 꿈쩍도 하지 않았지만 그래도 때렸다.

때리지 않고는 참을 수가 없었다.

“그래, 맞아. 내가 늦었기 때문에 이렇게 됐어. 모든 게 다 내 잘못이야.”

그리고 크레아는 레미의 몸을 끌어안았다. 자신의 옷이 더러워지는 것도 아랑곳하지 않고.

“이 아이의 장례를 치르자. 따라와.”

따라갈 수밖에 없었다. 교회에 갔다. 레미의 몸을 씻겼다. 신부가 성구를 읊었다.

관에 담긴 시신을 공동묘지 한편에 묻었다.

……내 머리는 맑게 깨어있었다. 마음속에 생겨난 증오나 살의가 사라지지는 않았다. 그러나 시간이 지날수록 슬픔이 그런 감정들보다 더 커져갔다.

그래서 나는 레미의 무덤 앞에서 옆에 서있는 크레아에게 부탁했다.

"죽여줘."

크레아가 대답했다.

"거절한다."

나는 그녀의 허리에 달린 검을 보면서 말했다.

"그럼 그걸 빌려줘. 내 손으로 자결할 테니까."

크레아는 내 눈을 똑바로 쳐다보면서 확고한 의지가 담긴 얼굴로 말했다.

"안 돼. 죽는 건 허락할 수 없어."

검은 감정이 또다시 마음의 지배권을 빼앗았다.

"이제 살아있어도, 아무 소용도 없어……! 레미는, 나의……!"

나의 전부였다. 그것을 잃어버렸기에 이 세상에 머물 만한 의미 따윈 어디에도 없었다.

그러나 그럼에도 크레아는.

"네게는 살아야할 의무가 있어. 여동생은 떠났고 넌 남았어. 그러니 넌 여동생이 못다 이룬 것을 이어받아야만 해. 남겨진 자의 책무를 완수해야만 해."

그녀가 다짜고짜 내 머리를 난폭하게 쓰다듬으며 말했다.

"오늘부터 넌 내 제자(자식)야."

크레아와의 생활이 시작됐다.

나는 강제로 모험가 등록을 마치고서 매일 혹독한 훈련을 받았다.

여동생의 죽음을 한탄할 시간 따윈 전혀 없었다.

그러다가 불현듯 그 녀석이 곁에 없을 때, 나는 나이프로 목을 찌르려고 했으나…… 크레아는 매번 어디선가 뜬금없이 나타나 막았다.

그리고 늘 내 몸을 부둥켜안으며 이렇게 말했다.

"……지면 안 돼."

몇 번을 시도해봤지만 허사였다. 그 녀석은 내가 죽도록 놔두질 않았다.

그녀는 그저 나를 끌어안고서…… 자신이 살아가는 모습을 보여줬다.

미궁에서. 마을에서. 도시에서. 평야에서. 설원에서. 열대에서. 황야에서.

크레아 레드하트는 오로지 사람들을 계속 구했다.

선악을 따지지 않았다. 그저 계속 구제해나갔다.

일찍이 레미가 그 등을 쭉 동경해왔다.

저 사람은 분명 여동생이 목표로 삼을 만한 사람이었다. 그래서였을까.

언젠가부터 나는 크레아의 등을 쫓게 됐다.

그러는 사이에 죽고 싶다는 갈망은 사라지고…… 대신에 꿈이 생겼다.

"스승님(선생님). 난 용사가 될 거야."

"하지만 당신처럼 될 생각은 없어."

"난 용사의 명성과 신분을 이용하여 교회의 환심을 산 뒤…… 위정자가 될 거야."

"이 세계를 바꿀 거야."

"자유와 평등의 이념을 실현시키기 위해서. 아무도 슬퍼하지 않는 세계를 만들기 위해서."

그것은 일찍이 레미가 나에게 말했던 꿈이었다.

여동생의 꿈이 나의 꿈이 되었다.

너무나도 유치해서 실현될 턱이 없는 소망.

그러나 나는 누가 뭐라고 하든 그 길을 계속 걸었다.

그리고— 꿈을 공유할 수 있는 남자와 만났다.

"인간의 곁에 설 것인가. 《마물》로서 살 것인가. 선택하도록 해. 이름 없는 시인(구울)."

"설령 날 받아들이지 못할지라도 난…… 인간들 속에서, 살고 싶다."

스승님이 주워온 이상한 시인(구울).

그를 잘 돌보라는 말을 들었을 때는 솔직히 질색했다.

"곤란에 처한 녀석이 있으면 손을 내밀지 않고는 배길 수가 없다. ……너도, 스승님과 같군."

그 녀석을 깊이 이해하게 되면서 나는 동료로서 인정하게 됐다.

"이름이 없으니 내가 지어줄게. 파티 일원이 된 걸 축하하는 의미에서."

레온 크로스하트. 이름을 그렇게 붙여준 시인(구울)은 어느센가.

나에게 둘도 없는 존재로 바뀌었다.

"……스승님. 이상하지 않나? 핏줄도 이어지지 않은 녀석을 가족으로 여기는 건."

"만약에 이게 광기의 작태라면. 나 역시 이상한 여자한테 물들었다는 뜻이겠네."

나는 그 녀석을 동생처럼 여기게 됐다.

쓸데없이 덩치만 크고 눈곱만큼도 귀엽지 않은데도.

죽은 레미가 내 곁으로 다시 돌아왔다고 생각하게 됐다.

"……난 언제나 네 발목만 잡고 있군."

"그런 거 신경 쓰지 마. 형님이 동생을 지켜주는 건 당연하잖아?"

이번에야말로 결심했다.

이번에야말로 지킨다. 절대로 죽게 하지 않겠다.

나는 이 녀석을 지킨다. 레미에게 해주지 못했던 걸 해주는 거야.

이 녀석을 위해서라면 난 뭐든지 할 수 있다.

우리의 인연은 무슨 일이 벌어지든 불멸이다.

"—그런 느낌이었어. 내 인생은."

마냥 넓기만 한 저택의 어느 방에서.

나는 술자리 잡담을 일단락 지었다.

내 인생사를 전부 듣고서 탁자 맞은편에 앉은 짝지, 레온이 한마디 말했다.

"그랬군."

동정도 아니고 연민도 아니었다. 그저 받아들여 줬다.

나의 모든 것을 통째로 받아들여 줬다.

지금 자리를 비운 스승님처럼.

"역시 넌 최고의 짝지야. 진짜로."

나는 미소를 지었지만, 그 녀석은 평소처럼 무표정했다. 그러나 그 속에는 진짜 얼굴이 있었다.

그래— 의기양양한 웃음.

"근데 라이나. 술 대결은 이번에도 내가 이긴 것으로 봐도 되겠지?"

아마도 내 얼굴이 삶은 문어처럼 새빨개졌겠지. 그가 내 낯빛을 살핀 뒤 주변을 둘러봤다. 여기저기에 빈 병들이 대량으로 나뒹굴어서 매우 난잡했다.

"슬슬 포기하는 게 어떠냐."

"뭐어~?! 아~직 더 마실 수 있거든~?!"

오기를 부리며 잔에 술을 새로이 따라서 비운 순간— 한계가 찾아왔다.

"우에에에에에에엑……."

내가 거하게 토해내자 그 녀석이 술을 입에 머금고서 태연히 말했다.

"훗…… 검이나 격투로는 당해낼 수 없지만, 술로는 널 압도할 수 있군. 참으로 기분이 좋다."

"……그렇게 말하면 서글퍼지지 않니?"

"아니, 전혀. 오히려 후련할 정도다."

승리의 미주는 대단히 맛있겠지.

술잔을 비우고서 콧노래까지 흥얼댔다.

“진짜로, 넌 최고의 짝지야. 빌어먹을.”

방금 전에는 우애의 증표로서 내뱉었던 말이 지금은 빈정거림으로 바뀌었다.

그렇게 술자리를 즐기던 중이었다.

발소리가 점점 가까워졌다.

“……스승님. 고생했습니다.”

“일을 끝낸 모양이네요.”

문을 연 사람은 우리의 스승이자 어머니인 크레아 레드하트였다.

그녀는 우리의 말에 바로 대꾸하려다가—.

“앗.”

바닥에 널려 있는 통들을 본 순간.

“뭐, 뭐뭐뭐, 뭐야 이게에에에에에에에에에에에?!”

마치 이 세상이 종말을 맞이한 것 같은 얼굴로 절규했다.

“아~, 미안하게 됐네요. 빼놓고 마셔서. 하지만 그렇게 소리를 지를 것까지야—.”

“그게 아냐아아아아아아아! 너희들이 몽땅 비워버린 저건! 숙성 중인 와인이었다고! 이대로 순조롭게 숙성됐다면 분명 역사에 남을 일품이 됐을 텐데! 그걸 이렇게……!”

“아차~. 짝지, 저질러버렸구만.”

“……이봐, 잠깐. 내게 책임을 떠넘길 셈인가? 술을 마시자고 먼저 꾄 사람은 너였을 텐데.”

“아아, 그렇지. 근데 비워버린 양을 비교하면 네가 압도적이지.

그러니 전부 네 잘못이야.”

“무슨 논리냐. 그런 점이 전부터—.”

“둘 다 공범이야! 이 멍청한 제자들 같으니이이이이이이이이이이!”

꿀밤을 맞고서 둘이서 사이좋게 설교를 들었다. 그야말로 평상시와 다를 바가 없는 느낌—이었지만.

“자, 속이 후련해졌으니 본론으로 들어가지.”

스승님의 분위기가 바뀌었다. 이 진지한 느낌은 틀림없이.

“뭐~ 성가신 일거리라도 받아왔슴까?”

“……교회 녀석들은 우릴 심부름꾼쯤으로 착각하고 있는 거 아닌가?”

나와 짝지가 말하자 스승님이 어깨를 들먹이며 말했다.

“야행살(나이트 워커). 둘 다 이 이름을 알겠지?”

“오히려 모르는 자가 있을까 싶은데.”

“유명인이니까. 아직 살아있다면 만나서 사인이라도 받고 싶은걸.”

내 반응을 보고서 스승님이 탄식하면서 말했다.

“아쉽지만 사인이 아니라 목숨을 받아내야 하겠구나.”

“……앗. 그 말은 설마.”

“맞아. 나이트 워커를 사냥한다. 그게 이번 일이야.”

“우와, 진짜?”

예상치 못한 말에 나는 깜짝 놀랐다.

“……나이트 워커는 무려 70년 가까이 관청의 눈을 속여 온 지능범이다. 우리가 어찌할 수 있는 상대가 아니지. 애당초 우린 《마물》 전문가이지, 살인청부업자가 아냐.”

"그렇지. 상대가 인간이었다면 나도 그 자리에서 거절했을 거야."

스승님이 말했다. 오랫동안 베일에 감춰졌던 살인귀의 진상을.

"최근에서야 겨우 밝혀졌다고 하는데…… 녀석은 인간이 아냐. 레온, 너와 같은 적안의 《마물》이야."

"……그렇다면 내 힘이 도움이 될지도 모르겠군."

"그래. 네가 갖고 있는 《마물》의 과거를 보는 힘. 그걸 이용하면 녀석을 추적할 수 있을지도 몰라."

스승님이 테이블에 지도를 펼쳐서 보였다. 이곳 성도 유고슬란드를 보여주는 지도였다.

"불과 며칠 전에 놈은 여기 7번가에서 패악질을 저질렀다는군. 현장에는 무참히 살해된 시체가 있었고 그 부근에는 피해자의 혈액으로 적힌 시편이 있었지. 현장은 지금도 보존되어 있어."

"그렇다면 당장에라도."

나는 짝지의 말에 수긍하며 일어섰다.

"전설의 살인귀라. 적수로서 손색이 없겠네."

레온도 몸을 일으켜 당당히 선언했다.

"마침 새로운 기술의 성능을 확인하고 싶었던 차였어. 나이트 워커의 머리는 내가 받아가마."

그 녀석이 나만 활약하도록 놔두지 않겠다는 투로 말하자 나는 씨익 웃었다.

"그럼 누가 사냥할지 승부할까? 패배한 쪽이 베일 미트의 특급 스테이크를 쏘는 걸로. 짝지, 어때?"

우리가 주먹을 맞부딪치자 스승님이 어처구니가 없다는 듯 어깨를 들먹였다.

"방심하지 말도록."

정말로 모든 것이 평상시 그대로였다. 아무런 의심도 품지 않았다.

이 사건도 결국에는 우리 앞에 굴러든 돌멩이에 불과하다.

발로 확 차버리면 끝이 날 거라고 여겼다.

—놈과 대치하기 전까지는.

[EPISODE Ⅳ]

그리고 시체는 끝내기로 결심했다

Only I know the Ghoul saved the world

—꿈을 꿨다.

—그것은 몹시도 달콤하고 사랑스럽고 존귀해서.

—그래서 나는 자신의 어리석음에 휩쓸려 잘못된 길을 택할 뻔했다.

—사명을 잊어서는 안 된다. 슬픔을 잊어서는 안 된다. 죄를 잊어서는 안 된다.

—약속을 완수해야만 한다.

—그러니, 이제 끝이다.

—행복한 꿈은 끝이다.

—다 끝이야. 레온 크로스하트.

—다 끝이야. 앨리스 캠벨.

의식이 돌아오자마자 레온은 눈을 뜨고서…… 저택의 천장을 쳐다봤다.

지금 그는 침대에 누워있는 상태였다.

"스승님!"

옆을 보니 앨리스가 안도의 숨을 몰아쉬며 가슴을 쓸어내렸다.

그런 제자를. 그런 앨리스를. 진심으로 사랑했을 터인데.

지금은 이 소녀의 모습이 전혀 다른 무언가로 보였다.

"레온, 보고하도록 해."

에밀리아가 방 한편에 있었다. 그녀가 초조해하자 시인이 딱 한마디를 했다.

"라이나가, 돌아왔다."

그 순간 에밀리아가 보여준 얼굴은. 그 안에 담긴 감정은.

어떤 말로도 도저히 표현할 수 없는 격정이었다.

"……그랬구나. 그랬어."

품고 있던 희망은 뭉개졌다. 그러므로 에밀리아가 흐리멍덩한 눈빛으로 말했다.

"내일이라도 공방에 와. 완벽하게 손봐줄 테니까."

그녀가 몸을 질질 끌듯 비틀거리며 방에서 나갔다.

그리고—.

"스승님."

앨리스가 이야기를 들려달라고 눈으로 보챘다.

사태가 이 지경에 이르렀으니 더는 숨길 수가 없었다.

나는 지금부터 스승의 의무를 방기한다.

그렇다면 하다못해 납득할만한 설명을 해줄 책무라도 다하기로 마음먹었다.

그러므로…… 비밀을 밝혔다. 무덤까지 갖고 들어가려고 했던 진실을 제자에게 말했다.

"이 성도에서 벌어졌던 성령제의 참극. 항간에서는 내가 초래한 사태라고 알려져있지만, 실제는 달라. 그 막을 연 자는…… 야행살(나이트 워커)이라 불리는 살인귀였다."

레온의 말을 들은 순간 앨리스의 머릿속에서 과거의 영상이 떠올랐다.

처음에 에밀리아와 만났던 그날. 그녀를 분명 이렇게 말했다.

"당연하게도 단순 전투 능력이 높을 뿐만 아니라 **인간을 《마물》로 바꿔버리는 능력이 실로 성가시지.**"

앨리스는 기억을 떠올리자마자 중얼거렸다.

"설마…… 라인하르트 씨가……!"

레온이 고개를 끄덕였다. 주먹을 불끈 쥐고서.

"우린 녀석을 궁지에 몰았고…… 토벌했다. 하지만 그 대신에 그 녀석이, 라이나가."

기억이 단편적으로 되살아났다.

적에게 달려드는 사형. 쓰러지는 야행살(나이트 워커). 그리고.

"구할 수 있었을 거다……! 이 목숨을, 내던졌더라면……!"

그러나, 겁쟁이였기에. 나약했기에.

응석받이 제자였기에.

"난, 내 안위만을 위해, 라이나를……! 친구를, 못 본 척했다……!"

통곡했다. 시인은 눈물을 흘리지 않고 통곡했다.

"그날…… 만약에 내가 올바르게 행동했다면……! 라이나가 《마물》로 퇴락하지 않고……! 내 스승님도, 목숨을 잃지 않았을 거다……!"

그 참극에서 무슨 일이 벌어졌는가.

역시나 전말이 완전히 밝혀지지는 않았다. 그러나…… 앨리스는 더 이상의 설명은 필요가 없다고 생각했다.

더는 스승의 옛 상처를 후비지 말자고 마음속으로 생각했다.

'치유해주고 싶어……. 저 사람의, 마음을…….'

'하지만 어떻게……? 분명 이 사람은 이제…….'

고뇌하는 앨리스 옆에서 레온이 도도하게 말했다.

"인간이 《마물》로 퇴락하면 살면서 품었던 가장 강한 정념, 가장 어두운 기억이 《마물》로서의 행동 원리를 결정한다. 라이나의 감정은…… 증오였다."

죽어가는 여동생을 모른 척했던 사람들을 향한 증오. 그리고.

"나를 향한 그 감정은 분명 그 무엇보다도 강하겠지. 제 몸 하나 지키기에 급급해서 신뢰를 져버렸다. 이런 날 증오하지 않을 리가 없다."

앨리스는 아무 말도 할 수 없었다. 당신의 친구(라인하르트)가 그런 잔인한 생각을 할 리가 없다고 다 아는 척 입을 놀려본들 그의 마음은 변하지 않는다. 그래서 침묵할 수밖에 없었다.

"……우리가 겪은 사태는, 초래된 참극은 전부 내 책임이야. 난 모두의 마음속에서 희망을 빼앗고 말았다. 어리석은 마음이 모든 걸 망쳐버렸어. 그러니……."

벌을 받아야만 한다. 자신에게로 쏟아지는 모든 오욕들을 감수해야만 한다.

그래서 레온은 퍼뜨렸던 것이었다. 그 참극은 자신이 일으켰노라고. 자신이 그 둘을 죽였노라고. 그것은 죄에 대한 벌이자…… 레온의 바람이었다.

"그 녀석의 명예를 지킨다. 그걸 위해서 살고, 그걸 위해서 죽는다. 그때가 드디어 찾아왔다."

라인하르트는 분명 가까운 시일에 성도를 습격하겠지.

카르나 빌리지와 동족포식의 마을에서 벌어졌던 사건은 예행연습을 겸했던 것이 틀림없다.

"다음에 만나면 죄를 청산하겠다. 난 그 녀석을, 라이나를 어떻게든 구해내야만 한다. 그때 나눴던 약속을 어길 생각은, 없다."

약속을 위해서라면 모든 것을 버리자. 앨리스는 그런 각오가 깃든 붉은 눈동자를 보고 절망했다.

눈빛이 달라졌다. 그 안에는 이미 그녀가 가져다준 빛 따윈 어디에도 없었다.

스스로를 단죄하고야 말겠다는, 말로 형언할 수 없는 소망(분노)만이 가득했다.

"……다른 사람한테, 맡기죠."

앨리스가 입을 열었다. 자신의 말이 아무 소용도 없음을 깨달았으면서도.

"그런 마물이랑 싸우면 이길 수 없어요. 죽기밖에 더 하겠어요? 그런 건, 아무 의미도, 없어요. 목숨을 버리기보다는 저와 함께……!"

잘 안다. 어떤 식으로 사랑을 속삭이든 이 남자는 결코.

"반드시 가야만 한다. 내가 그 녀석을 저지해야만 해."

앞만 바라보고 있다. 남자는 지금 앞만 보고 걷고 있다.

그 앞에 펼쳐진 파멸적인 최후를 향해서 제 발로 계속 나아가고 있다.

"그 녀석을 해치운다는 단 하나의 목적만 생각한다면 분명 네 말이 맞겠지. 내가 나설 필요 따윈 없다. 하지만…… 내 목적은, 토벌이 아니라 구제다."

아아, 잘 안다. 그래서 저 남자는 멈추지 않는다. 그래서 저 남자는 멈출 수가 없다.

"《마물》은 죽은 뒤에도 과거라는 속박에서 해방되지 않는다. 언젠가 부활하여 거듭 죄를 범한다. 그걸 막을 수 있는 자는 나뿐이다. 영원히 이어지는 연쇄를 끊어내고 그들을 잠재울 수 있는 자는 나뿐이다."

잘 안다. 그건 이미 알고 있다. 가족(라인하르트)을 구제하는 것이 그(레온)의 숙명임을.

"그래도 말도 안 돼요……! 그러면 당신은…!"

만약에 레온도 다른 《마물》들처럼 부활할 수 있다면 이렇게 말리지도 않았겠지. 그러나…… 그는 단 한 번만 죽어도 끝이다.

단 한 번만 죽어도 그 존재가 영원히 사라져버린다.

"……안 돼요. 가지 말아요."

앨리스가 말했다. 설령 결과가 뻔히 보일지라도.

"절 두고 가지 말아주세요. 절…… 외톨이로, 만들지…… 말아주세요."

제자가 입술을 떨며 애원했지만, 레온은 그 모습을 보지 않았다.

머릿속에, 눈에 새겨져 지워지지 않는 사형의 모습만이 비쳤다.

"……울고 있어, 앨리스. 그 녀석은 아직도 마음속으로 울고 있다. 죽여달라고 외치면서 줄곧 날 기다린다."

큰 나무 아래에서 재회했을 때 레온은 확실히 그것을 봤다.

마물로 퇴락한 라인하르트는 마음이 폭주했다. 그러나 그 내면에는 아직도 반짝임이 남아있다.

모든 것을 증오하고 파괴하고 능욕하려는 한편에서.

"그 녀석은 저지해주길 바랐다. 이런 내게. 단 하나의, 가족에게."

또다시 배신할쏘냐.

이번에야말로 구해내겠다. 나의 목숨과 맞바꿔서라도.

"……."

앨리스는 조용히 있었다. 선 채로 꼼짝도 하지 않고, 그저 레온만을 바라봤다.

자신이 무언가를 바꿀 수는 없기에.

앨리스는 아무 말 없이 방에서 나갔다—.

◇◆◇

며칠 뒤, 앨리스는 혼자서 발걸음을 했다.

무구 판매점, 언 브레이커블.

그녀는 무구들이 아무렇게나 놓인 가게 안을 곧장 가로질러 안쪽 문을 열고서 공방 안으로 발을 내디뎠다.

그 순간, 엄청난 쇳내가 코를 찔렀다. 선혈의 잔향이었다. 방금 전까지 스승이 어떤 짓을 당했는지 떠올리게 하는 무시무시한 냄새였다.

그러한 악취가 풍기는 공방 한가운데에 에밀리아가 앉아 있었다.

그녀의 주변에는 술병들이 너저분하게 나뒹굴었다……. 그리고 때마침 스무 병째 술을 개봉했다.

"난 말이야, 술이 세거든. 지금껏 단 한 번도 취해본 적이 없어. 아무리 마셔도 술은 날 삼킬 수 없다고."

에밀리아가 실실 웃었다. 그러고는 왠지 우울해 보이는 얼굴로 앨리스를 쳐다보며 물었다.

"……그래서? 뭐 하러 왔니?"

"말하지 않아도 알잖아요?"

그 말을 듣고 에밀리아는 코웃음을 치더니 의도적인지 다른 화제를 꺼냈다.

"불과 얼마 전에 말이야. 교회가 라이나를 《마왕》으로 인정했어."

"……《마왕》?"

"그래. 특등급보다 훨씬 위험하다고 판단한 개체를 그리 분류하지. 터무니없는 괴물로 변해버렸다는 말이야, 그 녀석도."

그리고 그녀는 담담하게 사실을 말했다.

"그 녀석의 목적은 성도를 파괴하는 거야. 그건 틀림없어. 교회는 그 사실을 받아들이고서 《마왕》을 요격하기 위한 구체적인 작전을 세웠지. 그 안에는 당연히 레온의 이름도 있어. 드디어 도구로써 소모되어 망가지는 순간이 찾아왔다는 뜻이지."

에밀리아의 눈이 그녀의 속마음을 말해줬다.

—이제 포기하는 게 어때? 저 녀석은 아무리 발버둥 쳐도 어차피 죽을 숙명이야.

그런 의사표시를 앨리스는 정면에서 반박했다.

"아직 희망은 있습니다. 에밀리아 씨, 당신에게는 교회 상층부와의 연줄이 있어요. 그걸 이용하여 모두를 설득해주세요. 전원을 설득하는 건 어려울지라도 절반이라도 회유한다면—."

"불가능한 일이네. 이제 그만 현실을 받아들여."

심녹색 눈동자에 깃든 체념은 그녀가 겪어온 4년을 말해주는 듯했다.

분명 에밀리아는 바삐 뛰어다녔을 것이다. 그를 구하기 위해서. 미래를 바꾸기 위해서.

그러나 모든 것이 실패로 끝났다……. 마지막 희망인 줄 알았던 재생의 과일마저도 신기루처럼 사라졌다.

그 결과가 이것이다. 모든 것을 포기하고 내던져버린 그 모습은 마치 앨리스, 자신을 비추는 거울인 듯했다.

그렇기에, 앨리스는 에밀리아를 부정했다.

"……당신에게 스승님은 고작 그 정도밖에 안 되는 존재였나요? 10년 가까이 알고 지냈다고 했죠? 그분과 그토록 오랫동안 함께 했던 사람은 분명 당신뿐이겠죠. 크레아 씨와 라인하르트 씨보다도 훨씬, 당신은 줄곧 스승님 곁에 있었어."

막을 수가 없었다. 마음에서 넘쳐나는 감정이 말이 되어 새어나왔다.

"어째서 포기하나요? 어째서 포기하라는 강요에 굴복했나요? 금전과 기술을 주고받는 관계에 불과하다는 자기암시까지 걸면서. 만약에 당신이 계속 아군으로 있어줬다면, 스승님은—."

"닥쳐, 애송이."

심녹색 눈동자가. 에밀리아의 눈동자가.

작열하는 감정으로 이글거리며 앞에 있는 소녀를 노려봤다.

"내가 쭉 아군으로 곁에 있었더라면 레온이 약속을 방기했을 거라고? ……핫! 멍청하기는! 그런 미래는 있을 수 없어. 그 녀석도 다른 《마물》이랑 똑같아. 과거에 얽매여 옴짝달싹도 못하지. 그래서…… 나 같은 건 거들떠도 보지 않은 거라고."

에밀리아의 시선에서 그녀의 속내가 드러났다.

「네가 뭘 알아.」

「나의 뭘.」

「우리의 뭘 안다는 거야.」

「아무것도 모르는 녀석이 함부로 지껄여대기는.」

「네가 나설 자리는 이제 어디에도 없다고.」

앨리스는 그런 의사표명에 철저히 저항하고자 입을 열었다. 그러나— 말을 자아내기 전에.

"애초에, 너한테는 그 녀석을 막을 권리 따윈 없어."

에밀리아의 입에서 나온 말들은 앨리스의 옛 상처를 헤집은 것과 같았다.

"레온이 《마물》을 완전히 말살할 수 있는 유일한 존재임을 알았을 때, 널 들뜨게 했던 건 그저 구세주를 향한 경애심뿐만이 아니었어. 그렇지?"

에밀리아가 모든 것을 꿰뚫어본 듯 말을 이었다.

"네 경력을 조사해봤어. 엄마가 《마물》로 변해서 습격했다지? 그때 레온이 널 구했고. 네 엄마를 죽이고서 말이야. 그때 네가 느꼈던 감정은 분명 슬픔이나 분노만이 아니었어. 가슴속에 일말의 불안감도 있었겠지. 엄마가 되살아나서 죄를 저지르지 않을까, 라는 불안감이 확실히 있었을 거야."

앨리스는 아무런 대답도 하지 않았다. 떨리는 어깨가 모든 것을 대변해줬다.

"레온의 특이성을 알고서 넌 더할 나위 없이 안심했어. 실은 엄마가 아직 인간이었을 때 죽이고 싶었지만 그걸 이루지 못했겠지. 넌 《마물》로 변해버린 엄마의 운명을 한탄했어. 하지만 레온 덕분에 엄마가 영면에 들었음을 깨닫고서 넌 아주 안심했어. ……자, 이제 알겠지? 내가 무슨 말을 하려는지 말이야."

앨리스가 이를 악물었다. 아무 말도 하지 못한 채 그저 그럴 수밖에 없었다.

"넌 레온의 감정을 그 누구보다도 이해했을 거야. 그런데도…… 넌 그 녀석한테 그만두라고 말하는 거니? 본인은 안심했으면서 그 녀석한테는 받아들이라고?"

에밀리아가 마치 숨통을 끊어버리듯 다음 말을 내뱉었다.

"작작 좀 이기적으로 굴어. 앨리스 캠벨."

아무 대답도 할 수 없었다. 앨리스는 그 말에 아무런 대꾸도 할 수 없었다.

"거기 멀뚱히 있으면 일하는 데 방해가 되는데 말이야. 뭐, 좋아. 얼마든지 거기 있으라고. 뭣하면…… 아가씨, 나랑 같이 마실래?"

에밀리아의 얼굴에 웃음이 돌아왔다. 모든 것을 체념한 무척이나 서글픈 웃음이.

그런 그녀를 보고서— 앨리스는 그저 우두커니 서있기만 했다.

◇◆◇

성도 남부에 위치한 대광장에는 오늘도 사람들의 웃음으로 가득했다.

수많은 재주꾼들이 길거리에서 공연을 펼치며 보는 이들을 매료시켰다. 그런 와중에 그가 펼치는 여러 일루전 매직은 이미 일종의 기적이었다.

관객들이 들끓었다. 그는 그 광경을 보면서 얼굴을 가린 우스꽝스러운 가면에 어울리는 말투로 말했다.

"예, 감사~, 감사~. 내가 가진 재주는 다 보였습니다~. 사례는 됐어요. 딱히 돈이 궁해서 공연을 벌인 게 아니라서요."

주변에서 빗발치는 찬사들을 가볍게 받아넘기면서 그가 고마움을 표했다.

"우와! 당신, 진짜 대단하네."

"마지막 퍼포먼스는 대체 어떻게 한 거야?"

"속임수도, 장치도 전혀 없사옵니다~. 전~부 진짜라고요~."

그가 깔깔 웃고는 맨얼굴을 가린 가면에 손을 대면서 말했다.

"자자. 조금 이르지만 휴식은 여기까지. 제2부 시작~♪"

그가 가면을 벗은 그 순간, 수많은 민중들이 눈을 크게 뜨고서 입을 벌렸다.

노출된 맨얼굴이 몹시 아름다웠기 때문만은 아니었다. 그 외형은 마치.

"다, 당신, 꼭 닮았네. 그 사람이랑."

모두의 머릿속에서 한 남자가 떠올랐다. 몇 년 전 이 도시에서 죽었던 그 남자가.

"하핫, 꼭 닮은 게 아니라."

그가 생긋 웃으며 당당하게 말했다.

"난 라인하르트. 라인하르트 크로스라인이다."

웃는 자는 없었다. 짓궂은 장난으로 치부하기에는 너무나도 흡사했다.

길고 윤기가 흐르는 백은색 머리. 천사 같은 미모. 그리고 압도적인 존재감.

일찍이 사람들이 봤던 희망의 상징 그 자체였다.

"지, 진짜냐……!"

"역시, 살아있었어……!

민중들이 놀라울 정도로 그의 말을 순순히 믿었다.

모두들 그만큼 받아들이기 어려웠으리라. 희망의 상징이 암흑 속으로 녹아들어 사라졌다는 현실을. 그래서 모두가 눈앞에 보이는 희망찬 정보를 굳게 믿었다.

"대체, 여태껏 어디 갔던 거야?"

"그게 말이야, 그 사건 때 부상을 당했거든. 필사적으로 치료하고 왔지~."

"이렇게 돌아왔으니…… 되찾을 거지?! 그 녀석한테서!"

"응응? 되찾는다고?"

"칭호 말이야! 《구세》의 칭호! 그건 원래 네가 물려받았어야 했잖아! 그걸 그 배신자가! 더러운 시인(구울)이! 너한테서 빼앗아갔다고!"

"……더러운 시인(구울)이라고?"

민중들은 흥분하여 아무도 알아차리지 못했다.

미소를 머금은 그의 미모에 위험한 기색이 서렸음을.

"응. 정했어. **첫 번째는** 너로 해야겠어."

지목을 당한 남자는 어리둥절해하며 고개만 갸웃거렸다.

라인하르트

천사가 그를 비롯한 민중들을 향해서 날개를 펼치듯 두 팔을 벌리며 말했다.

“내가 여기로 돌아온 이유는 단 하나야. 모두를 이 지옥 같은 세계에서 구제하겠어. 그래서 난 이 도시에 돌아온 거야.”

민중들이 들끓었다. 모두가 영웅의 귀환을, 희망의 재래를 진심으로 환영했다.

그는 그런 광경을 보고서 천사의 미모를 반짝이며 다음 말을 내뱉었다.

“오늘, 성도에 사는 모두가 구제를 받는다. 이게 무슨 뜻인지 알겠니?”

칭호를 탈환하고 계승한다. 모두가 그것을 기대하며 눈빛을 반짝였다.

그는 이러한 민중을, 이러한 어리석은 자들을 비웃었다.

비웃으면서 선언했다.

“정답은— **몰살**.”

그 순간 그가 아까 지목했던 남자의 머리 왼쪽 절반이 날아가 버렸다.

털썩, 소리가 들렸다. 땅에 쓰러진 남성의 머리에서 피가 나왔다.

그러나 이내 그 남성이 아무 일도 없었다는 듯 서서히 일어섰다.

새로운 퍼포먼스. 사람들이 이런 상황에서도 그렇게 해석하자 라인하르트는 냉소를 흘렸다. 그에 호응하듯…… 구울로 변한 남자가 근처에 있는 여성의 목을 깨물어 살을 뜯어냈다.

"엇."

피보라가 분수처럼 하늘로 솟구쳤다.

푸른 하늘에 붉은색이 튀고, 민중의 얼굴을 더럽혔다. 그 순간.

"꺄아아아아아아아아아아아아아아아아아!"

그것은 척추반사에 가까운 행동이었다. 모두가 생명의 위기를 느꼈는지 방금 전 흥분했던 기색들은 온데간데없이 일제히 얼굴을 창백하게 물들고는 도망쳤다.

"하하하하하하! 도망쳐, 도망쳐! 너희들은 전령이다! 온 도시에 선전해라! 너희들의 희망이! 반짝이는 라인하르트가! 너희들을 죽이러 돌아왔다고 말이야!"

그리하여 배우가 무대 위로 올라가고—.

제2의 참극이 사람들의 동란으로 개막했다.

◇◆◇

언 브레이커블. 고약한 쇳내가 감도는 그 공방에서 에밀리아가 불쑥 중얼거렸다.

"……끝나버렸구나. 모든 게."

"……그래. 그래서 실행할 수 있는 거지. 그 어떤 짓거리도, 태연히."

침대에는 한 시인이 누워있었다. 그의 복강은 좌우로 절개되어 있는데—.

지금 에밀리아가 마지막 작업을 시작하려고 한다.

"대체품도 있기는 한데."

"아니. 이거면 돼. **마지막 선**을 넘지 않으면 그 녀석과 호각으로 싸우는 것조차 불가능하겠지."

그리고 마지막 작업을 완료하고 절개됐던 레온의 복강을 다시 봉합한 그 순간.

"……사자가 온 모양이네."

개방형 천장에서 올빼미 한 마리가 날아들어 작업대 가장자리에 앉았다.

올빼미가 무기질적인 눈동자로 레온과 에밀리아를 쳐다보며 부리를 벌렸다.

"천사의 출현을 확인. 서둘러라. 표적의 현재 위치는—."

인간의 언어를 구사하는 올빼미. 그 새는 에밀리아의 말대로 사자 그 자체였다.

죽음의 사자, 그 자체였다.

"……."

아무것도 할 수 없는 앨리스의 눈앞에서 상황이 조용히 진행되어 나갔다.

"역시 늦었나. 민간인들을 사전에 대피시키지 못했어."

에밀리아가 어깨를 들썩이고서 탄식했다.

아마도 라인하르트가 자행하는 참극은 개막된 지 얼마 되지 않았을 것이다.

그럼에도 이미 공황이 온 도시에 퍼져나갔다.

"……가야만 해."

레온이 멀리서 들려오는 무수히 많은 비명들을 듣고서 일어났다.

한 사람, 또 한 사람. 성도의 사람들이 목숨을 잃고 있다. 전부 자신의 책임이다. 그들을 죽이고 있는 자는 라인하르트가 아니다. 이 추악한 시인이다. 하다못해 희생자를 하나라도 더 줄인 뒤…….

사형의 죄를 자신의 어깨에 짊어지고서 지옥으로 떨어지자.

"해명용 이야기는 준비됐겠지?"

"그래. 뒷일은 걱정하지 마."

마지막 바람이 이뤄지자 레온은 안도의 숨을 내쉬었다.

이번 참극은 라인하르트가 아니라 4년 전과 마찬가지로 시인(레온)이 일으킨 것으로 기록되리라. 레온은 역사에 악명을 남기는 대신에 라인하르트의 명예를 영원히 지킬 수 있다. 그야말로 이상적인 시나리오였다.

세계는 이미 그렇게 되도록 움직이고 있다.

그런 현실 앞에서…… 앨리스 캠벨이 입을 열었다.

"기다려주세요."

작업용 침대에서 내려와 현장으로 향하려는 레온의 뒤에서.

앨리스가 자신의 뜻을 말에 실으려고 했다.

그러나 허락할 수 없다는 듯이.

"이번 사건이 끝난 뒤, 넌 《구세》의 칭호와 성검을 물려받는다. 용사가 되면 정말로 수많은 사람들과 만나게 되겠지. 그리고 넌 찾아낼 거다. 새로운 안식처를."

앨리스의 입에서 어리둥절해하는 소리가 새어나왔다.

그녀가 이내 반론을 외치려고 했다.

그러나, 그 전에.

“내게는 널 행복하게 만들 의무가 있다고 생각했다. 하지만 그건 결국 변명에 불과했다. 자신을 구하기 위한 변명으로서 널 이용했다. 네 행복을 바랐던 게 아니었어. 이런 내가 네 옆에 설 자격은 없다. ……그러니, 앨리스.”

처음으로 레온이 돌아봤다.

그러나.

그 붉은 눈동자에는 자비가 없었다. 상냥함도, 아량도…… 품고 있던 사랑마저도.

레온은 모두 버렸다.

오직 약속뿐이었다.

구해야만 하는 사형과의 약속만이 시인의 몸을 움직이게 했다.

그렇기에 그는.

“끝내자. 우리의 이야기를.”

라인하르트는 말했다. 모든 걸 버리라고. 약속을 완수하기 위해서는 그럴 수밖에 없다고.

그렇다면 그래야겠지.

강한 힘을 얻으려면 무언가를 잃어야만 한다. 그것이 이 어리석은 시인의 숙명이라면.

모든 걸 다 버리자.

“그럴 수는—.”

인정 못한다고 말하고 싶었으리라. 그러나 그보다 먼저 앨리스의 등 뒤로 돌아간 에밀리아가 그녀의 목덜미에 손날을 날렸다.

“윽…….”

살짝 신음하고서 쓰러지는 앨리스의 몸을 받아내면서.

시인은 마음속 비애를 흘렸다.

"……용서해다오, 앨리스. 난 겁쟁이다. 한심한 얼간이다. 아무리 발버둥을 쳐도 너처럼 될 수는 없다. 두려운 마음을 떠받쳐주는 강한 용기 따윈 결코 내겐."

용기 없는 시인이 바랐던 것은 자포자기의 힘.

내던질 때마다 확실히 소모되어 갔다. 종국에는 삶을 향한 집착마저도 버려야만 한다고 생각했다.

그리고 지금.

그 무엇보다도 소중히 여겼던 것을 상실함으로써.

죽고 싶지 않다는 공포가 죽고 싶다는 소망으로 바뀌어갔다.

그러한 실감을 느끼면서 레온은 말했다.

제자(자식)를 향한 마지막 말을 자아냈다.

"행복해져라. 이 어리석은 스승(구울)의 몫까지."

스승은 일방적으로 말하고, 제자는 일방적으로 듣는다. 그러한 대화가.

사제가 나눈 마지막 교류였다.

그리고 앨리스의 눈꺼풀이 감기자마자.

레온은 그녀를 안아서 침대에 눕힌 뒤 허리의 성검을 풀었다.

"오늘부터 이건 네 거다. 너라면 분명 성검에 어울리는 용사가 될 수 있겠지."

그녀의 하얀 머리를 살며시 쓰다듬었다. 이것이 마지막이라고 마음속으로 결심하면서.

“……이제 내게 남겨진 건 아무것도 없다. 하지만, 그렇기에.”

필요한 것을 얻었다고 확신하면서…….

레온은 에밀리아를 쳐다봤다.

“뭐야. 얼른—.”

“지금까지, 정말로 미안했다.”

시인이 고개를 숙이며 말했다.

지금이 마지막이니까. 이제 두 번 다시 말을 섞을 수 없으니까.

레온은 말해야만 하는 모든 것을 내뱉었다.

“결국 난 마지막까지 네 마음에 응해줄 수 없었다. 그런데도 내 사정 때문에 널 여태껏 붙들어뒀다. 정말로 미안했다.”

그녀가 고개를 숙인 시인에게서 등을 돌리며 말했다.

“……얼른 뒈져버려. 썩은 시체(구울).”

레온 역시 그녀에게서 등을 돌리며 말했다.

“고맙다. 에밀리아.”

그때, 뒤에서 작은 소리가 들리자 레온은 순간 오른손을 떨었지만…….

발걸음을 멈추지는 않았다.

가게를 나와 소란 속으로 들어갔다.

탁류처럼 이리저리 뛰어다니는 민중들을 헤쳐 나가면서 시인은 향했다.

약속을 다하기 위해서.

모든 것을 끝내기 위해서.

“……라이나.”

4년 전 참극이 추억이 되어 머릿속에서 떠올랐다.
시인의 시간은 지금 과거로 되돌아갔다.
"……이번에야말로, 난."
그때 느꼈던 후회를 곱씹으면서. 그때 느꼈던 분노를 곱씹으면서.
레온은 나아갔다. 그 끝에 자신의 최후가 기다리고 있음에도.

—단 한 번도, 뒤를 돌아보지 않았다.

[추억 II]

시체의 죄와 꿈의 끝

Only I know
the Ghoul saved
the world

—모두가 야유했다. 꼴사나운 못난이라고.

—모두가 웃었다. 발목만 잡는 짐꾼이라고.

—그래도 우직하게 계속 전진했던 이유는 무엇이었는가.

—따라잡고 싶다. 어깨를 나란히 하고 싶다. 가슴을 활짝 펴고 싶다고 바랐던 이유는 무엇이었는가.

—믿는다고 말해줬기 때문이다.

—지키겠다고 맹세했기 때문이다.

—그런데.

—레온 크로스하트.

—어째서 넌.

—어째서 난.

야행살(나이트 워커). 그 이름이 널리 알려진 지 70년이 넘었다.

피해자의 숫자는 2천 년 가까이 이어져 온 구시대를 포함해도 사상최대.

거기에다가 야간에만 범행을 벌이고, 사건 현장에 혈액으로 쓴 시편을 남기는 과시형 범죄자 같은 소행에서 작가들이 영감을 받았는지 놈을 소재로 삼은 창작물들이 셀 수 없이 많았다.

오랫동안 정체가 밝혀지지 않고, 비밀의 베일에 숨겨져 있던 연쇄살인마.

그 정체는 붉은 눈을 지닌 《마물》이었다.

종족은 뱀파이어. 압도적인 신체 능력과 초월적인 재생력을 갖고 있다.

……평범한 뱀파이어에게는 그 두 가지가 전부다.

각 개체마다 위협 인정 레벨이 다르지만, 2등급을 넘은 자는 확인되지 않았다.

그러나 놈은. 야행살(나이트 워커)은, 그러한 상식에서 벗어난 존재였다.

놈은 다른 개체에게는 없는 두 가지 이능력을 가지고 있다.

하나는 변용. 놈은 인간을 《마물》로 바꿔서 조종하는 힘을 갖고 있다.

능력에는 제한이 없는데, 변이한 자에게 살해당한 자도 《마물》로 변해버린다.

그러므로 지금— 성도 안에서 지옥이 펼쳐졌다.

"오오오오오오오오오오오오오오오오옷!"

사방팔방에서 비명과 절규가 빗발치는 혼란 속에 스승(크레아)의 기백이 뒤섞였다.

밀리고 있었다. 엄청난 물량에. 마물로 변해버린 민중들의 박력에.

최선이자 최고의 용사인 그녀가 자신의 몸을 지키기에도 벅찬 상황까지 내몰렸다.

한편 나는. 라이나는.

둘이서 어깨를 나란히 하고서 놈을 쫓고 있었다.

"—아아, 귀찮아. 난 그냥 관찰만 하고 있는데."

노래하듯 흘러나온 목소리는 듣는 이의 뇌를 녹일 만큼 미성이었다.

놈이 있는 자리만이 다른 세계처럼 화사했다.

아름답다.

놈의 모습을 표현하기에는 그것만으로는 부족했다.

머리카락이 아름답다. 살결이 아름답다. 입술이 아름답다. 얼굴 그 자체가 아름답다.

행동거지도. 신사복을 차려입은 모습도. 놈을 구성하는 그 모든 것이 매우 아름다웠다.

그러나 동시에…… 그 아름다움은 공포와도 이어져 있었다.

야행살(나이트 워커).

놈은 태연하게 우아한 태도를 유지하며 오른손에 있는 두꺼운 노트를 펼쳤다.

"인간의 삶과 죽음을 관찰하여 좋은 시를 써내려간다. 내 존재의의는 그것뿐. 단지 그것만을 위해서 살아가는 시인(詩人)이야. 근데 너희들, 너무하지 않나? 이런 식으로 폭력을 휘두르다니."

새어나오는 날숨조차 아름다운 빛깔이 깃들어 있는 듯했다.

나는 그런 살인귀를 노려보면서 옆에 있는 사형에게 말했다.

"라이나, 잘 들어라. 녀석의 눈동자를 보지 마. 저건 사안의 일종이야."

야행살이 지닌 고유의 힘. 그 두 번째는 사안이었다.

"저 눈을 보면 마음이 먹혀들어 폭주하다가 죽음에 이른다. 시선을 늘 놈의 발치에 둬라. 알겠나?"

"알고 있거든~. ……근데 짝지, 너한테는 안 통하잖아?"

전투가 시작되기 직전, 나는 놈과 눈을 마주치고 말았다. 평범한 인간이었다면 그 시점에서 죽음이 확정됐으리라. 그러나 이유는 모르겠지만 내 몸이 사안의 효력을 떨쳐냈다.

……영향을 완전히 무력화한 것은 아닌 것 같지만.

"아까부터 기묘한 감각이 몸을 좀먹고 있다. 당장에 영향을 끼치지는 않겠지만…… 전투가 길어지면 어떤 문제가 발생할지 알 수 없다."

"흐음…… 그거, 아주 조금 신경이 쓰이긴 하네. 어쨌든 이번에는."

"이번 전투는 내가 주력으로 움직여야겠지. 모든 걸 맡겨다오."

"꺄~! 레온, 멋있어~!"

우리가 실없는 소리를 주고받자 놈이 왠지 언짢아했다.

"상당히 여유로운 모양이네?"

"당연하잖아~. 너 같은 하등한 놈한테 우리가 질 리가 없으니까."

"흐으응. ……너도 같은 생각을 하고 있나 보네. 붉은 눈의 동포."

"당연하다. 내가 라이나의 옆에 있는 한 패배는 결코 있을 수 없다."

내가 대답하자 놈은 어째선지 날카로운 눈빛을 보냈다.

"—마음이 바뀌었어. 이 자리를 네 이야기의 분기점으로 삼아주지."

그러고는 시선을 옆으로 홱 돌렸다.

야행살(나이트 워커)은 라이나를 쳐다보면서…… 입꼬리를 올렸다. 마치 악의를 드러내듯이.

"라인하르트 크로스라인. 네 변화를 보니 감탄을 금치 못하겠어. **그토록 구겨놨는데도** 지금은 확실히 반듯해졌으니 말이야."

"……뭐? 너, 뭔 소리냐?"

"설마 잊어버렸나? 아니면 눈치채지 못했나?"

놈이 한껏 징그럽게 웃으면서 말했다.

라이나의 과거. 그 안에 숨겨진 진실을.

"네 여동생…… 레미였던가? 그녀의 몸 옆에 **종이가 떨어져 있었지?**"

그 순간, 라이나의 어깨가 떨렸다.

야행살(나이트 워커)은 그 반응이 우스웠는지 키득키득 웃으면서 말을 이어나갔다.

"뭐, 무리도 아니겠네. 소중한 여동생이 망가져버렸으니까. 당연히 주변을 볼 겨를이 없었을 거야. 근데…… 의문이 조금은 들지 않았어? 여동생이 너무나도 처참하게 당했다고. 이건 인간이 저지를 법한 짓이 아니라고."

무시무시한 살인귀가 웃었다. 라이나가 놈에게 작은 목소리로 짧게 물었다.

"……네 짓이었냐?"

살인귀의 대답은?

"아니? 난 그저 관찰을 했을 뿐이야. 《마물》로 변한 자들이 네 여동생을 망가뜨리는 광경을."

놈이 말했다. 네 여동생은 최후의 최후까지 오빠 이름을 계속 불렀다고.

"오빠, 살려줘~. 그렇게 애원하던 네 여동생은 뭐라고 해야 할까, 그래—."

실로 우스꽝스러웠어. ……그 말을 들은 순간.

라이나가 쌍검을 쥔 손에 격렬하게 힘을 주었다.

"개자시이이이이이이이이이이이이이이이이이이이이이이이이익!"

울부짖었다. 미쳐버린 짐승처럼.

"앗……! 잠깐, 라이나!"

제지하는 소리를 뿌리치듯 그 녀석이 돌진했다.

야행살(나이트 워커)에게. 숙적에게. 여동생의 원수에게.

"오오오오오오오오오오오오오아아아아아아아아아아아아앗!"

검술이 난잡해졌다.

그럼에도 역시 라이나는 불세출의 천재였다.

부정적인 정념에 지배당하여 평상시의 유려함은 사라졌지만, 전투 능력까지 떨어진 것은 아니었다.

오히려 공격이 난폭해졌기에 예측하기 어려웠다.

"으아아아아아아아아아아아아아아아아아아아아앗!"

살벌한 공격이었다.

약동하는 모습을 보고 확신했다. 저게 바로 라이나의 진수라고.

평온을 유지하며 마음으로 기술을 제어하기보다 본능대로 움직이는 편이 더 강하다.

단언할 수 있다. 지금의 라이나는 평소보다 더 강력하다고.

……그런데도.

"계속 춤을 춰라, 라인하르트. 더 격렬하게. 더 사납게. 그 반짝임을 각인시키듯."

놈은. 야행살(나이트 워커)은.

그런 라이나를 철저히 봉쇄했다.

"말도 안 돼……."

패배한다.

사형이. 친구가. 나의 우상이. 나의 자랑이.

저딴 살인귀에게 지고 만다.

"크……!"

도와야한다는 생각을 하면서도 선뜻 가세할 수가 없었다.

눈앞에 펼쳐진 전투는 차원이 다르다. 나 같은 게 참견해본들 발목만 잡을 뿐이다.

"젠, 장……!"

한심스러운 내 모습에 이가 갈렸다. 주력으로 움직이겠다고 선언했으면서 이런 꼴이라니.

나는 이제 그저 기도할 수밖에 없었다. 라이나의 승리를 기도할 수밖에 없었다.

그러나…….

"틈을 노출했군, 라인하르트."

야행살(나이트 워커)의 오른손에서 뻗어 나온 핏빛 칼날이 라이나의 가슴으로 향했다.

"윽……!"

나는 최악의 미래를 예감하고서 몸을 떨었다.

그리고.

결판이 나는 순간이 찾아왔다.

"—틈은 무슨~."

승리를 거둔 쪽은 야행살(나이트 워커)이 아니었다.

내 사형이자 친구. 라인하르트 크로스라인이었다.

뿜어대던 분노가 거짓말이었던 것처럼…… 아니, 실제로 연기를 했겠지.

유려한 몸놀림으로 적의 찌르기를 피했다.

"으랏!"

그러고는 야행살(나이트 워커)의 몸통을 비스듬하게 베어버렸다.

"윽……."

살인귀가 각혈하고서 뒤로 쓰러졌다.

라이나가 놈에게 칼날을 겨누면서 도도하게 말했다.

"네놈의 말이 맞아. 난 이제 반듯한 인간이 됐다."

스승님과 사제 덕분에 말이야…… 하고.

그 말과 그 안에 담긴 생각을 깨닫고서 감탄했다.

한순간이지만 라이나의 승리를 의심했던 스스로가 창피했다.

저 녀석이 이만한 일로 마음을 흐트러뜨릴 리가 없다. 사악한 마물에게 무릎을 꿇을 리가 없다.

저 녀석은 사람들의 마음을 비추는 빛이다.

그 빛을 결코 가릴 수 없다.

"라이나……! 역시 넌 나의……!"

과거와 결별하고 현재를 응시하며 아름다운 미래를 만들어나간다.

그런 친구의 모습은 그야말로 내 자랑 그 자체였다.

"끝장을 내주마. 야행살(나이트 워커)."

결판이 나리라. 사형의 칼날이 이내 적의 심장을 꿰뚫어 승리를 가져오리라.

이로써 이번 사건은 정리될 것이다.

이제는 통솔자를 잃은《마물》떼를 토벌하기만 하면 완전히 끝—.

“아아, 그렇고말고. 끝장이지. 네 모든 게 말이야.”

—그 순간.

너무나도 기이한 광경이 눈앞에서 벌어졌다.

정지했다. 세상의 모든 것이 완전히 멈춰버렸다.

사형이 적의 숨통을 끊고자 검을 들었다. 스승님은 홀로 마물 대군을 막으려고 했다.

모두가, 모든 것이 꼼짝도 하지 않았다.

주변에서 쉴 새 없이 들려오던 비명이나 파괴음조차 멎어버렸다.

“이건……?!”

멈춰버린 세계 안에서 나만이…… 아니.

그때, 놈이, 야행살(나이트 워커)이 웃었다.

“잊었나? 네가 내 능력의 영향력 아래에 있다는 사실을.”

놈이 이 상황을 의도했음을 지금에서야 깨달았다.

쓰러졌던 야행살(나이트 워커)이 일어서…… 자신의 혈액을 응고시켜 붉은 검 한 자루를 만들었다.

그 순간, 내 몸이 전율했다.

“으! 멈춰!”

“그래, 그만둘게. 네가 스스로를 희생할 수 있다면 말이야.”

놈은 나에게 궁극의 양자택일을 들이밀었다.

“이제부터 서서히 라인하르트 크로스라인의 가슴을 찌를 거야.

날 저지하고 싶거든 그 총으로 날 쏴라. 그럼 모든 게 해결된다. 하지만…… 그 대신에 난 네 목숨을 빼앗겠어. 명중하자마자 네 머리통이 날아가버리겠지."

놈은 말하자마자 선언한 대로 움직였다.

붉은 검의 끝이 라이나의 가슴으로 빨려들었다.

"으……!

총을 들었다. 녀석의 머리를 날려버리기 위해서.

그러나.

"왜 그래? 어서 쏴. 간단한 일이잖아? 손가락만 살짝 까딱거리면 되니까."

그렇게만 하면 모든 것이 해결된다.

—내 목숨과 맞바꿔서.

그렇게 생각하니, 나는…….

"못 움직이겠지. 안 움직이겠지. 그래, 그게 네 본질이야."

칼날이 몸속으로 파고들었다. 라이나가 조금씩 목숨을 잃어갔다. 그 광경을 보고도 나는…….

"그 누구보다도 스스로가 가장 소중하다. 자신만 괜찮다면 다른 건 상관없다. 자신이 살 수 있다면 친구든 마음에 둔 여자든 희생한다. 그게 네 본성이야."

부정하고 싶었다. 부정해야만 했다.

손가락 하나만 살짝 움직이면 그럴 수 있건만.

나는 공포에 삼켜서 손가락 하나를 움직이지 못했다.

"넌 두 사람을 사랑하지 않았던 거야. 그들한테 매달려 응석이나

부렸을 뿐이지. 지키겠다는 말도, 강해지겠다는 말도 헛소리에 불과해. 그래서—.”

놈의 손은 살기로 가득했다.

남은 시간이 얼마 남지 않았다.

나는 선택해야만 했다.

라이나를, 친구를, 사형을, 무엇보다도 소중한 가족을.

내 목숨과 맞바꿔서 구해내는 거다.

“우, 오, 오오오오오오오오오오오오오오오오오오오오오오!”

나는, 절규를 내지르면서 손가락을 움직였다.

메마른 소리가 울려 퍼졌다. 그러나— 사출된 탄환은 녀석의 머리로 향하지 않았다.

떨어진 곳에 있는 가로등과 충돌하고서 사라졌다.

“그것 봐. 역시 넌, 여전히 너였어.”

칼날이 가차 없이 들어갔다. 그리고…….

“—맛보도록 해라. **세 번째 후회**를. 미쳐버릴 것만 같은 감정을.”

비웃는 것 같은 목소리가 귀에 들어왔을 때는…….

모든 것이 끝나버렸다.

놈의 검이 라이나의 가슴을 관통했다.

정지했던 시간이 다시 움직이기 시작했다.

“커헉…….”

그 녀석은. 라이나는.

가슴을 찔린 채로 땅바닥에 쓰러졌다.

“……이럴 수가.”

정신을 차려보니 나는 고개를 푹 떨궜다.

설 수가 없었다. 무릎에서 힘이 빠져나갔다.

"……거짓말이다. 말도 안 돼. 말도 안 돼. 말도 안 돼."

아연실색하면서 바보처럼 같은 말만 되풀이했다.

야행살이(나이트 워커) 눈앞의 현실을 그저 부정만 하는 나에게로 걸어왔다.

"라인하르트의 죽음은 네가 초래한 거야. 네가 그를 죽였어."

"윽……! 아, 아냐! 난! 나, 난……!"

말이 더는 나오지 않았다. 왜냐면.

"아아, 그렇지. 넌 못 본 척했어. 자신을 위해서, 무엇보다도 소중한 친구를."

부정하고 싶었다. 그러나 할 수가 없었다. 부정할 수 없는 사실이었으니까.

"우, 우우, 우아, 아……."

이가 맞부딪쳤다. 놈은 그런 추태를 보고 웃으면서 말했다.

"넌 그야말로 사신이로군. **전 인생에서도. 그 전 인생에서도.** 아주 똑같아."

그리고 놈은 단두대에 놓인 죄인의 머리를 참수하듯 오른팔을 들어—.

"설마 네 번째에도 그럴까 싶다만. 글쎄, 어떨는지?"

엄습했다. 놈의 손이. 칼날로 변한 그것이.

나는 움직일 수 없었다. 겁이 나서, 당혹스러워서 덜덜 떨기만 했다.

그러나.

"우오아아아아아아아아아아아아아아아아아아아아아아아아앗!"

절규. 쓰러졌던 사형, 라이나의 입에서 나왔다.

순간, 살을 찢는 소리가 울렸다.

라이나가 배후에서 야행살(나이트 워커)의 등을 꿰뚫었다.

"커헉……."

살인귀의 입에서 붉은 액체가 흘러 떨어졌다.

그래도 놈은 죽음이 눈앞에 닥쳐왔는데도 겁을 먹기는커녕 오히려 유쾌하게 웃었다.

"사신, 진정한 참극은 이제부터야."

녹아갔다. 흐물흐물. 흐물흐물.

이윽고 살인귀의 모습이 사라지고 액체만이 남았다.

그러나 《생탄석》이 없었다. 어디에도 놈이 죽었다는 증거가 없었다.

그럼에도 그딴 건 이제 아무렇든 상관없었다.

"라, 라이나……!"

눈앞에서 그 녀석이 쓰러졌다. 그 호리호리한 몸을 받아내고서…… 나는 할 말을 잃었다.

눈이. 라이나의 눈이.

마물의 색으로 바뀌었다.

오른눈은 붉은색으로. 왼눈은 파란색으로.

내 품속에서 그 녀석이 빛깔이 다른 두 눈동자로 쳐다보며 속삭이듯 말했다.

"이봐, 짝지…… 어째서, 도와주지 않았던 거야?"

그 말을 하면서도.

"가만히 있으면 알아차리지 못할 줄 알았어?"

라이나가.

"아아. 잊었던 감각이 되돌아왔어. 전부 네 덕분이야."

웃고 있었다.

붉은 눈동자로는 눈물을 흘리면서.

푸른 눈동자에는 증오를 담으면서.

그리고.

"보답으로 죽여줄게. 이— 배신자."

정신을 차려보니 오른팔과 왼다리가 사라져버렸다.

나는 한쪽 팔다리를 잃었다.

"하핫! 하하하하하하하하하하핫! 이게 뭐야?! 이게 뭐야?! 즐거운데도 기분이 나쁜 게 최고로 불쾌해! 하하하하하하하하하하핫!"

라이나가 땅을 기고 있는 나를 내려다보면서 미쳐버린 듯 웃었다.

그 모습은 이미 인간이 아니었으나…… 마물도 아니었다.

"아아! 즐거워서 최악이야! 살아다오, 짝지! 지금 당장!"

지리멸렬한 말이었다. 그러나 순수한 살의를 느낄 수 있었다.

그 감정에 호응하듯 내 눈앞에 거대한 얼음 기둥이 출현하더니—.

찌부러지겠다고 확신한 순간.

"레온!"

스승님이 내 앞에 서서 작열하는《신비》로 얼음 기둥을 녹여버렸다.

"방해하다니, 다행이야……! 뭐 하는 짓이야, 스승님!"

라이나가 스승님에게 칼끝을 돌렸다. 그녀가 성검을 뽑으며 대치했다.

"……이 모든 죄는 내가 짊어져야만 해."

날카로운 말뚝이 심장에 박힌 것 같은 기분이었다.

스승님은 《마물》들에게 포위당하면서도 이 상황을 보았을 것이다.

그런데도 나를 나무라지 않았다. 그녀가 모든 것이 자신의 책임이라고 단언하자, 나는…….

"스, 승님……!"

손을 뻗었다. 그것밖에 할 수가 없었다.

이윽고 두 사람의 전투가 시작됐다.

서로 사랑하는 사제가 처절한 사투를 벌였다. 그리고.

"이얍!"

"크윽?!"

스승님이 라이나의 가슴을 베었다.

그러나 그녀의 마음속에도 망설임이 있었는지 깊게 베지는 못했다.

결국 라이나는 중상을 입은 채 도망치듯 뛰었다.

"놓쳐서는 안 돼……! 여기서 끝을 낸다……!"

그녀도 비통한 각오를 눈동자에 싣고서 땅을 박찼다.

멀어져갔다. 멀어져갔다. 시가지에 격렬한 전투 흔적을 남기면서 두 사람이 멀어져갔다.

"으, 아……!"

나는 일어섰다. 어떻게든 한쪽 다리로 서서 평형감각을 강하게 의식하며 이동했다.

두 사람을 좇아가는 그 길에서.

나는 자신이 저지른 죄를 여실히 목격했다.

"어어, 어어, 엄마, 엄마아아아아아아."

딸이었던 존재가 엄마를 산 채로 뜯어먹는 모습.

"히히, 히, 히히, 공놀이, 즐거, 워어어어어어."

형의 머리를 뜯어내서 장난감처럼 갖고 노는 동생이었던 존재.

"……내가, 무슨 짓을."

그들을 마물로 바꾼 자는 야행살(나이트 워커)이 아니었다.

라이나가 그랬다. 라이나가 이 지옥을 만들어냈다.

그러나…… 사태를 이 지경으로 만든 원흉은 바로 나였다.

"스승님……! 라이나……!"

헤맸다. 두 사람의 모습을 찾으면서.

이윽고 나는 그곳에 이르렀다.

성도 중앙 광장. 라이나는 그곳에서…….

"신기, 하네. 모든 게 자꾸만 밉살스럽게 보여서, 미칠 것 같아."

인간과 마물을 닥치는 대로 죽이고, 죽이고, 죽이고, 죽이고, 계속 죽였다.

"……난."

사형이 학살을 즐기며 웃었다.

이 모든 게 내 약점에서 비롯됐다고 생각하니.

서있을 수가 없었다.

"아아, 짝지. 거기 있었냐."

라이나가 주저앉은 나를 쳐다보며 외쳤다.

"여기서 도망쳐! 지금, 죽이고 싶지 않아!"

사형이 쌍검을 쥐고서 달려왔다.

움직일 수 없었다. 아무런 의욕도 솟지 않았다.

—그런 내 앞에.

"멈춰, 라이나!"

그 사람이, 스승님이 감싸듯 내 앞에 섰다.

그 순간— 라이나가 휘두른 칼날이 그녀의 몸을 두 동강 냈다.

"……엇."

그 얼빠진 소리는 내 입에서 나온 것이지만.

동시에 라이나의 입에서 나온 것이기도 했다.

"스승님……."

그 녀석은 무참한 모습으로 변해버린 스승님을 쳐다보면서.

"핫, 하핫, 하하하하하핫! 다, 당신이! 조금만 더 빨리, 와줬더라면! 여, 여동생은! 하하! 하하, 하, 하……아……아아……아아아아……아아아아아아아아아아아아아아아아아아아아아아아아아아아아아아아아아아아아아아아앗!"

울었다. 그저 울부짖었다.

단 하나의 감정이 온 얼굴을 물들였다. 라이나의 얼굴에는 비애만이 감돌았다.

그때, 그 녀석이 순백의 날개를 전개했다.

"이봐, 짝지."

하얀 날개를 펼치면서.

"부탁할게."

그 말을.

맹세의 말을.

약속의 말을.

저주의, 말을.

내 영혼에, 새겼다.

"다음에 만나거든, 그땐— 네가, 날 죽여줘."

그가 하얀 날개를 퍼덕였다. 회색 하늘로 비상했다.

머지않아 그 녀석의 모습이 완전히 사라지고…….

얼마 지나지 않아.

"전부, 내, 탓이야…."

쓰러진 스승님의 입에서 목소리가 흘러나왔다.

"스승님!"

나는 땅바닥을 기어서 그녀의 곁으로 다가갔다.

스승님의 얼굴은 창백해서 평상시의 패기를 찾아볼 수가 없었다.

이미 그녀는《구세》의 영웅이 아니었다.

제 몸에 닥친 비극을 한탄하는, 가냘픈 여자에 불과했다.

"레온…… 라이나…… 내가, 너희들을……."

"아냐! 당신 잘못이 아냐! 내가! 내가, 그 녀석을!"

나는 몇 번이고, 몇 번이고, 몇 번이고, 몇 번이고 계속 외쳤다.

그러나 스승님의 텅 빈 눈동자에는 내 모습이 비치지 않았다.

"미안, 해…… 미안, 해…… 미안, 해……."

한줄기 눈물이 흘러내렸다. 비탄과 후회에 물들면서.

내 스승은. 내 어머니는.

내가 사랑했던 그 누구보다도 아름다운 인간은.

마치 땅에 내팽개쳐진 고물처럼 숨을 거뒀다.

"……어째서."

스승의 시신을 앞에 두고서 새어나온 목소리에는.

참회와 후회, 그리고— 약해빠진 스스로를 향한 증오가 담겨 있었다.

"어째서, 난."

머릿속에서 떠올랐다.

두 사람과 보냈던 나날이. 두 사람과의 추억이.

두 사람을 향한 감정이.

『오늘부터 넌 레온 크로스하트야.』

라이나와 스승님. 그들의 성을 반씩 따와서 붙여진 성.

우리의 인연은 영원하다는 걸 보여주는 증표.

『널 제자로 거두길 잘했어, 레온.』

부여해줬다. 두 사람은 정말로 많은 것들을 부여해줬다.

이름을. 존재의의를. 인간으로서의 정을. 안식처를.

그런데도. 그런, 데도.

『넌 두 사람을 사랑하지 않았던 거야.』

나이트 워커
야행살의 목소리가 머릿속에 울린 순간.

내 안에서 무언가가 부서졌다.

"아, 아아, 아아아……."

떨린다. 온몸이, 제멋대로.

그러나 눈물은 흐르지 않았다. 흘릴 수가, 없었다.

이 시인의 얼굴은, 이 순간에도 결코.

결코 움직여주지 않았다.

"아, 아아, 아아아……아아아아아아아아아아아아아아아아아아아아!"

눈물을 동반하지 않는 통곡. 그것은 분명 벌이겠지.
어리석은 시인에게 내려진 벌이겠지.
너에게는 눈물을 흘릴 자격 따윈 없노라고.
"우아, 아아아, 아아아아아아아아아아아아아아아아아아아아아아앗!"
나는 울부짖었다.
지옥 속에서 계속 부르짖었다.
슬픔을. 그리고 분노를.
스스로를 향한 저주를.

—스승님은 나에게 둘도 없는 여성(사람)이었는데.
—라이나는 나에게 둘도 없는 형(친구)이었는데.
—어째서 목숨을 아까워했지?
—그런 썩어빠진 정신으로 잘도 떠들어댔네. 두 사람을 지키겠다는 말을.
—나의 이기심이, 나의 나약함이 이런 결말을 초래했다.
—스승님과 사형은 필요한 존재였다. 나에게, 이 세계에.
—그러나 나는 다르다. 내 목숨에는 아무런 가치도 없다.
—이런 추악한 괴물이, 나약한 멍청이가 어째서 남았지?
—그때, 내가.

"내가, 죽었어야 했어……."
나는 신음하듯 내뱉고서 땅바닥에 떨어진 성검을 쳐다봤다.
저 칼날로 내 목을 찌르면 분명 편안해지겠지.

이런 어리석은 괴물은 이 세계에 존재해서는 안 된다.
—그러나 그럼에도 아직 죽을 수는 없었다.
여기서 죽는 건, 그것이야말로 배신이었다.
"라이나……."
마물로 퇴락해버린 그 녀석이. 마물로 퇴락시켜버린 그 녀석이.
지금도 어딘가에서 울고 있다. 죽여달라고 외치면서 울부짖고 있다.
그런 모습을 상상하니, 나는.
"……용납할 수 없어. 도망치는 건, 용납할 수 없어."
죽고 싶다는 갈망을 가슴속에 꾹꾹 눌러 담으며 결의했다.
사형을.
친구를.
라이나를.
"구해야만, 해……."
머나먼 저편. 능선 너머로 태양이 저물어갔다.
그 광경은 마치.

—시인(동생)의 꿈이 끝났음을 암시하는 듯했다.

[EPISODE V]

반짝이는 기적과 비애가 끝나는 곳

Only I know the Ghoul saved the world

―말하고 싶었던 것이 있다.

―말할 수 없었던 것이 있다.

―하고 싶었던 것이. 할 수 없었던 것이. 해주지 못했던 것이.

―아직도 잔뜩, 남았는데.

―이제 모순 속에서 몸부림치는 것밖에 할 수 없다.

―내가 나로서 있을 수 있는 시간은 얼마 남지 않았다.

―그렇다면 하다못해 그 녀석에게 딱 하나를 전하고 싶다.

―이봐, 짝지.

―나는 널.

쾌청한 푸른 하늘 아래에서.

라인하르트 크로스라인은 신음했다.

"여긴 말이야, 어렸을 적 꿈이었어."

호화 저택들이 늘어선 상류 계급의 영역― 성도 중앙 2번가. 그 한편에서 그가 계속 말했다.

"여동생을, 레미를 행복하게 만들어주고 싶었던 마음도 있었어. 하지만 그에 못지않게…… 내 현재와 과거와 미웠어. 어느 날 갑자기 부모가 살해당했고, 집을 잃었지. 아무것도 없는 꾀죄죄한 꼬맹이인 채로 끝나는 건 절대로 싫다고 생각했어."

보라색 눈동자가, 인간과 마물의 마음이 융합한 그것이 앞에 있는 저택을 쳐다봤다.

“여동생이 죽은 후에도 그 야심은 응어리가 돼서 내 안에 계속 남아있었어. 그래서…… 모험가로서 자리를 잡았을 즈음에 이 저택을 샀지. 사치스러운 삶을 살고 싶었던 건 아냐. 난 매듭을 짓고 싶었어. 과거를 완전히 떨쳐내고 앞으로 나아간다. 그러기 위한 의식이었어. 이 저택은 처음에는 그 정도 물건에 불과했지만…….”

라인하르트는 눈웃음을 짓고 입가에 미소를 머금으며.

그 시절, 반짝임으로 가득했던 풍경을 떠올렸다.

“……참 즐거웠었지, 여기서의 생활은. 친구랑 바보 같은 짓을 하고, 스승님한테 혼쭐이 나고. 그런 나날을 보내다 보니 어느새 여기가 내 보금자리가 됐더라고.”

황금 같이 아름다운 추억이지만—.

지금 그것은 마음속에 가득 찬 증오를 떨쳐낼 수 있을 만한 가치가 없었다.

그렇기에.

모든 것을 파괴하고자 여기에 왔다.

“……참 신기하네. 그토록 귀하게 여겼던 모든 것들이 지금은 혼탁하게 보여.”

그리고 라인하르트는 주변을 둘러봤다.

지옥도. 그렇게 표현해야 마땅한 풍경이 이 일대에 펼쳐졌다.

구울로 바뀐 주민들이 인간을 습격하고 능욕하고 먹어치웠다.

비명이 끊임없이 들려왔다. 끝없는 비극이었다. 그러나— 올려다본 하늘은 푸르렀다.

정겨움이 치밀었다.

"늘 그랬어. 중요한 날에는 늘 이렇게 파란 하늘이 펼쳐져 있었어. 부모가 살해당했던 날에도. 여동생이 죽었던 날에도. 처음으로 스승님한테 칭찬을 받았던 날에도. 그리고—."

울려 퍼졌다.

한 발의 총성이 울려 퍼졌다.

감정을 가르는 그 소리는.

과거를 깨부수는 그 소리는.

그 남자가 왔음을 알리는 증거였다.

"—이봐, 짝지. 기억나? 너랑 만났던 그날도, 이렇게 푸른 하늘이 펼쳐져 있었어."

라인하르트의 세계에서 정보가 사라져갔다.

성도를 향한 증오. 인간들을 향한 살의. 과거에서 기인한 모든 감정들이 사라지고…….

단 하나, 시인의 존재만이 남았다.

보라색 눈동자가 붉은 눈동자를 뚫어져라 응시했다.

붉은 눈동자가 보라색 눈동자를 뚫어져라 응시했다.

마찬가지로 그의 세계에도 옛 친구(라인하르트)에 관한 생각만이 남았다.

그날로부터 4년. 숱한 밤을 지나 산지옥 같은 나날을 보내고서야 드디어—.

레온 크로스하트는 선언한다.

"—친구여. 약속을 완수하러 왔다."

방황하던 시인(레온)이 도착한 최종지점(골 포인트). 자신이 저지른 죄와 슬픔이 끝나는 곳.

그곳을 응시하는 레온의 어두운 눈동자에는 망설임이 없었다.

망설임 없이, 모순 없이 사형의 영혼을 하늘로 보낸다.

오직 그것만을 위해서 이 어리석은 시인은 고통을 축적해왔다.

"핫! 보아하니 완벽하게 준비된 것 같은데…… 모든 일에는 순서가 있어. 짝지, 그렇지? 리벤지 매치를 벌이고 싶다면 우선 몸부터 풀어야지."

라인하르트가 손가락을 딱 튕겼다. 그 순간 격렬한 파괴음이 울려 퍼졌다.

엄청난 숫자의 시인들(구울)이 주변에 늘어선 건물의 문과 벽, 창문을 깨고서 한꺼번에 몰려들었다.

이미 이 일대의 주민들은 모조리 《마물》로 변해버렸으니…… 그 숫자는 천 명, 이천 명 수준이 아니었다.

이 압도적인 물량 차이를 홀로 뒤집어버리는 것은 레온에게는 불가능할 터**였다**.

그래, 옛날의 그였다면 이런 상황에 내몰린 시점에 이미 끝장이 났겠지.

탁류에 휩쓸린 강아지처럼 벌벌 떨면서 처참한 말로를 맞이했으리라.

그러나 지금은.

—그렇지 않음을 증명하듯 움직였다.

마물 대군이 사방에서 몰려드는 와중에 레온은 날개를 전개하듯 양쪽 팔을 벌렸다.

“강무술식— **이중전개.**”

그 순간 그의 왼팔과 오른팔이 함께 꿈틀거리며 코트 소매를 찢고 튀어나왔다.

제삼마장 : 살육자의 주아(슬래셔 바이트).

무수히 많은 칼날들이 집적되어 만들어진 그 커다란 뱀은 원래는 단독으로 존재해야 한다.

그러나 지금 만들어진 대형 뱀은 두 마리.

오른팔뿐만 아니라 왼팔도 동일하게 변화했다.

거대한 두 뱀이 오랫동안 함께 해온 한 쌍처럼 좌우로 동일한 궤적을 그리며—.

수만의 시인(구울)들을 먹어치웠다.

뱀들이 휩쓸고 지나간 자리에는 썩은 육즙과 멀겋게 빛나는 《생탄석》만이 남았다.

“오호. 아무래도 내 말이 네 마음을 예상보다 더 크게 흔든 모양이네.”

좌우 팔이 원래 상태로 되돌아왔다. 시인의 팔을 보면서 라인하르트가 웃었다.

“**남은 팔다리마저 잘라내다니.** 그 결의가 범상치 않은걸? 짝지, 그렇지?”

4년 전, 레온은 한쪽 팔과 다리를 잃어버렸기에 자신만의 개성(오리지널)을 얻었다.

레온이 가진 힘이 전부 그렇다. 무언가를 상실해야만 힘을 얻을 수 있다.

그래서— 모든 것을 버렸다.

가증스러운 자신은 이제 없다. 모든 것을 잃어버렸기에.

나약한 자신은 이제 없다. 사랑을 버리고 왔기에.

지금, 레온 크로스하트는 몸과 마음 모두 완벽한 상태였다.

"오케이, 오케이. 몸 풀기는 끝이야. 그런 것까지 보여줬으니 팔짱끼고 지켜볼 수만은 없겠구만."

그가 강철 검을 쥔 오른손에 힘을 주면서.

"그나저나~ 오랜만이지? 우리가 일 대 일로 맞붙는 거. 그렇게 생각하니 왠지 감회가 새롭네. ……뭐, 그건 제쳐두고."

그가 가벼운 투로 말하고서 온화하게 웃었다.

"1,288전 1,288승 무패. 이 기록, 이번에도 지키고…… 말겠어!"

그가 발을 앞으로 내디뎠다.

무시무시한 힘이 대지를 할퀴자 무수히 많은 흙덩어리가 하늘로 치솟았다.

그것들이 떨어지기 시작할 즈음에 라인하르트는 이미 레온의 코 앞까지 접근하여—.

날카로운 일격을 가했다.

예전이었다면 레온은 사나운 궤적을 그리며 쇄도하는 그 칼날을 피하지 못했으리라.

왼쪽 의족은 강무술식을 전개해야 되는 사정상 무겁게 만들어졌기에 마음대로 움직이기 어려웠다. 그러므로 왼쪽 다리를 질질 끌며 걷는 게 고작이며, 달릴 수는 없었다. 그렇기에 적극적인 근접

전투는 피해왔다.

그러나 현재는. 오른쪽 다리마저 절단하여 강철 의족으로 교체했기에 사정이 달라졌다.

여태껏 의족 하나가 감당해왔던 역할을 두 다리가 분담함으로써 레온은 옛날의 그 경쾌한 몸놀림을 되찾았다.

매끄러운 사이드 스텝. 종이 한 장 차이로 옆으로 뛰어 칼날을 회피했다.

“하핫! 다리를 잘라낸 보람이 있네, 짝지!”

라인하르트는 공격이 빗나갔는데도 여유를 잃지 않았다.

그런 그의 반응에 호응하듯이.

방금 전에 발을 내디뎠을 때 하늘로 치솟았던 흙덩어리들이 허공에서 무수한 칼날로 변화했다.

이미 포석을 깔아뒀던 것이다.

“네가 착지하는 순간을 노린다면 과연 어떻게 될까?”

칼날들이 요란하게 윙윙거리며 레온을 향해 쇄도했다.

시야를 가득 메우는 저 칼날들은 레온이 착지하는 순간을 노리고 있다. 다음 행동으로 넘어가기 전에 한순간 멈칫하는 이 타이밍. 보통 사람이었다면 당연히 고슴도치 신세를 면치 못했겠지만.

“분사기구(부스터) · 발동(온).”

눈 깜빡할 새에 삶과 죽음이 갈리는 그 상황에서.

레온의 목소리에 온몸이 호응했다.

두 다리의 장갑이 일부 전개됐다. 뒤이어 등에서 관 모양의 기관이 무수히 뻗어져 코트를 뚫고 들어갔다. 그리고 닥쳐오는 칼날 끝이 그의 살에 닿은 순간.

“—가속(액셀).”

관에서 초고열이 분사되어 레온의 온몸을 바로 옆으로 옮겼다.

칼날 떼가 표적을 잃고서 아무런 성과도 거두지 못했다.

땅에 꽂힌 칼날들이 흙덩어리로 변한 뒤 대지의 일부로 되돌아갔다.

“……하핫. 짝지, 진짜? **거기까지 한 거냐**?”

라인하르트가 약간의 놀라움과 강렬한 희열을 드러내며 웃었다.

“설마 날 위해서 몸속까지 개조했을 줄이야.”

보라색 눈동자가 스윽 가늘어졌다. 레온의 피부와 살을 꿰뚫어보며 내용물을 점검하듯.

“흠흠. 그래, 그랬어. 심장과 최소한의 뼈만 남기고서 전부 교체했구나. 남겨놓은 뼈도 손을 봤고 말이야. 그 관처럼 생긴 게 가장 큰 증거야.”

천사가 입꼬리를 올리면서 시인이 어떤 조치를 취했는지 간파해냈다.

“그리고…… 장 전부를 뽑아내고서 《성원》 공급 기관을 통째로 갈아끼웠네. 네가 《성원》을 소모할 때마다 그곳에서 온몸으로 양분을 보내게끔 되어있군. 구체적으로 말하자면…… **인간의 혈육을 가공하여 만든 약액**. 짝지, 그렇지?”

숨길 필요도 없었다. 레온은 고개를 끄덕여보였다.

“뭐, 그게 효율이 제일 좋긴 하지. 하지만 말이야, 그런 걸 몸에 집어넣어도 괜찮겠어? 너, 그것만은 피해왔잖아.”

그의 말이 맞았다. 지금껏 레온은 단 한 번도 인간에게서 나온 물질을 투입한 적이 없었다. 인륜에서 벗어난 행동을 했다가 인간의 마음을 잃어버리지 않을까 우려해서였다. 그러나…… 이제는 그런 생각을 할 필요가 없었다.

왜냐하면.

"여기가 내 종착점이다. 더는 앞이 없다. 난 널 하늘로 보내고서……."

자신의 죄와 친구의 죄, 전부를 짊어지고서 지옥으로 떨어진다.

그러므로 레온은 버렸다. 인간으로서 사는 것을, 마물로서 존재하는 것을.

이미 그의 육체는 《마물》조차 아니었다. 인간형 결전병기라 부르는 게 더 어울리는 모습이었다.

"끝내주마. 모든 걸."

레온이 비장한 결의를 무미건조하게 내뱉고서…… 이번에는 먼저 공격을 가했다.

일직선으로 치고 들어갔다. 라인하르트가 맞아들이듯 미소를 지었다.

"정공법을 싫어하진 않지만…… 애석하게도 심술을 부리고 싶어지네."

갑자기 라인하르트를 에워싸듯 무수히 많은 얼음 기둥들이 출현했다. 대기에 함유된 수분을 얼려서 만들어냈겠지. 이내 그것들이 레온의 몸을 뚫어버릴 기세로 날아들었다.

그야말로 격렬한 속도였다. 레온이 돌진하는 속도까지 고려하면 아마도 체감 속도는 실제보다 훨씬 더 빠를 터인데…….

"—느려."

눈에 비치는 모든 것들이 너무나도 느리게 느껴졌다.

레온의 몸에서 개조되지 않은 부분은 한 군데도 없었다.

그것은 두 눈도 마찬가지.

지금 레온은 반사신경을 가속했기에 시야 안에 움직이는 모든 것들이 느리게 보였다.

거기에다가 온몸에서 튀어나온 관 모양의 기관, 가속 장치를 이용한다면.

레온 크로스하트는 모든 것을 따돌릴 수 있다.

"……진짜?"

그때, 라인하르트의 입에서 처음으로 위기감이 감도는 목소리가 나왔다.

공격이 닿지 않았다. 360도, 전 방위에서 온갖 물체를 날려봤으나 번번이 빗나가버려 아무런 성과도 거두지 못했다.

그리고, 레온은 드디어.

"……잡았다."

라인하르트의 코앞까지 접근했다.

"하핫."

그 웃음은 과연 여유의 증거인가? 혹은 두려움의 발로인가?

레온이 오른쪽 주먹을 쥐자 라인하르트가 힘껏 뒤로 도약했다. 그렇게 위기에서 벗어나려고 했으나…….

"가속(액셀)."

멀어지려고 한다면 다시 따라잡을 뿐.

열 분사를 이용한 초고속 이동으로 그 목적을 순식간에 달성했다.

아까 전 공격을 앙갚음하듯 상대가 착지하는 순간을 제대로 노려서—.

"윽!"

일격을 날렸다. 단순한 타격일지라도 강철 오른팔로 가하는 그 공격에는 모든 것을 파괴하는 힘이 숨겨져 있었다. 라인하르트의 육체도 예외는 아니었다.

주먹이 몸통에 꽂히더니, 그대로 피부와 살을 꿰뚫어 그의 몸을 두 동강 내버렸다.

어지간한 괴물일지라도 이 시점에 결판이 나는 게 보통이겠지. 그러나 상대는《마왕》이다. 분리된 각 몸통에서 촉수 같은 것이 나와 원래 형태로 되돌아가려고 시도했다.

그러나 이 역시 예상한 바였다.

"강무술식 · **이중전개**."

레온의 개조된 뇌는 술식을 기동하기 위한 연산장치로 변했다.

그러므로 집중을 할 필요가 없을뿐더러, 무영창으로 술식을 전개할 수가 있다.

제일마장 : 청렴한 순교자(올포원)의 신위.

레온이 가진 최강의 비기. 그리고, 이중전개.

두 팔과 두 다리가 꿈틀거리며 결합되더니 거포 두 문이 형성됐다.

그리고—.

"이야, 가차 없구만."

—전력발사(풀 블래스트).

라인하르트는 재생만 하기도 벅찬 상태였다.

그러므로 이 영거리 일격은 피할 수 없는 필살기다.

그의 온몸이 황금색 빛에 집어삼켜지고, 한 점도 남기지 않고 사라져버렸다.

"……."

결판이 난 것 같은 분위기가, 아주 잠깐 흘렀다.

"우와~, 위험했다, 위험했어."

바로 뒤에서 라인하르트의 목소리가 들렸다. 그가 건재한 모습으로 레온에게 미소를 보냈다.

온몸이 소실됐는데도 부활하는 엄청난 불사성.

그러나 레온의 마음은 조금도 흔들리지 않았다.

"이 정도로는 죽일 수 없어."

"그럼 죽을 때까지 죽일 뿐이다."

선언한 대로 공격, 공격, 마구 공격한다.

"강무술식 · **동시전개.**"

왼팔로 제삼마장을 발동했다. 칼날의 집적체를 내보내서 교란했다. 그리하여 생긴 틈을 노리듯 오른팔 제사마장…… 맹독을 머금은 창으로 천사(라인하르트)의 가슴을 찔렀다.

"으겍?! 아, 야, 야…… 야! 독은 반칙이지! 쓸데없이 아프기만 하고 효과는 없잖아! 악취미야, 악취미!"

초고열 같은 단순명쾌한 공격도 먹히지 않았고, 독 같은 교활한 수단도 통하지 않았다.

이 얼마나 강한 불사성인가. 게다가 라인하르트의 전력은 떨어질 줄 몰랐다. 주변에 물질이 존재하는 한 이능력을 계속 발휘할 수 있었다.

반면, 레온에게는 이제 시간이 남아있지 않았다.

'……시작됐나. 육체, 붕괴가.'

코트에 가려진 그의 복부 중 일부가 녹아내리기 시작했다.

그가 휘두르는 힘은 시인(구울)의 육체가 감당할 수 있는 범위를 훨씬 넘어섰다.

엄청난 힘를 사용했으니 그에 상응하는 부하가 발생하는 게 당연했다. 예전 수준이었다면 딱히 문제될 게 없었을 테지만…… 현재 이 힘은 한계를 넘었다.

'이제 육체는 10분도 버티지 못하겠지. 하지만, 여기까지 왔으니…….'

계획은 순조롭게 진행되고 있다.

격렬하게 공격을 퍼부었다. 2번가 한가운데를 이동하며 전투 행위를 이어나갔다.

이 일전을 개막한 저택 앞에서 이미 상당히 떨어진 지점까지 왔다.

'이제, 이 도로를 빠져나가기만 하면……!'

수많은 주택들이 밀집한 좁은 에어리어에 도달한다.

그곳으로 유도하는 것이 계획의 최종목표. 즉—.

결판의 순간이 다가오고 있다.

그 에어리어에 발을 내디딘 순간, **그들**이 임무를 수행하고자 움직였다.

실력이 뛰어난 성당기사 24명. 교회의 명령으로 파견된 그들의 실력은 모두가 용사급이었다.

그들은 레온이 이곳에 도달하기 전부터 주택 내부, 혹은 골목 안에 숨어서 명상과 사전 영창을 거듭하며 정신을 갈고닦고 있었다.

—전부 이 순간을 위해서.

"주님의 원적을 장작에 매달아라."

주택 실내에서. 골목 가운데에서.

24명이 거의 동시에 동일한 영창을 개시했다.

그 직후, 라인하르트의 주변에 그들과 같은 숫자의 기하학 무늬가 출현했다.

"오호……."

그가 반응을 보이긴 했지만, 대처하지 못했다.

여러 기하학 무늬에서 사슬들이 튀어나와 그의 온몸을 순식간에 구속했다.

이것은 교회가 숨기고 독점해온 특별한 《신비》 중 하나. 강대한 《마물》을 생포하기 위해서 고안한 이 기술은 구속력만을 본다면 타의 추종을 불허한다.

그런 기술을 스물네 명이 한꺼번에 구사했으니 제아무리 라인하르트일지라도.

"……이거 굉장한데에."

손가락 하나도 움직일 수 없으리라. 그리고 레온이 그 모습을 쳐다보면서 발을 내디뎠다.

목적은— 자폭.

레온은 대지를 박차며 자신의 옆구리를 의식했다.

그곳에는 에밀리아가 직접 만든 폭탄이 심어져 있다. 거기에 《성원》을 흘려서 기폭하면 아마도 라인하르트의 불사성을 깨부수고서 그를 죽음으로 이끌 것이다.

앞으로 세 걸음만 더 가면 폭탄의 효과 범위 안에 들어간다.

기폭하면 당연히 레온도 죽음에 이르겠지만…… 공포는 조금도 느껴지지 않았다.

자포자기의 심정만이 가슴속을 지배했다.

앞으로 두 걸음. 레온은 막힘없는 발걸음으로 종착점으로 향했다.

앞으로 한 걸음. 온갖 상념이 사라지고 기폭해야 한다는 의식만이 남았다.

그리고— 유효 범위 안에 도달했다.

온 신경을 옆구리에 집중하고서 《성원》을 흘—.

"……으……니."

리려는 순간.

느닷없이 머릿속에서 울린 그 소리가 레온의 행동을 방해했다.

시간으로 따지면 영점 몇 초도 되지 않는 짧은 시간이었다. 한순간의 틈이었다.

일상생활에서는 인지조차 할 수 없는 찰나의 시간이지만.

이 중대한 국면에서는 그야말로 치명적인 공백이었다.

"예상 밖이었어."

무한히 늘려진 길고 긴 한순간 속에서.

라인하르트를 결박했던 스물네 가닥의 사슬이 튕기듯 끊어졌다.

놀랄 새도 없이 잇달아 새로운 전개가 닥쳐왔다.

옆구리에서 위화감이 들었다. 어떤 예리한 물체가 그것을 도려내 버렸다.

하얀 날개였다. 그의 등에서 뻗어 나온 세 쌍의 날개 중 하나가 레온의 옆구리를 파고들었다.

그 사실은 인식했을 즈음에는 이미 모든 것이 허사가 되고 말았다.

순백의 섬광이 시야를 가득 메웠다.

정신을 차려보니 레온은 땅바닥에 쓰러져 있었다. 기억이 없었다. 세 쌍의 날개가 퍼덕이듯 움직였던 순간만이 뇌리에 새겨져 있었다.

영문도 모른 채 레온은 죽기 직전까지 내몰렸고—.

주변 일대가 통째로 소실됐다.

성도 한복판에 아무것도 없는 널찍한 공간이 만들어졌다. 그곳에는 오직 땅밖에 없었다. 그 위에 서있던 것들은 이미 이 세상 어디에도 없었다. …… 두 사람을 제외하고서.

"날 도시 안으로 들인 시점에 너희들의 책략은 이미 끝났던 거야."

라인하르트가 발치에 쓰러진 시인의 모습을 보면서 단언했다.

이러한 시가전이 벌어졌을 때, 교회가 취할 수단은 단 하나라고.

"그 녀석들 입장에서 시가지에서 제대로 운용할 수 있는 최강 전력이 너 말고 또 누가 있겠냐. 그러니 필연적으로 토벌 작전의 중심은 네가 되는 거지. 그래서 예측하기 참 간단해져. 어떤 과정을 밟아서 어떤 결과를 이끌어낼 것인가. 그걸 간파해내는 건 일도 아니지."

실제로 이렇게 됐다. 이 계획은 마지막 순간에 실수를 범해 실패로 끝났다.

이제 라인하르트의 흉악한 행동을 막을 자는 아무도 없었다.

'어째서, 이런 일이.'

자문을 해봤지만 답이 나오지 않았다.

그때, 어째서 망설이고 말았는가.

두려움은 없었다. 가슴속에는 목숨을 던지자는 각오뿐이었다.

그런데, 어째서.

……그 행동은 라인하르트의 눈에도 의외로 비쳤던 모양이었다.

"네 자폭을 막아낼 수 있는 타이밍이 정말 아슬아슬하겠다고 짐작하긴 했다만…… 설마 최후의 순간에 망설일 줄이야."

라인하르트가 입술을 기묘하게 일그러뜨리며 웃었다. 그 안에는 비웃음도 담겨있었다.

"뭐, 납득이 안 가는 건 아냐. 요 4년 동안에 네 마음에는 친구를 구한다는 사명감뿐만 아니라 자기혐오도 켜켜이 쌓였겠지. 그게 마지막 순간에 마음을 지배했던 거야. 자신 같은 배신자가 친구를 죽여도 될까, 하고 말이지."

그럴지도 모르겠다.

라인하르트가 저렇게 된 건 전부 내 탓이었다. 그렇기에 내가 녀석을 죽여서 구제해야만 한다고 생각하는 한편…… 설령 죽이는 것만이 유일한 구제일지라도, 그 역시 죄가 아닌가? 라는 생각도 있었다.

"사명과 권리는 별개야. 짝지, 그렇지?"

라인하르트를 죽이고서 그 명예를 지키는 것은 나에게 부여된 사명이었다. 그러나…… 이 사태를 초래한 원흉인 나에게 그를 죽일 권리가 있는가?

그 자문자답에 종지부를 찍지 못한 채 오늘에 이르고 말았다.

분명 그것이 이번 실패로 이어졌겠지.

"넌 말이야, 결국 용서받고 싶었던 것뿐이야. 내 영혼을 구제해서 네 죄를 청산하고 싶었어. 그게 네 본심이야."

말이 쌓여나갔다. 그럴 때마다 라인하르트의 얼굴에서 정념의 기색이 빠져나갔다.

"날 지키지 못했다는 후회가 숭고한 사명으로 바뀐 게 아냐. 넌 그저 줄곧 바랐을 뿐이야. 내 용서를 말이야."

그가 차가운 시선으로 옛 사제를 내려다봤다.

그리고 말을 내뱉었다.

"넌 이기적이야. 자신밖에 모르지. 날 죽이기로 결심했던 것도 속죄를 위해서가 아니라 그저 자기위로에 불과했어. 구제하려는 의지 따윈 하나도 없었다고."

라인하르트의 손에서 한 자루의 검이 생성됐다. 그러나 아직 휘두르지는 않았다.

먼저 휘둘러진 것은 말의 칼날이었다.

"너 같은 놈을 동생처럼 여기다니. 지금은 창피해서 미치겠다."

이미 레온은 손가락 하나조차 움직일 수 없었다.

용서받을 자격은 없다. 용서를 구할 자격도, 없다.

그날, 두 사람을 지켜내지 못한 시점에서 나는 모든 권리를 잃은 거겠지.

남은 것은 단 하나.

옛 친구가 휘두르는 칼날을 받고서 그의 응어리라도 풀어주자. 그저 그뿐이었다.

"자아, 짝지."

레온은 눈을 감고서…… 앞으로 벌어질 모든 일을 받아들이려고 했다.

머리 위의 공기가 희미하게 흔들리는 소리가 들렸다. 라인하르트가 검을 들었겠지.

분명 그다음에는 이제.

「어쩔 수 없는 녀석이라니까, 넌.」

「손이 많이 가는 아이일수록 오히려 귀여운 법이야.」

죽음을 받아들이려는 순간, 머릿속에서 영상이 재생됐다.

이게 바로 주마등이겠지.

최후의 최후까지 신은 나를 괴롭히는가.

「딱 한 번만 말한다. ……고마워. 짝지.」

「후후. 이렇게 부끄러워하는 라이나를 본 게 얼마만일까.」

행복했다. 두 사람과 지냈던 거의 모든 시간이 행복한 추억이었다.

……나는 그 행복을 부쉈다.

추억은 언제나 고통만을 안겨줬다.

그래서 죽을 때는 적어도 한 점의 후회도 없이 허무와 함께 떠나고 싶었다.

그러나 신은 그 응석조차 허락해주지 않았다.

「외부인이 뭐라고 말하든 그게 무슨 상관이겠어.」

「맞아, 레온. 넌 시인(구울)이기 전에 우리의 가족(패밀리)이니까.」

그만해다오.

이제 그만.

어서.

어서, 죽여줘—.

"스……응……니임."

—목소리가.

머릿속에서 누군가의 목소리가 울렸다.

제대로 들리지 않는 작디작은 그 소리가 서서히 커져갔다.

이윽고 그 소리가 사랑하는 두 사람과의 기억을 지워내더니.

죽고 싶다는 갈망조차도 날려버리려고 했다.

과연, 그 목소리는.

"스승님!"

앨리스. 앨리스 캠벨.

그녀의 목소리가. 그녀의 웃음이.

전부 버린 줄 알았던 생각이.

과거를 덧칠해나갔다.

「전, 당신한테—.」

「네 개인사는 아무런 흥미도 없어.」

처음에는 그저 민폐일 뿐이었다. 내 곁에서 당장 떠나주길 바랐다.

그러나…….

「……더러워져.」

「상관없습니다.」

이 여자애는 다른 인간과는 너무나도 달랐다.

마치 어둠 속에 새어든 한 줄기 광명인 듯했다.

그렇기에 나는 그녀를 내쳐야만 했다.

앨리스라는 이름의 구원에 매달릴 만한 권리 따윈 나에게 없었다.

헤어지는 게 서로를 위한 길이라고 여겼다.

……상대의 감정 따윈 고려하지 않고.

「날, 버리지 마……!」

그녀 역시 어떤 의미에서 내가 범했던 죄, 그 자체였다.

앨리스에게 나는 구원자이자 엄마를 빼앗은 원수이기도 했다.

그때 오히려 엄마와 함께 하늘로 보내줬더라면 훨씬 행복했을지도 모른다.

그런 부채감도 있어서 나는 앨리스를 받아들였다.

그녀의 엄마를 대신하여 그 여자애를 누구보다도 행복하게 만들어주는 게 나름의 속죄라고.

나는 그런 핑계에 몸을 맡기고 말았다.

자신이 나약하다는 사실을 받아들인 후의 생활은 실로 평온했다.

이 시인에게 오랜만에 찾아온 평온.

……아아, 그렇구나. 그래서, 난.

자각함과 동시에 목소리가 넘쳐흘렀다.
「저, 저 사람은 괴물이, 아냐!」
「헤어지지 않아요. 절대로.」
「……이번에도 전 스승님의 짐이 되고 말았네요.」
「제, 제가 당신의 마음을 치유할 수 있는 존재가 됐으면 좋겠어요.」
머릿속이 온통 앨리스로 가득 찼다.
—그 순간.

"죽고 싶지, 않아."

불현듯 새어나온 그 말은 틀림없이.
이 어리석은 시인이 끝내 깨닫지 못했던 진실.
방금 전, 자폭이 실패했던 이유.
—다 버리고 온 게 아니었다.
—도저히 버릴 수가 없었다.
앨리스를 위하는 마음을. 앨리스를 향한 집착을. 앨리스를 향한 애정을.
그래서 실패했다. 사형을 구제하지(죽이지) 못했다.
앨리스 캠벨이라는 희망이 남았기에.
지금도, 아직.
"싫, 어…… 죽고 싶지 않아…… 죽고 싶지, 않아……."
꼴사납고 한심스럽게도 목숨을 구걸했다.
조금도 수치스럽지 않았다. 자기혐오 따윈 조금도 느껴지지 않았다.

그만큼 내 안에서 그녀의 존재가 이토록 커졌다는 말인가.

……나는 늘 꿈에서 깨고 말았다고 생각했다.

두 번 다시 꿈을 꿀 일은 없을 거라고 체념했다.

그러나, 아니었다.

어느샌가, 모르는 사이에 나는 꿈을 꾸고 있었다.

앨리스라는 미련(꿈)을 보고 있었다.

"아직, 난……!"

그 소녀의 옆에 있고 싶다.

그 소녀의 성장을 보고 싶다.

그 소녀가 이뤄내는 모습을 보고 싶다.

그 소녀의 웃음을, 보고 싶다.

설령 그것이 용납할 수 없는 바람일지라도, 세상의 지탄 따윈 상관없다.

나는, 앨리스를.

앨리스를…….

"좋아, 짝지. 굉장히 좋아."

라인하르트의 목소리에 잔학한 기색이 가득해졌다.

"이대로 죽여서 끝장을 내는 건 시시하다고 생각하던 차였어. 근데…… 이 고비에서 넌 내 욕구를 이뤄줬어. 고맙다. 정말로 고마워."

라인하르트가 입술에도 처절한 정념을 깃들이며 말했다.

"줄곧 망상해왔거든. ―목숨을 구걸하는 널 죽이는 순간을!"

칼날이 엄습해온다.

죽음이 다가온다.

이제 저항할 수단은 나에게 없다.

그러나— 바로 그때.

“스으으으으스으응니이이이이이이이이이이이임!”

나를 부르는 소리.

이 목소리는 환청이 아니었다.

이 목소리는 틀림없이.

“……앨리스.”

그녀의 외침에 호응하듯 이내 날카로운 소리가 귓불을 때렸다.

그 정체는 일직선으로 날아드는 순백의 화살이었다.

화살은 마치 공기가 비명을 지르는 듯 질주하여 아슬아슬한 순간에 라인하르트의 오른손을 관통했다.

그가 꽉 쥐고서 휘두르려고 했던 검이 엉뚱한 방향으로 날아갔다.

“……야. 방해하지 마.”

천사(라인하르트)의 입에서 분노가 새어나왔다. 그러나 시인을 말살하려는 순간을 방해해서가 아니었다.

그의 시선을 쫓듯 레온도 그쪽으로 눈길을 돌리자…….

라인하르트가 왜 격정을 품었는지 깨달았다.

이쪽으로 맹진하는 저 작은 물체는 아마 앨리스겠지.

단언하지 못한 이유는 그녀가 지금 **진홍색 갑옷**을 입어서였다.

저것은 틀림없다.

일찍이 스승님(크레아)이 착용했던 전용 장비.

그녀가 죽은 뒤 레온이 자신에게는 손을 댈 자격이 없다고 판단하여— **에밀리아**에게 맡겼던 물건이다.

"쓰레기 같은 녀석이……! 저걸, 감히……!"

접근. 접근. 접근.

앨리스가 순백의 활을 쌍검으로 변환하고서 접근해왔다.

그리고 그녀의 공격 범위 안으로 라인하르트가 들어간 순간.

"스승님의 유품을! 멋대로 사용하지 마라아아아아아아아아아아아아!"

그가 분노를 폭발하며 살상 행위에 나섰다. 아주 난폭한 참격을 날렸다. 재생된 오른손뿐만 아니라 왼손으로도 은색 검을 쥐고서, 다가오는 앨리스에게 휘둘렀다.

거친 공격이었지만, 신참 모험가가 피할 수 있을 리 없었다.

선대 《구세》의 용사가 애용했던 장비를 착용했더라도…… 아니, 착용했기에 잔혹한 말로에 이르는 운명을 뒤집을 수 없을 터였다.

그러나, 그때.

"이! 바로 멍청이이이이이이이이이이이이이이이이이이이!"

앨리스가 부르짖었다.

그 순간, 그녀의 온몸이 격렬하게 가속하면서 약동했다.

누가 봐도 예상 외의 상황이었다.

앨리스는 그렇게 닥쳐오는 흉악한 칼날을 가볍게 피하고서—.

답례를 하듯 라인하르트의 두 팔을 잘라냈다.

"쳇……!"

그가 진심으로 짜증을 냈다. 진심으로 화를 냈다.

그러나 앨리스는 응하지 않고 그의 옆을 통과했다.

"스승님!"

만신창이가 된 시인을 끌어안더니 기세를 늦추지 않고 질주했다.

그 압도적인 속도 앞에서 라인하르트는 아무것도 할 수 없었다.

"저 녀석, 반드시 죽인다."

그가 사라져가는 뒷모습을 노려봤다. 보라색 눈동자에 칼날 같은 예리함을 숨기면서.

그러나 입가에는 웃음이 번져있었다. 짐승이 어금니를 드러낸 것인가. 아니면—.

내면에 남아있는 **잔재**가 안도감을 드러낸 것인가.

◇◆◇

앨리스가 질주하여 도착한 곳은 에밀리아의 공방이었다.

그러나 주인은 어디에도 없었다. 앨리스는 그곳으로 스승을 옮긴 뒤 침대에 내려놨다.

"으, 큭……."

그녀가 한쪽 무릎을 꿇고서 신음했다. 그와 동시에 온몸을 덮고 있던 붉은 갑옷이 입자 형태로 사라지더니…… 왼쪽 손목을 휘감은 브레이슬릿으로 바뀌었다.

"허억……허억…… 읏!"

그녀가 각혈하고서 콜록거렸다. 레온은 그런 그녀를 보면서 아픔과…… 기묘한 온기를 느끼며 망설이다가 입을 열었다.

"너도, 꽤나 무모한 짓을 벌이는군."

전용 장비라는 명칭은 괜히 붙여진 게 아니다.

특히 크레아의 장비는 강인한 육체를 지닌 그녀이기에 다룰 수 있었으니…….

일반인은 부하를 감당하지 못하고 한 발자국도 떼지 못한다.

하지만 앨리스는 그 장비를 이토록 훌륭히 사용해 보였다.

그러나…… 칭찬해주고 싶다는 마음보다는 무모한 행위에서 비롯된 복잡한 감정이 더 앞섰다.

그 역시 모두 자신의 탓이라고 생각하니 그녀를 도저히 나무랄 수가 없었다.

그 대신, 시인은 물음을 던졌다. 자초지종을 듣기 위해서.

"……그 브레이슬릿은, 에밀리아에게 받았나?"

앨리스는 아직도 고통에 허덕이느라 스승의 물음에 고개만 끄덕였다.

그 모습을 보고 걱정하면서 레온은 생각했다.

'에밀리아의 마음을, 잘못 읽었던가.'

'그녀는 내 뜻을 헤아려 앨리스를 살려주리라 그리 생각했다.'

'하지만…… 에밀리아는 이 여자애한테 자신을 투영했나 보군.'

'앨리스에게 스승님의 브레이슬릿을 넘겨준 이유는 하다못해 함께 죽게 해주겠다는 배려였던가.'

'혹은 이 여자애라면 다른 미래를 보여주지 않을까 기대한 건가.'

레온이 한창 생각에 잠겨 있을 때였다.

"후우우우우우……."

앨리스가 한 번 크게 심호흡을 하고서 일어섰다. 그러고는 공방 안을 비틀거리며 나아가 구석에 놓인 상자에서 가죽 자루를 꺼냈다. 그것은 레온이 《성원》을 보급할 때 쓰는 장비품이었다. 앨리스는 그것을 들고서 스승 곁으로 갔다.

"……꽂을게요."

가죽 자루 끝에 달린 바늘을 레온의 혈관에 삽입했다.

그 직후에 약간이나마 시인의 몸속에 《성원》이 채워지고…… 재생 능력이 발동됐다.

상처가 서서히 나아갔다. 그리고 스승이 완치되길 지켜본 뒤에 앨리스는 땅바닥에 쓰러졌다.

"으……!"

레온이 황급히 상체를 일으켜 침대에서 뛰어내린 뒤 그녀의 몸을 받쳐줬다.

그러자—.

"스승님. 동족포식의 마을에서 했던 맹세를 기억하시나요?"

앨리스가 질문을 던지자 레온이 대답했다.

"언젠가, 날 지킬 수 있는 사람이 되겠다고 했지."

"예. 조금 치사한 것도 같지만…… 그 맹세를 지켰어요, 스승님."

레온의 팔 안에서 앨리스가 미소를 보냈다.

실컷 칭찬해주고 싶었다.

"앨리스, 넌 대단한 녀석이다. 자랑스러운 제자야."

"에헤헤헤헤……."

머리를 쓰다듬어주자 부끄럽게 웃는 소녀의 모습이 몹시도 사랑스러웠다.

그렇기에 레온은 이제.

"우린 도무지 떨어질 수가 없구나."

레온에게 안긴 채로 앨리스가 고개를 살짝 끄덕였다.

"당신은 여기서 이렇게 말했죠. 우리의 이야기를 끝내자고요. ……틀렸어요, 스승님. 그 말은 틀렸어요. 왜냐면 우린 이제부터 시작이잖아요?"

미소 속에 애절함이 깃들었다. 앨리스는 시인의 붉은 눈동자를 물끄러미 쳐다보며 말을 이었다.

"더 성장한 제 모습을 봐줬으면 좋겠어요. 더 밝아진 스승님의 모습을 보여줬으면 좋겠어요. 제게는 아직 스승님과 함께 이루고 싶은 꿈이 있어요. 그러니…… 이제부터가 시작이잖아요? 저와 스승님의 이야기는."

레온은 이 말을 부정하지 않았다.

지금은 그도 전적으로 같은 생각을 품고 있으니까.

"모든 걸 버리고서 약속을 완수하려고 했다. 하지만…… 너만은 도저히."

그가 얼버무리긴 했지만, 자신의 말에 긍정해주자 앨리스는 활짝 웃었다.

"설령 버림을 받을지라도 전 이제 절대로 떨어지지 않을 거예요, 스승님."

레온은 마지막까지 곁에 있겠다는 그 의지를 받아들였다.

그런 마음에서.

"……라이나를 토벌하겠다. 너와 함께."

스승이 결론을 도출해내자 앨리스는 긍정하면서도…… 의문이 담긴 눈빛으로 쳐다봤다.

도망쳐서는 안 되는 거냐고.

그러나 레온은 고개를 가로저었다.

"우리에게는 세 가지 선택지가 있다. 첫 번째는 피난소로 달려가는 것. 두 번째는 성도에서 탈출하는 것. 그리고 마지막으로 라이나를 토벌하는 것. ……왜 세 번째를 택했는지 차근차근 설명하도록 하마."

레온은 앨리스의 눈을 똑바로 바라보며, 말을 이었다.

"우선 대피소로 달려갔을 때 어떻게 되는지 설명하지. 이 경우에는 성도 지하 셸터로 이동하여 사태가 수습되길 기도한다. 결론부터 말하자면, 이건 악수다. 라이나를 토벌하지 않고 방치하면 언젠가 그 녀석은 지하로 쳐들어오겠지. 그럼 우린 거기서 녀석과 싸워야만 한다."

상황을 상상하자마자 앨리스의 머릿속에도 레온이 생각한 것과 동일한 단어가 떠올랐다.

……패배. 두 사람의 머리에는 그 두 글자밖에 없었다.

"만약 지하에서 교전을 벌인다면 우리에게는 승산이 없다. 공황에 빠진 민중에 이리저리 치이다 어이없이 전사하겠지. 그 이외의 결말은 없다고 단언할 수 있다."

이로써 선택지 하나가 지워졌다.

"성도에서 탈출하면 어떻게 되는지 설명하지. 이 역시 악수다. 탈출하는 데 성공하더라도. 라이나도 마찬가지로 우리를 쫓겠지. 성도를 멸망시킨 뒤, 그 녀석의 마음에는 우리를 향한 살의만 남게 된다. 그러므로 성도에서 도망친다면 교회와 라이나를 모두 상대해야 한다."

이로써 두 번째 선택지도 지워지고…… 단 하나만이 남았다.

"라이나를 토벌한다. 그렇게 하지 않는 한, 우리에게는 미래가 없다. 앞으로 나아가기 위해서는 과거를 매듭지을 필요가 있다. 나는 이 시련을 극복하는 것 말고는 행복해지는 길이 없다고 생각한다."

그가 대안이 있으면 듣고 싶다는 눈빛을 보냈으나…… 앨리스는 반론하지 않았다.

"구체적으로, 어떻게 하면 될까요?"

"말하기 전에 한 가지 물으마. ……너, 성검은 어쨌나?"

헤어질 때, 레온은 실신한 앨리스에게 떠넘기는 형태로 성검을 맡겼다.

그러나 현재 앨리스의 몸 어디에도 성검이 달려있지 않았다.

"으음, 그게 말이죠. 여기서 눈을 떠보니 쪽지가 하나 있더라고요."

"쪽지?"

"네. 에밀리아 씨가 제게 보내는 글이 적혀 있었어요. 요약하자면…… 이 브레이슬릿을 줄테니 그 녀석을 구하든 말든 마음대로 해라. 대신 성검은 자신이 맡아두겠다. 부디 저세상에서 그 녀석이랑 사이좋게 지냈으면 좋겠다……. 이런 느낌이었어요."

그렇군. 당연한 건가. 성검은 에밀리아에게 목숨보다도 소중한 **유품**이다. 그리고 그녀는 앨리스가 깨어나면 곧장 레온 곁으로 달려갈 게 불 보듯 뻔하다고 짐작했을 터. 그러한 전개 끝에 성검이 이 세계에서 사라지는 결말을 예측했으리라.

그러나…… 그 성검은 명확한 의지를 갖고 있다. 이 전투에 참전할 셈이었다면 에밀리아의 감정을 아랑곳하지 않고 앨리스와 함께 했을 것이다.

그러지 않았다는 것은 성검이 우리에게 가망이 없다고 판단했다는 의미인가? 아니면…….

"성검의 힘은 기대할 수가 없겠군."

"에밀리아 씨와 합류하여 돌려받는 방법도 있지 않나요?"

"그 전에 라이나가 우리 앞을 막아서겠지. 아마 그 녀석도 성검을 원하고 있을 거다. 에밀리아의 곁으로 가려고 하면 그 녀석과 반드시 충돌하게 된다."

승산을 높이기 위해 성검의 힘이 필수였건만…… 일이 이렇게 됐으니 어쩔 수 없다.

"이야기를 되돌리마. 라이나를 어떻게 토벌할 것인가. 그 구체적인 방안 말인데."

레온이 말을 마치자마자 공방 구석에 놓인 도구함을 뒤적였다.

그 안에는.

"……없으면 어떡하나 내심 불안했다만."

어떤 물건을 꺼내면서 안도의 한숨을 내뱉었다.

"에밀리아 씨는 이렇게 될 것을 예측했던 걸까요?"

"아니. 그건 아니겠지. 하지만…… 소망은 품었을지도 모르겠군."

자신들에게 남겨진 마지막 희망. 그것을 챙기면서.

레온은 앨리스를 바라보면서 말했다.

"……둘이서 함께 죽을 것인가 아니면 함께 살아남을 것인가. 이건 그런 선택이다."

레온이 눈빛으로 앨리스에게 물었다. 각오는 됐느냐고.

그리고 그녀가 미소를 지으며 고개를 끄덕였다.

"앞으로 나아가죠. 둘이서, 함께."

종막을 넘어서야만 맞이할 수 있는 미래. 혼자서는 이를 수 없어도, 둘이라면 분명.

레온은 그런 희망을 눈동자에 담은 앨리스에게 짧게 말했다.

"그래. 그래야지."

그리고.

"……가자. 앨리스."

"예, 스승님."

공방을 나와 무구 판매 공간을 지나 밖으로 나갔다.

언 브레이커블. 결코 부서지지 않는 것.

일찍이 에밀리아가 이 가게에 붙인 그 이름의 유래는 이미 이 세상 어디에도 없다.

그러나, 그렇기에.

둘이서 나란히 걸어 나가면서 레온은 생각했다.

—이 소녀만은, 지켜 보이겠다고.

◇◆◇

"후우…… 어떻게 할지 고민이네."

천사(라인하르트)는 레온과 앨리스를 놓치고서 광분했다.

몸 안에서 끓어 넘치는 감정을 진정시키고자 닥치는 대로 성도를 파괴했다.

그렇게 냉정을 되찾은 뒤, 그는 잔해 더미 위에 앉아 사색에 잠겼다.

"그 녀석을 찾아내서 죽일까? 아니면~ 에밀리아를 먼저 찾아서 성검을 챙길까? 뭘 먼저 해야 하나~!"

레온의 허리에는 성검이 없었다. 그 꼬맹이도 마찬가지였다.

그렇다면 현재 성검은 에밀리아에게 넘어갔다고 생각하는 게 타당하겠지.

그것은 스승님의 유품이다. 그러므로 《마물》이 된 뒤에도…… 아니, 됐기에 집착이 생긴다.

"으~음, 역시 갖고 싶네. 그 녀석을 죽이는 것보다 먼저."

그러한 생각을 보강하듯 새로운 아이디어도 떠올랐다.

"에밀리아의 머리를 잘라서 보여주자. 그럼 그 녀석, 무지 괴로워하겠지."

방침을 정하자마자 라인하르트는 세 쌍의 하얀 날개를 전개하여 천공으로 날아올랐다.

아래에 펼쳐진 성도의 풍경은 그야말로 지옥도 그 자체였다.

구울이 된 민간인들이 타인을 습격했고, 성도의 민간인들은 차례차례 구울로 바뀌어갔다.

엄마가 자식을 먹어치우고, 남자가 울부짖으며 연인을 쏘고, 오누이가 사이좋게 인육을 탐한다.

라인하르트는 그 광경을 바라보며 웃음을 흘리다가—.

"어? 뭐야, 이거?"

보라색 눈동자에서 눈물이 흘러나왔다.

"이상하네. 딱히 풍압은 느껴지질 않는데—."

도중에 말허리를 끊어내듯 순백의 화살이 날아들었다.

세 쌍의 날개 중 하나가 뚫리면서 기능이 저하됐지만 금세 재생됐다.

라인하르트는 비행을 잠시 중단하고서 제자리에 머물렀다.

"열렬한 러브 콜이네. 이런 걸 받으면 예정을 바꾸고 싶어지잖아?"

라인하르트가 웃음 뒤에 살의를 품으면서 화살이 날아온 곳으로 날아갔다.

그리고.

대로 한복판에 나란히 있는 두 사람 옆에 착지했다.

사전에 청소를 했는지 이곳에는 지금 세 사람의 모습밖에 보이지 않았다.

즉—《구세(크레아)》의 제자들과 외부인 한 명.

먼저 라인하르트가 레온의 붉은 눈동자를 응시하며 말했다.

"흐응. 넌 더 어른스러운 여자가 취향인 줄 알았는데 꼬맹이도 허용범위인가 보군. 짝지, 그 녀석이 널 바꿨지?"

붉은 눈동자에 깃들었던 파멸 의지가 말끔히 사라졌다.

그 대신 정반대의 의지가 깃들었다.

과거를 매듭짓고 이 소녀와 함께 살아가겠다는 강한 의지가 깃들었다.

"짝지, 좋네. 그런 건 대환영이야. 그런 널 죽이고 싶어졌거든."

보라색 눈동자에 격렬한 살의가 깃들었다. 그러나 그 광경을 보고도 시인(레온)의 마음은 흔들리지 않았다.

그의 제자 역시 마찬가지였다.

"우리가 내버려둘 것 같아요……! 쓰러지는 쪽은 바로 당신이야!"

그녀가 외치자마자 왼쪽 손목에 둘러진 진홍색 브레이슬릿이 번쩍였다.

순식간에 붉은 갑옷이 앨리스의 온몸을 뒤덮었다.

"하아. 그거, 멋대로 쓰지 말라고…… 했잖아아아아!"

감정의 대분화. 천사가 얼굴을 새빨갛게 물들임과 동시에 전투의 막이 올랐다.

앨리스가 앞으로 나서고 레온은 후퇴했다. 그 맞은편에서 라인하르트는 선제공격을 가했다.

"꺼져라, 이 바보들아!"

노성을 내지르며 세 쌍의 하얀 날개를 퍼덕여 순백의 깃털을 흩뿌렸다.

그것들이 앨리스 바로 옆으로 다가왔을 때.

새하얀 섬광을 동반한 초고열이 발생했다.

레온이 자폭 계획을 결행했을 때, 24명의 성당기사가 주변 구역과 함께 통째로 날아가버렸던 이유가 바로 이것이었나. 무수히 흩뿌려진 깃털을 강력한 폭발물로 변환하여…… 기폭한다. 이렇게 하면 광범위 섬멸이 가능할 뿐만 아니라 개인에게 화력을 집중시킬 수도 있다.

이번에 라인하르트가 취한 행동은 후자였다.

폭발 범위는 좁지만, 대신에 화력을 밀집했기에 살상력이 대단히 높다.

그 열에너지는 대부분의 물체를 먼지 하나 남기지 않고 없앴을 수 있을 만큼 초월적이었다.

그러나 현재 앨리스가 두른 갑옷은 크레아 레드하트가 애용하고, 그녀만이 다룰 수 있던 전용 장비였다.

범상치 않은 갑옷의 방어력이 압도적인 초고열마저도 완전히 막아냈다.

모락모락 피어오르는 흙 연기 속에서 한 쌍의 눈빛이 번뜩이더니…….

"으아아아아아아아아아아아아앗!"

앨리스 캠벨이 회색 장막을 가르면서 고함을 질렀다.

순백의 활을 쌍검으로 바꾼 뒤, 순식간에 자신의 공격거리로 들어갔다.

"으랴아아아아아아아아아아아아!"

기합과 함께 일섬을 날렸다. 그 속도가 엄청나서 라인하르트는 미처 반응하지 못했다.

그가 앨리스의 접근을 알아차렸을 즈음에는 이미 육체가 일곱 조각으로 나뉘고 말았다.

"쳇!"

라인하르트가 재생하면서 날개를 퍼덕여 공중으로 올라갔다. 그곳에서 일방적인 폭격을 퍼부으려고 했으나.

"받아아아아라아아아아아아아아아앗!"

그녀가 쌍검을 활로 바꾸고서 화살 세례를 가했다.

붉은 갑옷이 부여하는 초고속 운동을 이용하여 순식간에 화살을 50발 가까이 날려서—.

"끄윽……!"

천사(라인하르트)의 온몸을 벌집으로 만들어갔다.

그야말로 일방적인 전개였다. 라인하르트의 약점 중 하나는 신체 기능이 떨어진다는 것이다. 신체 기능 하나만 놓고 보면 카르나 빌리지에서 싸웠던 오우거보다도 떨어진다. 사물을 변환하고 몸을 재생하는 이능력이 워낙 강력하기에 그 부분이 커다란 결점처럼 비친다.

"으랴아아아아아아아아아아아아아앗!"

압도적인 대공세였다. 공격에 답례를 해줄 만한 틈이 전혀 없었다. 설령 틈을 찾아내더라도.

"아아, 젠장! 이 썩을 구울, 더럽게 싸우네!"

레온이 그가 반격하도록 용납하지 않았다.

앨리스를 후방에서 지원하는 형태로 라인하르트에게 총탄을 날렸다.

라인하르트의 육체는 그리 단단하지 않다. 평범한 인간보다 조금 단단한 수준이다.

그래서 총탄이 충분히 효력을 발휘했다.

앨리스가 맹공을 전개하고 레온이 그녀를 보조한다. 두 사람이 노리는 것은 단 하나.

"크……! 짝지, 《성원》 고갈이냐……! 네 꿍꿍이는!"

인간이든 《마물》이든 물리법칙의 한계를 초월한 현상을 일으키려면 반드시 《성원》이 필요하다. 이것이 다하면 힘이 얼마나 강대하든 아무 의미도 없다.

"레그테리아 타운 때와 똑같나……! 참 창의력이 떨어지는 녀석이야, 넌……!"

그러나 유효책이다. 라인하르트는 불사에 가까운 재생력을 갖고 있기에 그 어떤 공격으로도 치명상을 입힐 수가 없다. 그러나…… 그 능력 역시 무한히 이어지는 게 아니다.

《성원》이 다 떨어지면 그 불사성도 사라진다.

그리고 재생을 거듭할 때마다 《성원》이 소모되기에 이대로 공격을 계속 받는다면 언젠가 라인하르트는 재생 능력을 상실하리라.

—그렇다고 해도.

"그건 어디까지나 내가 먼저 나자빠졌을 때의 얘기지."

괴로워하던 라인하르트의 얼굴에 웃음기가 다시 돌아왔다.

바로 그 순간이었다.

"크, 으……."

갑옷을 입은 앨리스의 입에서 신음이 새어나오더니 동작이 멎었다.

활동 한계가 찾아온 것이다. 이번 전투가 개막된 이후로 그녀는 줄곧 무리를 해왔다. 맹공을 가하면서 부르짖었던 절규는 기합을 불어넣기 위해서가 아니었다. 온몸을 휘도는 격통을 참아내다가 무심코 나온 행동이었다.

"그 갑옷은 에밀리아가 오직 스승님을 위해서 만든 물건이야. 그러니 그 사람밖에 쓸 수가 없고…… 써서는 안 되는 거야."

천사가 하늘에서 앞으로 고꾸라진 앨리스를 쳐다보면서 날카롭게 웃었다.

“한창 얻어터지면서 줄곧 생각했지. 짝지와 널 동시에 괴롭히는 방법을!”

그가 아름다운 얼굴에 잔학한 기색을 띄우면서 하늘에서 땅으로 재빠르게 하강했다.

맹렬한 기세로 날아간 곳은 앨리스……가 아니라.

“이걸로 끝이다! 짝지!”

레온. 그를 먼저 죽이면 앨리스는 스승을 지키지 못했다며 격렬하게 후회하고 슬퍼하겠지. 그리고 레온 역시 괴로워하는 앨리스를 바라보면서 몸이 갈가리 찢기는 것 같은 마음의 고통과 함께 지옥으로 떨어지리라. 그것은 그들에게 최악의 베드엔딩이지만…….

라인하르트에게는 최고의 해피엔딩이었다.

“스승님!”

앨리스가 비통하게 외쳤다. 누가 들어도 그렇게 느끼겠지. 라인하르트도 예외는 아니었다. 그렇기에— 두 사람의 책략이 성사될 절호의 기회가 찾아왔다.

자신이 계략에 빠졌음을 깨달았을 때는 모든 것이 끝난 뒤였다.

옛 친구에게 접근한 라인하르트가 손에 한 자루의 검으로 생성하여 가차 없이 내려쳤다.

레온의 몸통이 비스듬하게 두 동강이 났다. 즉사는 하지 않았지만 확실한 치명상이었다.

앨리스의 후회와 레온의 체념. 그것들을 곱씹으면서 라인하르트는 웃었으나…….

그다음 순간에 그의 기대가 크게 어그러지고 말았다.

비스듬하게 잘려진 시인의 몸이 희미하게 투명해지더니.

액체로 변했어야 할 그것이 절단된 종잇조각으로 바뀌었다.

"윽……! 스크롤……?!"

이제야 그는 상대의 책략을 깨달았다.

레온과 앨리스가 노린 것은 《성원》 고갈이 아니었다.

라인하르트를 이 상황으로 유도한 뒤에 빈틈을 만들어 찌른다.

측면에서, 최고의 타이밍에.

최상의 일격을.

"라이나, 이제 잠들어라."

바로 옆. 대로로 이어지는 좁은 골목 중앙에서.

레온 크로스하트가 **그것**을 힘껏 던졌다.

손바닥만 한 구체. 그 정체는.

"폭탄—."

라인하르트가 눈을 번쩍 뜨고, 거의 동시에 탄환이 그것을 꿰뚫었다.

◇◆◇

동쪽 지방에는 화장이라는 풍습이 있다고 한다.

시신을 불로 태워서 그 안에 깃든 영혼을 하늘로 올려 보내는 동쪽 특유의 문화.

레온이 목도한 광경은 그와 같았다.

불기둥이 좁은 범위에서 치솟았다. 레온은 푸른 하늘을 꿰뚫을 듯 끝없이 뻗어나가는 그 광경을 바라보면서 기도를 올렸다. 친구의 영혼을 천국으로 이끌어달라고.

"……이로써 결판이 났나."

마물로 퇴락해버린 라인하르트를 토벌하고자 에밀리아가 손수 제작한 특수 폭탄.

그 효과는 두 가지다. 방대한 열에너지를 발생하고, 결계를 형성하는 것이다.

약 4년 전에 벌어졌던 참극으로 라인하르트의 능력이 충분히 알려졌다.

강하다는 사실뿐만 아니라, 약점까지도.

재구축과 지배.

주위에 존재하는 물질을 자유자재로 변환하여 온갖 기적을 가능케 하는 반칙과도 같은 힘.

주변에 기체, 액체, 고체, 그 어떤 물질이 존재하는 한 무제한으로 발동할 수 있는 힘……이지만, 결코 무적의 힘은 아니다.

《성원》이 고갈되면 능력을 잠시 잃는다는 이 보편적인 약점은 그의 이능력에도 적용된다.

거기에다가 하나 더. 매개체가 존재하지 않는 환경에서는 능력을 구사할 수 없다는 결점이 있다. 그 정보를 바탕으로 레온은 천사를 죽일 수 있는 방법을 도출해냈다.

조건은 세 가지.

완전히 아무것도 없는 공간을 만들어서 그를 가둔 뒤…… 고화력을 순간적으로 방출하여 태워 죽인다.

그 조건을 실현시키기 위해서 만들어진 물건이 바로 에밀리아의 수제 특수폭탄이다.

결계 《신비》로 무의 공간을 만들어낸 뒤 대상을 가두고서 열에너지로 처치한다.

이 폭탄은 두 개가 제조됐다. 하나는 레온의 몸속에 내장했고, 남은 하나는 예비용으로 공방에 보관해뒀다. 만약에 그의 자폭작전이 실패로 끝났을 경우에 두 번째 기폭 방법으로 천사를 해치우는 작전을 세워뒀다.

"교회의 지시가 날 구할 줄이야. 이 얼마나 얄궂은 일인가."

폭탄에 설정된 기폭 방법은 두 가지. 《성원》을 흘려 넣거나, 충격을 주는 것이다.

전자는 자폭. 후자는 원격조작.

이 폭탄은 교회가 지시한 대로 그렇게 설계됐다.

시인은 자폭으로 죽는다. 그것은 좋다.

그러나 인간을 희생할 수는 없다. 그러한 계산이었겠지.

어찌되었든.

끝났다. 모든 것이.

사형의 영혼이 하늘로 올라갔다. 눈앞에 펼쳐진 결말을 받아들이면서 레온은 하늘을 우러러봤다.

"……라이나. 난 네 원한을 끌어안고서 지옥으로 떨어질 셈이었다. 하지만…… 미안하다. 난 도저히 그녀를."

언젠가 천명이 다하여 죗값을 치르는 순간이 찾아오겠지. 그러나 지금은 아니다.

레온이 그렇게 생각한 뒤 이내 목소리가 들렸다.

"스, 스승님…… 해냈어요…… 이로써, 우린……."

그쪽으로 시선을 돌리니 땅바닥에 쓰러진 앨리스가 고통에 신음하고 있었다.

온몸을 뒤덮었던 붉은 갑옷은 이미 사라졌다. 만약에 1분이라도 더 무리를 했다면 최악의 전개로 이어질 뻔했다.

"……잘했다. 앨리스."

사실은 환영의 스크롤 따윈 쓰지 않고 둘이서 해치우고 싶었지만…… 이미 그의 몸은 전투를 거의 제대로 치를 수 없을 정도로 한계였다.

그만큼 앨리스가 무리할 수밖에 없었음을 속으로 한스러워했다.

레온은 하다못해 그녀를 칭찬해주자며 다가갔다.

등 뒤에서 솟구치는 화염을 향해 마지막 말을 던지면서.

"설령 용서받을 수 없는 죄일지라도, 난 앞으로 나아가겠다. 그녀와 함께."

어깨에 짊어졌던 짐을 내려놓은 것 같은 기분이었다.

이젠 앨리스와 함께 피난구역으로 달아나는 일만 남았다.

다른 성당기사와 모험가들이 성도를 유린하는 구울 떼를 섬멸하겠지.

"그게 끝나면 앨리스와 레스토랑에라도 갈까. 승전을 축하하기 위해 비싼 음식을 배불리 먹여주지. 에밀리아도 와주면 최고겠지만…… 헛된 바람인가."

미래를 생각하니 빛이 가슴속에 가득해졌다.
삶의 희망. 설마 이것을 거머쥐는 때가 올 줄이야.
모든 게 앨리스 덕분이다.
지금 그녀는 이 시인에게 무엇보다도 자랑스러운 최고의—.

"멋대로 끝내지 말라고."

비웃음이 귀에 들린 순간.
백은색으로 번뜩이는 유선이 레온의 몸통을 꿰뚫었다.
"윽……?!"
입가를 가렸던 철가면이 벗겨져 땅에 떨어졌다.
그것이 지면과 부딪쳐 소리를 내자마자 레온의 몸도 대지에 쓰러져갔다.
"스승님!"
앨리스가 비명을 지르듯 외쳤다. 스승의 곁으로 달려가고 싶은 마음은 굴뚝같지만, 몸이 말을 듣지 않았다. 그녀는 그 자리에서 그저 지켜볼 수밖에 없었다.
눈앞에 펼쳐진 최악의 광경을.
"우와, 예상 밖이었어. 정말로."
다 꺼져버린 불기둥 자리에는 아무 것도 남아 있지 않아야 했다.
그러나 실제로는.
"진심으로 죽음을 확신했어. 4년 전 그때처럼 말이야."
건재했다.

천사가 아직도 건재했다.

그의 몸에는 상처 하나 나지 않았다.

"무의 공간에 갇히면 능력을 구사할 수 없다. 그 정도는 알고 있었지만…… 옛날부터 난 감정이 격해지면 바보가 돼버리잖아? 그 바람에 깜빡, 네 책략을 꿰뚫어보지 못했어. 크으, 진짜로 죽는 줄 알았어. 근데……."

고꾸라진 레온을 내려다보면서 라인하르트가 입꼬리를 올렸다.

그 표정은 그야말로 승리를 선언한 것이나 마찬가지였다.

"불에 타죽기 일보 직전에 이런 생각이 들더라. 이 열에너지를 재생의 힘으로 변환할 수 없을까, 하고. 지금껏 물질이 아닌 것을 변환하는 데 성공한 적이 한 번도 없었지만…… 스승님의 말이 떠올랐어. 위기의 순간에 포기하지 않고 한걸음 내디딘 순간에 성장은 찾아온다고. 우와, 그 말이 딱 맞더라."

진화시키고 말았다. 마물로 퇴락하여 얻은 상식에서 벗어난 힘을. 이 국면에서.

라인하르트 크로스라인.

그야말로 불세출의 괴물이다.

"자. 그럼 우선은."

지금 천사의 눈동자에는 시인 따윈 담겨있지 않았다. 보라색 눈동자에는 앨리스만이 비쳤다.

"안……돼……!"

목소리를 내는 게 최선이었다. 몸에 뚫린 구멍은 너무나도 커서…….

확실한 치명상이었다.

재생 능력으로 치유하고 있긴 하지만, 도중에 멈추겠지.

이 부상은 시인(구울)의 능력으로 감당할 수 있는 범위에서 벗어났다.

그러므로…… 죽는다.

레온 크로스하트는 이제 곧.

부활하지 않는 완전한 종말을 맞이하리라.

"스, 스승님……!"

앨리스의 얼굴에는. 앨리스의 눈에는. 앨리스의 목소리에는, 사랑하는 스승을 향한 마음만이 담겨 있었다.

어서 달아나세요. 살아남아 주세요. 어떻게 해서든.

지금부터 자신이 끔찍하게 살해되리라는 것을 알면서도.

그래도 그녀는 레온만을 생각했다.

"사제의 사랑이 참 눈물겹네~. 아주 감동했어. 구역질이 날 정도로 말이야."

그만.

그만해다오.

그 여자애만은 죽이지 말아다오.

날 어찌하든 상관없으니, 그 여자애만은.

"라이, 나……!"

꼼짝할 수 없다. 손가락 하나도.

죽는다. 죽고 만다. 앨리스가, 제자가, 사랑하는 소녀가.

"짝지, 포기해. 네가 할 수 있는 건 딱 하나야. 이 녀석이 처참하게 부서져가는 광경을 쳐다보면서 죽어가는 것. 그뿐이야."

의식이 멀어져갔다.

저항할 수 없었다.

마치 깎여나가듯 마음을 구축하는 모든 것이 계속 사라져갔다.

이 현실이 몰고 온 회한과 공포.

어떻게든 하고 싶다, 어떻게든 해야만 한다는 모티베이션까지도.

앨리스를 향한 사랑마저도.

아아, 이게 죽음인가.

마지막으로 단 하나가 레온의 마음에 남았다.

사신은 언제나 그것만을 남겨두고서 목숨을 거둬간다.

절망 말이다.

어찌할 수 없는 운명을 앞에 두고서 레온은 절망을 품고서 어둠 속으로 떨어져갔다.

다시 떠오르는 건 이미.

"어떻게 「싫어」 죽여 「안 돼」 줄까."

이미 돌이킬 수 없는 국면을 맞이한 순간.

"모처럼 「움직이지질 않아」 성장했으니 「이제 손가락 하나도」 이걸 이용해서 「저항할 수가」 잔혹한 「없어」 아트를 만들어볼까~."

천사(라인하르트)의 목소리에 다른 소리가 뒤섞였다.

"이봐, 너. 「포기하고 싶지 않아」 어떻게 「그리 하도록」 죽고 싶 「놔둘 것 같아」."

소리가 점점 소리를 덧칠해나갔다.

"뭐 「맹세했어」 아무 「무덤 앞에서」 죽여 「여동생의 꿈을 이뤄주겠다고」."

그 소리는.

친구(라인하르트)의 목소리였다.

"그런데, 어째서. 난, 이런 짓을."

울고 있다.

라인하르트가. 마성의 안에서 반짝이는 희미한 잔재가.

"멈춰, 멈춰, 멈춰……! 제발……! 멈추라고……!"

필사적으로 저항해봤으나 통하지 않고 끝내 흉악한 짓을 벌이고 만다.

그런 자신의 모습에 눈물을 흘리고 있다.

"안 돼. 이제 안 돼. 내 힘으로는, 이제, 아무것도 할 수 없어."

친구의 탄식이, 사형의 슬픔이 레온의 마음에 전해졌다.

"부탁해. 부탁해, 짝지."

그리고—.

"도와줘……!"

친구의 바람이.

레온의 정신을 궁극의 영역으로 이끌었다.

정신이 육체를 능가했다.

"우, 오……아아아아아아아아아아아아아아아아아아!"

녹는다. 몸이 녹아간다.

알까 보냐. 신경 쓸까 보냐.

친구가 울고 있다. 도와달라고.

그렇다면 한계 따윈 뛰어넘어주마.

4년 전에 뿌리치고 말았던 그 손을 잡기 위해서.

"라이, 나아아아아아아아아아아아아아아아아아앗!"

총을 쥐고서 방아쇠를 당겼다.

사격.

반동으로 어깨가 부서졌다. 그러나 아무렇지도 않다.

정신력으로 총신을 받치고서 사격을 재개했다.

"앨리스가, 당하도록 놔두지 않겠다……!"

미래를 향한 희망이, 체념을 부쉈다.

"라이나……! 난, 널……!"

과거의 비애가 공포를 굴복시켰다.

레온 크로스하트는 여기까지 이르러서야 드디어 이해했다.

용기란 무엇인가를.

"설령 이 몸이 썩어문드러질지라도! 구원을, 포기하지 않겠어!"

작열하는 감정이 막대한 에너지를 가져다줬다.

그것은 그야말로 무한대의 용기.

4년 동안 축적해온 절망이.

미래를 향한 희망이.

지금 이 순간에 이어졌다.

"……이야, 놀랍네."

이제 친구의 목소리는 들리지 않았다. 잔재마저 사라져버렸나.

그러나, 그렇다면 더더욱.

“아직도 싸울 셈이냐. 좋네, 그 한심한 꼬락서니가. 참으로 좋아.”
해방해야만 한다. 저 남자를. 둘도 없는 친구를. 단 하나뿐인 형을.
승산 따윈 아무렇든 상관없다.
구하는 거다. 무슨 짓을 해서든.
“마음이 바뀌었어. 널 먼저 죽여주마, 짝지.”
친구를.
제자를.
구하고서.
꿈을 꾸는 거다.
꿈을 꾸면서 살아가는 거다.
앨리스라는 꿈을. 일찍이 버려버렸던 꿈을.
새로이 얻은 것과 이어받아야 마땅한 것.
그것을 위해서 살아간다.
살아가기 위해서 구제한다.
“핫! 열의만은 훌륭하네, 짝지. 하지만 그것도…… 이 일격으로 끝이야.”
눈앞에서 천사가 공격 태세를 취했다.
빛을 끌어모으며 열에너지로 변환해나갔다.
분명 그다음 순간에는 죽음을 맞이하게 되겠지.
나는 분한 마음을 안고서 죽음을 맞이하겠지.
……그게 뭐 어쨌다는 거냐.
체념, 공포, 절망. 모든 것을 떨쳐냈다.
내 속에 있는 것은 결의와 용기뿐.

절대로 포기하지 않겠다.
그런 결심을 비웃기라도 하듯.
"잘 가, 짝지."
종언의 빛이 방출됐다.
그러나, 그때—.

그것이 천공을 가르며 찾아왔다.

칠흑.
그것이 레온과 라인하르트, 양자 사이에 끼어들어 방출된 섬광을 몸으로 받아냈다.
확산. 소실.
시인의 목숨을 빼앗았어야 할 그것이 아무런 작용도 일으키지 못하고 허공으로 녹아들었다.
"……야, 이게 뭐야?"
라인하르트의 입에서 당혹감이 흘러나왔다.
한편 느닷없이 날아든 그것이 레온 곁으로 향했다.
성검 카리트 게리우스.
칠흑의 칼집에 담겨 있는 그 검이 황금색 빛을 뿜어냈다.
그 빛이 레온의 온몸을 휘감더니…… 치명상을 순식간에 치유했다.
"……그렇구나. 역시 그랬던 건가."
시인은 성검을 앞에 두고서 모든 것을 깨달았다.
카리트 게리우스는 명확한 의지를 갖고 있다.

그것이 누구의 의사인지 이때 확신했다.

"야, 뭐야. 그 녀석(성검)도 날 배신하는 거냐?"

아니.

배신한 게 아니다.

이 성검은.

그녀는.

두 제자(자식)를 구하기 위해서 이리로 온 것이다.

최후의 **혈육**에게 작별을 고하고서.

"……여동생(에밀리아)이 분명 화가 났겠군요."

레온이 말은 걸었다. 성검은 아무 반응도 없었지만, 그 안에 존재하는 그녀가 왠지 겸연쩍게 웃은 것 같았다.

그리고—.

『용기란. 이글거리는 영혼 속에서 생겨나는 것.』

『레온. 옛날의 네게는 연료가 없었어.』

『넌 우리한테 응석만 부리는 작은 아이였지.』

『하지만 지금은 달라. 용기가 무엇인지 이해했고, 얻어냈어.』

『드디어 넌 진정한 계승자가 된 거야.』

『자, 지금이야말로 쥐는 거야. 미래를 향한 희망을.』

성검이 스스로 칼자루를 레온 쪽으로 돌렸다.

그것에 손을 댄 순간…… 따뜻한 마음이 전해졌다.

"……난 외톨이가 됐다고 생각했다. 홀로 살다가 홀로 죽는다. 그게 운명이라고 생각했다. 하지만……."

터무니없는 착각이었다.

이 시인은 혼자가 아니었다.

늘 그녀가 곁에 있어줬던 것이다.

"줄곧 지켜봐줬군요……. 스승님."

감정에 호응하듯 성검이, 스승이, 크레아 레드하트가 대답했다.

『함께 가자, 레온. 라이나와 앨리스. 우리의 가족(패밀리)을 구하기 위해서.』

지금, 완벽한 자격을 갖춘 상태에서.

레온이 성검을 뽑았다.

—그 순간 두 줄기의 섬광이 내뿜어졌다.

하나는 라인하르트가 방출한 것이었다. 성검의 행동에 분노한 그가 허공에 무수히 많은 반구형 열원을 생성한 뒤 레온에게 발사했다.

그에 대항하여.

두 번째 섬광이. 성검의 도신에서 방출된 찬란한 빛이.

닥쳐오는 죽음의 행진을 없애버렸다.

"아, 짜증나……! 진짜, 너란 녀석은……!"

이제 발치에 있는 앨리스 따윈 안중에도 없었다.

라인하르트의 눈은 두 사람만 응시했다.

레온과 그 옆에 선 크레아의 환영.

두 가족(패밀리)만을 응시하고 있다.

레온 역시 천사(마물)의 안에서 고통스러워하는 친구(라인하르트)의 모습을 바라보면서…….

"힘을 빌려주십시오, 스승님……! 지켜낼 수 있는 힘을……! 구해낼 수 있는 힘을!"

앞으로 내디뎠다.

일직선으로. 아무런 책략도 없이. 그저 용기와 결의만을 가슴에 품고서.

성검을 든 용사(레온 크로스하트)가 친구(형)와 제자(자식)를 구하기 위해서.

“너, 바보냐! 죽으러 오는 거나 마찬가지라고!”

천사가 요격하러 나섰다.

그 순간, 레온을 에워싸듯 섬광이 방출되더니…….

전방위 일제공격.

회피와 방어가 불가능한 공격. 살아남을 수 있는 수단이 있을 리 없다.

그러나 레온은 용사다.

용사란 결코 포기하지 않고 불가능을 가능으로 바꾸는 자다.

『두려워말고 나아가라. 네 길은 내가 연다.』

성검이 용사의 마음에 붙었다.

그리하여.

성검에서 방출된 빛이 엄습해오는 섬광들을 없애버렸다.

마치 방금 전의 상황이 재현된 듯했다.

예상이 멋지게 빗나가자 천사가 분개했다.

“치잇!”

왼손과 오른손에 강철 검을 생성한 뒤 칼자루를 부서뜨릴 기세로 강하게 쥐면서.

천사가 외쳤다.

“네가! 나한테! 단 한 번이라도 이긴 적이 있더냐아아!”

서로가 서로의 간격 안으로 들어왔을 때, 천사가 날카로운 참격을 날렸다.

왼쪽에서 목을 노리고 날아온다. 회피.

곧바로 다음 수. 오른쪽에서 몸통 후리기. 검으로 막아낸다.

그 순간—.

은밀하게 발동시켜둔 이능력이 레온의 등 뒤에서 덮쳤다.

그야말로 소리 없는 암살자. 번쩍이는 광선이 모든 기척을 끊어내고서 허를 찌르고자 접근해왔다.

자신의 의지로 피할 수도, 방어할 수도 없는 완벽한 기습.

그러나 성검이 그것을 용납하지 않았다.

칼날이 번쩍이더니 임시방편과도 같은 일격을 지워버렸다.

"윽……?!"

그가 깜짝 놀라면서 빈틈이 생겼다.

이 기회를 놓칠 수는 없었다.

"하앗!"

호흡을 날카롭게 내뱉으며 레온이 성검을 휘둘렀다.

천사는 미처 대응하지 못하고.

오른팔이 절단됐다.

"끄응……!"

재생하지, 않았다.

그의 능력이 전혀 기능하지 않았다.

이 역시 성검의 능력 중 하나였다.

카리트 게리우스는 파괴와 재생의 힘을 갖고 있다.

모든 것을 부수고, 모든 것을 치유한다. 그러므로 성검에 베인 물체는 성검이 치유해주지 않는 한 결코 원래대로 되돌아가지 않는다.

설령 천사가 상식을 초월하는 재생력을 갖고 있더라도, 잃어버린 오른팔이 영영 돌아오지 않는다는 뜻이다.

"젠, 장……! 가증스럽군!"

천사가 격앙을 드러내듯 거칠게 공격했다.

한쪽 팔이 떨어져나갔는데도 그 동작은 박력이 넘치고 완벽했다.

뛰어난 천성과 인간이었을 적의 경험.

그것들이 레온의 우위를 확실히 위협했다.

"인검일체……! 그게 성검의 강점이지……!"

광분하면서도, 맹렬히 공격하면서도.

천사가 송곳니를 훤히 드러내며 웃었다.

"원거리 무기를 사용해도 성검이 제멋대로 반응해. 네가 피할 수 없는 타이밍을 노려 사각에서 갈기더라도 저 녀석이 방해하고. 그러니 이렇게 단순한 접근전을 펼칠 수밖에 없지. ……하지만, 짝지."

천사가 확신하며 선언했다.

"검으로만 승부했을 때 네가 날 이길 수 있을 리가 없다고!"

아아, 그렇고말고.

설령 팔 하나가 없더라도 아무런 핸디도 되지 않았다.

1,288전. 그와 겨뤘던 횟수다.

전부 패배했다.

특히 검으로 맞붙었을 때는 칼날이 그의 몸을 스치지도 못했다.

그러나 그럼에도.

"넌 모르겠지……! 4년 동안 내가 쌓아온 것을……!"

4년 동안 친구를 생각하지 않았던 적이 없었다.

아마 이 천사도 마찬가지겠지.

그렇다고 해서.

천사는 과연 축적해왔을까?

단련을. 경험을. 실적을.

천재와 범인의 차이를 메우기에 4년이라는 세월은 너무나도 짧다.

그래도.

"내게는 차고 넘치는 시간이었다!"

상대가 진정한 라인하르트였다면 여전히 발치에도 미치지 못했으리라.

그러나 지금 눈앞에 있는 저 녀석은 천사(마물)이지 사형(라인하르트)이 아니다.

그 시절에 정체된 네놈 같은《마물》에게 질까 보냐.

"하앗!"

회피하고 반격. 그것을 반복했다.

처음에는 명중할 기색이 전혀 보이지 않았으나…….

이윽고.

"윽……?!"

닿기 시작했다. 레온의 칼날이, 천사의 몸에.

"이거, 왜 이러는 거야……!"

천사는 알지 못했다. 왜 이렇게 내몰렸는지 이해가 되지 않았다.

그 진실은.

레온은 라인하르트의 버릇이나 동작, 사고 경향 등 모든 것을 알고 있었다.

그러나 이 천사는 레온의 4년을 알지 못했다.

그 차이에서 약간의 인식 오류가 발생한 것이다.

"앞으로 계속 나아갔다……! 그러지 않을 수가, 없었다……! 널, 구하기 위해서……!"

레온은 4년의 지옥을 떠올리면서 검을 잡았다.

용사 파티의 짐꾼. 꼴사나운 짐 덩어리. 도움도 안 되는 해석 참모.

시인은 4년 전까지만 해도 그랬다. 그렇게밖에 될 수 없었다.

그러나, 지금.

제정신과 광기의 틈새에서 난관을 헤쳐나간 끝에.

레온 크로스하트는 접근하고 있다.

처음이자 마지막 승리를 향해.

"젠, 자아아아아아아아아아아아아아앙!"

거친 공격 속에 남아있던 약간의 유려함마저 서서히 사라져갔다.

앞으로 여섯 수. 여섯 수면 끝난다. 레온은 평정심을 유지한 채 실수하지 않고 마지막 순간으로 이끌어갔다.

앞으로 다섯 수. 비스듬하게 가해진 참격을 회피하고서 다리를 후렸다.

앞으로 네 수. 상대가 뒤로 도약했다. 다리후리기는 불발. 발을 내디뎌 간격을 좁혔다.

앞으로 세 수. 적이 검을 휘두르자 일부러 성검과 맞부딪치게 했다. 충격.

앞으로 두 수. 상대가 나쁜 버릇을 드러냈다. 손이 저린데도 부아가 치밀어서는 검을 다시 휘둘렀다.

앞으로 한 수. 상대의 칼날이 다가오자 성검으로 막아내고서 하늘로 쳐올렸다.

그리고— 빈손이 된 천사에게 끝장의 일격을 날리려는 순간.

예상치 못한 사태가 발생했다.

"윽……?!"

기울어졌다. 레온의 상체가.

『말도 안 돼, 설마……!』

성검에 깃든 크레아의 정신이 초조함을 드러냈다.

그녀에게. 천사에게. 그것은 그야말로 청천벽력과도 같았다.

성검의 회복 효과가 육체를 완벽하게 치유했다고 여겼으나…….

실제로는 아니었다.

더 본질적인, 영혼에 새겨진 부상까지는 치유되지 않았다고 표현해야 맞을까.

시인(구울)이 한계를 훨씬 뛰어넘는 힘을 구사한 바람에 과중한 부하가 영혼을 갉아먹었다. 그 상처는 성검으로도 완전히 치유할 수가 없었다. 그러므로.

"운명이 선택한 거야! 바로 날!"

천사가 사납게 웃으면서 손 찌르기를 날렸다.

이미 늦었다. 모든 것이.

레온은 회피할 수 없고, 크레아는 천사가 꾸준히 가하는 열원 공격을 대응하기에도 급급한 상황.

결판이 나고 말 것이다. 최악의 결판이.

그러나—.

레온에게 이 전개는 오판도 뭣도 아니었다.

"그래. 역시, 운명의 차이는 명백했던가."

실력은 호각이었다.

그러나 운명마저 휘두르는 그 힘은 도저히 뒤집기 어려웠다.

그렇기에.

레온은 이번 일전을 자신과 크레아, 두 사람만의 싸움이라고 여기지 않았다.

이 자리에는 또 한 사람이 있다.

든든한 동료가 있다.

"스, 스승님……!"

구조 대상, 혹은 보호만 받는 존재.

천사는 그녀에게서 그런 인상밖에 느끼지 못했을지도 모르겠다.

그러나 레온에게는 아니었다.

앨리스 캠벨은 연약하기만 한 아이가 아니었다.

스승을 지킨다.

그 결의가 무한에 가까운 힘을 부여했다. 그리고—.

"스승님!"

순백의 화살이 쏘아졌다.

움직일 수 없을 만큼 데미지를 입고서 고꾸라졌던 소녀의 손에서.

크레아와 천사, 모두가 예상치 못했다.

그러나…… 그녀의 스승인 레온에게는 기대에 부응한 행동이었다.

"훌륭하다, 앨리스."

현재(앨리스)가 과거(라인하르트)를 쏜다.

현재(제자)가 미래(스승)를 구한다.

그리하여 그녀가 쏜 화살이 오차 없이 천사의 오른쪽 어깨를 꿰뚫었다.

“이런?!”

어깻죽지가 꿰뚫리면서 찌르기가 추진력을 잃었고—.

운명은 지금 두 사람에게 있었다.

앨리스와 레온, 사제의 손 안에 있었다.

“사슬(과거)을 끊어내세요. 스승님.”

“난 미래로 나아간다. 너와 함께.”

최후의 수.

그것은 일찍이 크레아가 이루지 못했던 것.

그러나 레온의 손은 전혀 막힘이 없었다.

성스러운 검이 금색 칼날로 천사의 심장을 꿰뚫었다.

“커헉…!”

그가 눈을 부릅뜨고서 각혈했다.

이 현실에는 이제 숨겨진 진실 따윈 하나도 남아있지 않았다.

성검을 뽑아냈다. 피보라가 하늘로 뿜어졌다.

그리고 결판이 났음을 보여주듯 천사의 육체가 서서히 녹아내렸다.

“잠든 그대—.”

레온이 만 가지 감정을 담으며 사형의 안식을 기원하려는 도중에.

“짝, 지.”

그의 입에서 가냘픈 소리가 나왔다.

그가 어깨를 떨자 앨리스는 경계심을 드러냈다.

"어서, 숨통을……!"

앨리스가 화살을 메기고서 적을 흘겨봤다.

"잠깐, 앨리스."

레온이 오른손바닥을 펼쳐 제지했다. 그의 시선은 여전히 천사에게 쏠려있으나…… 붉은 눈동자에 비친 것은 마물로 퇴락한 사형의 모습이 아니었다.

"……설마."

레온은 풍전등화와도 같은 생명 속에서 자그마한 반짝임을 찾아냈다.

그리고 그는 목도했다.

꿈같은 기적이 현실이 되는 광경을.

"꺼지지, 않았던 건가……! 네 마음은, 아직도……!"

눈이 휘둥그레진 레온 앞에서 라인하르트가 고개를 들었다.

그 보라색 눈동자에서 파란색이 빠져나가더니…… 이윽고 붉은색으로 바뀌었다.

레온과 아주 똑같은 눈동자. 하지만 그 속에는 천사의 의지가 담겨 있지 않았다.

임종 직전의 직전에.

사형(라인하르트)이 되돌아왔다.

"라이나……!"

온몸을 부들부들 떨었다.

레온은 그 모습을 넋을 놓고 바라볼 수밖에 없었다.

뭐 하는 거냐, 난.

대체 얼마나 꿈꿨던가. 친구에게, 사형에게 사죄하는 순간을.

용서받지 않아도 좋다. 그저 사과하고 싶었다.

못 본 척한 것을. 죽도록 내버려둔 것을.

그런데도.

"라이, 나…… 나, 난……!"

어서 해. 이제 시간이 없다. 이 순간을 놓치면 기회는 영영 찾아오지 않는단 말이다.

잘 안다. 잘 아는데도 입이 떨어지질 않았다.

무서웠다. 거절당할까 무서웠다.

왜 이리도 기개가 없는 거냐, 난.

"……민폐를, 끼쳤구나."

사형이 당혹스럽게 웃자 레온은 반사적으로 대답했다.

"모두 내가 초래한 일이야. 네게 허물 따위가 있을 리가 없어. 죄는 내가 짊어진다. 그러니—."

그래서 뭐 어쨌다는 거냐? 설마 용서해달라고?

자기혐오가 해야 할 말을 억눌렀다.

그런 동생의 모습을 보고 미소를 지으며 라인하르트가 말을 이었다.

"줄곧 말이야. 마음속에서 널 보고 있었어. 근데 도저히 밖으로 나갈 수가 없더라. 그러니…… 이건 분명, 신께서 주신 최후의 기회겠지."

최후의 최후까지, 사형은 다정한 남자였다.

동생에게 원망을 쏟아내며 응어리를 풀 수도 있건만.

그러나 그는…… 증오가 아니라 사랑을 택했다.

“《마물》인 내가 한 말은 진심이 아냐. 내가 널 원망할 리가 없잖아.”

몸이 흐물흐물 녹아갔다. 죽음이 닥쳐오는데도 라인하르트는 조금도 겁먹지 않았다.

오히려 상냥하게 웃으면서.

“가슴 펴. 넌 우리의 가족이자 우리의 자랑이야.”

그 말속에는 만 가지 상념이 담겼다. 눈빛에는 온화한 감정이 깃들었다.

그의 말뜻을 전부 이해하고서 레온은…….

“미안하다……! 정말로, 미안하다……!”

사죄했다. 그리고.

“두 번 다시, 추태를 보이지 않겠다……! 그러니……!”

부디.

부디 안심하고 잠들어다오.

“아아. 네가 혼자 남아도 하나도 불안하지, 않네.”

무너져간다.

라인하르트의 온몸이 무너져간다.

“이봐, 짝지. 넌 이쪽으로 오지 마. 지옥에 떨어지는 건 나 혼자로 충분해.”

마지막으로 그가 남긴 말은.

한없이, 한없이 동생을 위하는 애정으로 가득했다.

"넌 행복해져야, 한다. 약, 속, 이다. 짝……지……."
시인의 자랑은.
시인이 동경하는 찬란한 빛은.
추악한 괴물이 아니라 위대한 영웅으로서 하늘로 올라갔다.
"……잠든 그대에게 영원한 구원이 있길."
레온은 기도를 올리면서 아래에서 반짝이는 《생탄석》을 주웠다.
"설령 육체는 멀어지더라도."
그 마음은. 그 영혼은 언제나 곁에 있다.
그 어떤 상황에 내몰리더라도.
나는 이제 혼자가 아니다.
『그래. 나도, 라이나도 늘 널 지켜보고 있어.』
『그러니—.』
『힘내, 3대.』
성검에서 무언가가 빠져나간 것 같은 감각이 들었다.
전말을 모두 지켜본 뒤에 드디어 그녀도 저주에서 해방된 거겠지.
고귀한 영혼이 하나 더 하늘로 올라갔다.
레온은 창공을 올려다보면서 결의와 함께 입을 열었다.
"맡겨주십시오. 스승님."
어디선가 그녀가 웃었다.
그런 기분이, 들었다.
"다 끝났, 네요."
"……아니."
앨리스가 감격하자 레온은 고개를 가로저으며 대답했다.

"끝나지 않았다."
나는.
우리는.

"—지금부터, 시작하는 거다."

EPILOGUE OR PROLOGUE

되찾은 인연과 새로운 이야기

Only I know the Ghoul saved the world

천사가 사라진 뒤, 성당기사 군단이 성도를 어지럽히는 《마물》 떼를 토벌했다.

이 두 번째 비극은 원래 레온이 초래한 것으로 기록될 예정이었다.

그러나 실제로는 정반대로 기록되었다.

라인하르트로 변신한 《마물》이 성도를 습격했다.

그리고 3대 《구세》의 용사인 레온 크로스하트가 훌륭히 토벌했다고.

그러도록 압박을 넣은 사람은 다름 아닌.

에밀리아 **레드하트**였다.

"역시 당신, 스승님을—."

"닥쳐, 빌어먹을 꼬맹이야."

등 뒤에서 앨리스와 에밀리아가 말다툼을 벌이는 와중에.

레온은 앞의 위령비를 계속 쳐다봤다.

그의 목에는 보석이 박힌 목걸이가 걸려 있었다.

붉은 대좌에 창궁색 보옥. 라인하르트의 《생탄석》이 박힌 그 목걸이는 시인의 결의를 나타나는 것이었다.

나의 마음은 언제나 그들과 함께 있다.

그러한 생각을 담아서 레온은 선언했다.

위령비에 새겨진 두 사람의 이름 앞에서.

"스승님, 라이나. 지켜봐다오. 내가 이 세계를 구하는 모습을."

떠나간 자들의 유지를 이어받아 미래로 나아간다.

일찍이 셋이서 맹세했던 꿈.

안개를 걷어내고 마물을 소탕하여 사람들에게 웃음을 되찾아준다.

그것이야말로 남겨진 시인의 사명이자 새로운 존재의의였다.

"……이번에야말로 그 배에 날 태워줄 거지?"

등 뒤에서 날아든 목소리에 가시가 돋쳐 있었다.

돌아보니 에밀리아가 촉촉한 눈빛으로 한 마디를 던졌다.

"이제 외부인 취급은 사양이야."

일찍이 크레아는 에밀리아와 거리를 뒀다.

레온과 라인하르트도 그 뜻을 따르듯 에밀리아와 접촉하는 것을 피했다.

따돌리려는 뜻은 아니었다. 자신들의 위험한 여정에 휘말리게 하고 싶지 않다는 애정이었다. 그러나…… 당사자 입장에서는 서운했으리라.

"타지 말라고 해도 듣지 않을 테니 그리 알아."

"그래. 스승님께서 화를 내실지도 모르겠지만…… 나에게는 네가 필요하다. 에밀리아."

솔직한 표현에 그녀가 기분을 풀었나 보다.

에밀리아가 코웃음을 치고서 입가를 살짝 올렸다.

"……스승님. 제게도 말해주세요."

"뭘?"

"아까 에밀리아 씨한테 했던 말이요. 토씨 하나까지 똑같이."

"……나에게는 네가 필요하다. 앨리스."

"우훗."

어째선지 앨리스가 자기 가슴을 끌어안고서 웅크렸다.
발작이라도 일어난 줄 알았으나.
"후헤, 후헤헤헤헤헤헤헤헤."
괜찮아보여서 굳이 말을 걸지 않기로 했다.
"자, 보고도 마쳤으니 얼른 돌아가자고."
"그래. 다음 일거리에 관해서 의논도 해야 하니."
"그전에 식사를 하시지 않을래요? 슬슬 점심시간인데."
셋이서 나란히 걸었다.
주위 시선은 딱히 바뀌지 않았다.
성도를 구해낸 영웅이 받아야만 하는 존경심이 아니라.
여전히 살벌한 괴물을 향한 모멸로 가득했다. 그러나.
역시나 전혀 대수롭지 않았다.
세상이 자신을 어떻게 평가하느냐 뿐만 아니라.
앨리스 역시 그러한 시선에 노출되어 있다는 사실까지도.
"……왜 그러세요, 스승님?"
"아니. 그냥…… 내가 이기적인 남자라는 걸 절실히 실감했을 뿐이다."
앨리스는 스승의 말뜻을 이해할 수가 없어서 고개만 갸웃거렸다.
한편으로 에밀리아는 코웃음을 쳤다.
"새삼스럽게 뭐래. 나 참."
놓치고 싶지 않다는 시인의 생각을 그녀는 긍정했다.
아니, 오히려.
"이쪽이야말로 널 놔줄 생각이 없거든. 그치, 아가씨?"

"예? 아, 아아, 네. 뭔지는 잘 모르겠지만…… 그래요!"

순진무구한 반응을 보고 레온은…….

"하, 하, 하, 하, 하."

앨리스는 스승의 목에서 이상한 소리가 나왔다고 해석했겠지만.

오랫동안 알고 지내온 에밀리아는 그 정체를 이해했다.

"오랜만이네. 네 웃음 소리를 듣는 거."

"……앗, 바, 방금 그게 웃음이었나요?"

"그래. 징그럽지?"

"으음, 저기…… 머, 멋진 소리가 아닌가 싶기도."

"……빈말은 필요 없다. 징그럽다는 걸 나도 안다."

그보다도, 하고 운을 떼고서 레온이 앨리스를 쳐다보며 말했다.

"넌 대단한 녀석이야. 네 입으로 선언했던 두 가지를 금세 이뤄냈다."

"두 가지?"

"그래. 지난번 사건 때 날 지켜줬지? 그게 하나. 그리고……."

레온이 철가면을 벗고서 입가를 드러냈다.

추한 시인의 얼굴. 결코 움직이지 않는 얼굴.

그러나 레온은 그 얼굴을.

"넌 날 웃게 만들겠다고 했다. 지금 그게 달성됐다."

손가락을 입 안에 놓고서 뺨을 끌어올렸다.

그 일그러진 웃음을 보고서 앨리스는 얼굴에 웃음꽃을 활짝 피우며 반응했다.

"……앞으로도 매일 웃게 해드릴게요! 스승님!"

그리하여.

괴물 먹는 자의 비극은 막을 내리고—.

《구세》의 영웅담이 개막한다.

—꿈을 꿨다.

—고통스러우면서도 즐거운, 괴로우면서도 행복한 그런 꿈을.

—하지만 깨어나지 않는 꿈은 없으니.

—그렇기에.

—난.

—나는.

"몇 번이고, 꿈을 꾼다— 끝."

떠나가는 그들의 뒷모습을 바라보면서.

그 존재가 필기장에 시편을 끼적였다.

잉크를 대신하여, 인간의 혈액으로.

"응. 꽤 괜찮은 작품이 완성됐다. 이건 너희들한테 선물하지."

필기장에서 종이 한 장을 찢어서 위령비 앞에 뒀다.

그리고.

그 존재는.

그 살인귀는.

—야행살(나이트 워커)은.

위령비에 새겨진 그의 이름을 쳐다보며 중얼거렸다.

"라인하르트 크로스라인. 넌 실로 굉장한 남자였어."

빈정거림도 뭣도 아닌 솔직한 칭찬이었다.

그 영웅은 그야말로 불세출의 걸물이었다.

왜냐면…… 최후의 최후까지 이쪽에서 건 세뇌에 저항했으니까.

"원래는 이렇게 결말이 나서는 안 됐어. 레그테리아 타운에서 재회한 뒤 속절없이 종료. 그런 줄거리였는데."

라인하르트가 조작당하는 것을 거부하고서 레온을 살려보냈다.

만약에 전력으로 세뇌를 하지 않았더라면 분명.

"넌 자력으로 적안이 됐겠지."

레온은《마물》로 변한 라인하르트가 증오에 사로잡혔다고 해석한 모양이지만…… 실제로는 아니었다.

그는 처음부터 마지막까지 동생을 향한 사랑으로 가득했다.

존엄한 감정이 혼탁한 감정을 웃돌았다.

"그런 인간은 좀처럼 찾아볼 수가 없지. 라인하르트, 정말로 고마워. 네 덕분에 오랜만에 유의미한 관찰을 할 수 있었다. ……그 답례는, 그렇지."

나이트 워커
야행살이 입이 찢어진 것처럼 웃음을 활짝 지었다.

"너랑 동생을 재회하게 해줄게. 곧바로. 최고의 형태로."

웃는다. 웃는다. 웃는다.

그가 위령비를 보던 시선을 레온의 등 쪽으로 돌렸다.

"포석은 이미 깔아놨어. 선을 넘어버린 시점에 이미 네게 행복한 결말은 있을 수 없어."

가까운 미래에 그는 줄거리대로 말로에 이를 것이다.

다시 한번.

이번에는 비유가 아니라, 말 그대로.

시인은 소중한 것을 부술 것이다.

"아아, 기대가 되네. 정말로."

그가 발걸음을 홱 돌려서 그들과 반대 방향으로 길을 나아갔다.

그러고는 살인귀가 불쑥 중얼거렸다.

사랑스럽게.

옛 친구를 향한 감정을 토로하듯이.

"—역시 네게는 비극이 잘 어울려. 나의 사신(오가스)."

■작가 후기

새로운 도전에 임할 때마다 마음은 늘 두근거림 반 후회 반입니다.
카토 묘진입니다.

매일 반복되는 생활에 신선한 자극을 주기 위해 제가 선택한 것.
바로 맨몸 트레이닝입니다.
근육을 키운다는 점만 놓고 보면 역시나 맨몸 트레이닝은 웨이트보다 떨어집니다만…….
하지만 「한계를 뛰어넘을 때의 흥분」이라는 측면을 가미하면 평가가 확 달라집니다.
웨이트도 중량을 늘리는 재미가 있습니다만, 맨몸 트레이닝은 그것을 웃도는 「불가능했던 동작이 가능해졌을 때 솟는 쾌감」이 있습니다.
팔굽혀펴기도 변변히 못했던 사람이 매일 노력하여 10회, 20회까지 할 수 있게 되고, 보다 어려운 종목으로 넘어갑니다. 이런 성장과 새로운 도전의 반복이야말로 맨몸 트레이닝의 참맛이 아닐까 싶습니다.
저도 그러한 매력에 흠뻑 빠져서 현재는 맨몸 트레이닝 최고난도 중 하나인 풀 플란체 푸쉬업까지 도달했습니다. 이른바 무중력 팔굽혀펴기인데, 이 부유감이 실로 재밌어서 무심코 무리를 하곤 합니다.

그러나 뭐든지 한 가지만 계속 파다보면 금세 싫증이 나기 마련입니다.

요즘에는 물구나무 팔굽혀펴기라는 종목을 도전하고 있습니다.

간단히 말하자면 몸을 거꾸로 세운 채로 팔굽혀펴기를 하는 거죠.

이게 정말로 어려워서 물구나무를 설 때 자꾸만 넘어집니다.

팔꿈치나 무릎이 찍히는 건 다반사. 고통에 겨워할 때마다 「두 번 다시 안 해. 젠장」 하고 진심으로 생각합니다만, 고통이 가신 뒤에는 몸이 자연스레 물구나무를 찾습니다. 그리고 또 쓰러지고 고통.

—본 작품의 주인공도 그런 남자입니다.

쓰러지고 넘어지고 고통스러워하고 그래도 포기한다는 선택만은 하지 않는다.

그런 그와 함께 제 자신도 성장했으면 좋겠다고 생각합니다.

마지막으로 감사 인사를 올리겠습니다.

너무나도 훌륭한 일러스트를 제공해주신 코메시로 카스 님.

종전보다 더 큰 민폐를 끼쳐 드린 담당 편집자님.

본 작품에 관여해주신 모든 분들.

그리고 본 작품을 구입해주신 독자 여러분께 불멸의 감사를.

본 작품은 신작이라서 현 시점에서 「재회」를 장담할 수는 없겠습니다만…….

적어도 그렇게 되길 기원하면서 글을 마무리하도록 하겠습니다.

카토 묘진

구울이 세계를 구했다는 것을 나만이 알고 있다 1

초판 1쇄 발행 2023년 10월 20일

지은이_ Myojin Katou
일러스트_ Kasu Komeshiro
옮긴이_ 박춘상

발행인_ 최원영
편집장_ 김승신
편집진행_ 권세라 · 최혁수 · 김경민 · 최정민
편집디자인_ 양우연
관리 · 영업_ 김민원

펴낸곳_(주)디앤씨미디어
등록_ 2002년 4월 25일 제20-260호
주소_ 서울시 구로구 디지털로 26길 111 JnK디지털타워 503호
전화_ 02-333-2513(대표)
팩시밀리_ 02-333-2514
이메일_ lnovellove@naver.com
L노벨 공식 카페_ http://cafe.naver.com/lnovel11

GHOUL GA SEKAI WO SUKUTTAKOTO WO WATASHIDAKE GA SHITTEIRU Vol.1
TOMOGUI NO YUSHA
©Myojin Katou, Kasu Komeshiro 2022
First published in Japan in 2022 by KADOKAWA CORPORATION, Tokyo.
Korean translation rights arranged with KADOKAWA CORPORATION, Tokyo.

ISBN 979-11-278-7207-6 04830
ISBN 979-11-278-7206-9 (세트)

값 11,000원

*이 책의 한국어판 저작권은 KADOKAWA CORPORATION와의
독점 계약으로 (주)디앤씨미디어에 있습니다.
저작권법에 의해 한국 내에서 보호를 받는 저작물이므로 무단전재와 복제를 금합니다.

*잘못된 책은 구매처에 문의하십시오.